De la Terre à la Lune
Authour de la Lune

쥘 베른 지음
1828년에 프랑스 서부의 항구 도시 낭트에서 태어났으며, 어린 시절부터 바다와 그 너머 미지의 세계를 동경했다. 소년 시절 인도행 무역선에 몰래 탔다가 아버지에게 들키자 "앞으로는 꿈속에서만 여행하겠다"고 약속했다고 한다. 변호사인 아버지의 뜻에 따라 법률을 공부했으나 그의 꿈은 작가가 되는 것이었다. 20대에는 극작가를 지망했지만 빛을 보지 못했고, 1863년에 《기구를 타고 5주간》이 출간되어 성공을 거두면서 인기 작가가 되었다. 그 후 《해저 2만 리》《80일간의 세계일주》 같은 '경이의 여행' 연작을 해마다 두어 편씩 집필하여 1905년에 죽을 때까지 80여 편의 장편소설을 남겼다. 세계 각국에서 번역되어 수많은 독자들의 사랑을 받았으며, 그는 '과학소설의 아버지'라는 칭호를 얻었다.

김석희 옮김
서울대학교 불문학과를 졸업하고 대학원 국문학과를 중퇴했으며, 1988년 한국일보 신춘문예에 소설이 당선되어 작가로 데뷔했다. 영어 · 프랑스어 · 일본어를 넘나들며 허먼 멜빌의 《모비 딕》, 헨리 소로의 《월든》, F. 스콧 피츠제럴드의 《위대한 개츠비》, 알렉상드르 뒤마의 《삼총사》, 생텍쥐페리의 《어린 왕자》, 시오노 나나미의 《로마인 이야기》 등 많은 책을 번역했으며, 제1회 한국번역대상을 받았다.

De la Terre à la Lune
Authour de la Lune
달나라 여행

쥘 베른 지음 | 김석희 옮김

1판 1쇄 인쇄 2023년 3월 27일 | 1판 1쇄 발행 2023년 4월 3일

펴낸이 정중모 | 펴낸곳 열림원어린이 | 등록 1988년 1월 21일(제406-2000-000202호)
편집장 서경진 | 편집 정혜연, 김보라 | 디자인 권순영 | 마케팅 김선규 | 홍보 최가인
온라인사업팀 서명희 | 제작 윤준수 | 관리 이원희, 고은정, 구지영
주소 경기도 파주시 회동길 152
전화 031-955-0670 | 팩스 031-955-0661 | 홈페이지 www.yolimwon.com
전자우편 bbchild@yolimwon.com

ISBN 978-89-6155-191-5 04800, 978-89-6155-905-8(세트)

어린이제품안전특별법에 의한 제품 표시
제조자명 열림원어린이 | 제조년월 2023년 3월 | 제조국 대한민국 | 사용연령 8세 이상

De la Terre à la Lune
Authour de la Lune

달나라 여행

쥘 베른 지음 | 김석희 옮김

열림원어린이

| 옮긴이의 말 |

쥘 베른(Jule Verne)은 과학의 시대가 시작될까 말까 한 1828년에 태어나 20세기가 막 시작된 1905년에 세상을 떠났습니다. 그러니 그는 19세기 사람이었지요. 게다가 그는 과학자도 아니고 기술자도 아니었습니다. 그런데도 그는 20세기에 이룩된 놀라운 과학기술의 진보에 실질적으로 참여했습니다. 영감을 받은 몽상가이자 인류의 미래상을 통찰한 예언자로서.

베른은 죽을 때까지 80여 편의 소설을 썼는데, 과학소설·모험소설·환상소설 등이 망라된 이 총서를 '경이의 여행' 시리즈라고 부릅니다. 그중에서 62편의 장편 소설을 보면 지상과 지하, 하늘과 바다에 그가 '탐험'하지 않은 곳이 없고, 그가 작품 속에서 '발명'한 기계와 장치들 중에는 훗날 실용화되어 우리 생활에 편의를 가져다준 것이 적지 않습니다. 그래서 우리는 그에게 '과학소설의 아버지'라는 칭호를 바침으로써 그의 공적을 기리고 있는 것이지요.

이렇게 놀라운 상상력과 비범한 통찰력을 가진 작가 쥘 베른은 어떤 사람이었을까요?

쥘 베른은 프랑스 북서부의 항구 도시 낭트에서 태어났습니다. 낭트는 대서양으로 흘러드는 루아르강 연안에 위치한 지리적 여건 때문에 예로부터 무역 기지로 발달했으며, 그런 만큼 이국정서가 풍부한 도시였지요. 그런 환경 속에서 태어나 자란

덕에 쥘 소년의 마음에도 일찍부터 바다와 그 너머에 대한 동경이 싹텄던 모양입니다.

그의 생애를 이야기할 때면 빼놓지 않고 인용되는 에피소드가 하나 있습니다. 열한 살 때인 1839년, 동갑내기 사촌누이에게 연정을 품고 있던 쥘은 산호 목걸이를 구해다 주려고 인도로 가는 무역선에 몰래 탔다가 배가 프랑스 해안을 벗어나기 직전에 루아르강 어귀에서 아버지에게 붙잡히고 맙니다. 그때 소년은 "앞으로는 상상 속에서만 여행하겠다"고 약속했다고 합니다. 이 유명한 '전설'이 사실인지 아닌지는 알 수 없지만, 낭만적인 꿈을 좇아 미지의 세계로 떠나려는 소년의 모습은 과연 쥘 베른답다는 생각이 듭니다.

그 후 베른은 변호사인 아버지의 뜻에 따라 법조계에 진출하려고 파리로 나와 법률을 공부하게 됩니다. 1849년에 법학대학을 졸업했지만, 소싯적부터 문학에 관심을 가졌던 베른은 낭트로 돌아가지 않고 문학의 길을 걷기로 결심합니다. 1857년에는 남편을 여의고 두 아이를 키우던 젊은 여인 오노린과 결혼했으며, '생계를 위해' 한때 증권거래소에 취직하기도 했습니다.

그러면서도 베른의 문학 활동은 계속되었지만, 가벼운 희극이나 단편소설을 쓰는 정도였습니다. 그러다가 1862년에 베른은 열기구를 타고 아프리카 대륙을 탐험하는 이야기를 썼습니다. 당시 열기구 비행은 대중의 관심을 모았지만, 베른의 소설은 출간될 전망조차 보이지 않았습니다. 그는 원고를 들고 여기저기 출판사를 찾아다니는 형편이었지요. 그 무렵, 베른의 생애에서 가장 중요한 만남이 이루어집니다. 피에르-쥘 에첼(1814~1886)과의 만남이었습니다.

에첼은 단순한 출판업자가 아니었습니다. 직접 작품을 쓴 작가였고, 공화주의자로서 나폴레옹 3세의 제정(1852~1870)이 시작되자 벨기에로 잠시 망명했다가 파리로 돌아온 뒤에는 아동도서 출판에 힘을 쏟게 됩니다. 당시 프랑스에서는 가톨릭교회가 아동 교육을 지배하고 있었습니다. 프랑스의 미래는 교육에 달려 있다고 생각한 에첼은 나라의 새싹들이 종교에 편향되고 시대에 뒤떨어진 교육에 묶여 있는 현실을 개탄하고, '재미있고 유익한 책', 특히 당시의 교육 체제에서 무시되고 있던 유용한 과학 지식을 알기 쉽게 가르치는 서적을 출판하여 새 시대에 어울리는 아이들을 키우려고 했습니다.

1862년에 에첼은 청소년용 잡지인 〈교육과 오락〉을 창간할 계획을 세우고 집필자를 찾고 있었습니다. 따라서 두 사람의 만남은 양쪽에 운명적인 고리가 되었지요. 에첼은 베른의 원고를 읽고는 그 재능을 한눈에 알아보고 장기 계약을 맺었습니다. 이리하여 소설가 베른이 탄생하게 된 것입니다.

1863년에 《기구를 타고 5주간》이 출간되어 대성공을 거두었고, 그 후 베른은 쌓여 있던 것을 토해 내듯 차례로 작품을 써냈습니다. 그리하여 '경이의 여행' 시리즈로 지금도 전 세계 독자들에게 사랑받고 있는 걸작들이 1년에 두세 권이라는 놀라운 속도로 잇따라 태어났습니다.

1869년에 《해저 2만 리》를 발표한 뒤, 1872년에는 파리를 떠나 아내의 고향인 아미앵으로 이주했습니다. 이 무렵부터 베른은 국민적, 아니 세계적인 명성을 얻게 되었습니다. 발표하는 작품마다 베스트셀러가 되었고, 레지옹도뇌르 훈장과 아카데미 프랑세즈 문학상 등의 영예도 얻었지요. 이렇게 명성과 부를 얻었지만 그의 생활방식에는 거의 변화가 없었습니다. 1888년에는 아미앵 시의회 의원에 당선되기도 했지만, 사교계에는 발을 끊고 집안에 틀어박힌 채, 백내장으로 말미암은 시력 저하와 싸우면서도 집필에만 몰두했습니다.

1905년, 전부터 앓고 있던 당뇨병이 악화하여, 3월 24일 베른은 가족에게 둘러싸인 가운데 숨을 거두었습니다. 장례식에는 수많은 사람이 모여들었고, 전 세계에서 조의를 표하는 편지가 밀려들었다고 합니다.

《달나라 여행》은 《지구에서 달까지》(De la Terre à la Lune)와 그

속편인 《달나라 탐험》(Autour de la Lune)을 한 권으로 묶으면서 붙인 제목입니다. 《지구에서 달까지》는 《지구 속 여행》에 뒤이어 1865년에 발표되었고, 《달나라 탐험》은 《해저 2만 리》에 뒤이어 1869년에 발표되었습니다.

소설은 미국을 무대로 하고 있습니다. 남북전쟁이 끝나는 바람에 무기 개발의 명분을 잃어버린 '대포 클럽' 회원들은 무기력하고 따분한 일상에서 벗어날 방법을 모색하다가 기상천외한 계획을 궁리하게 됩니다. "달나라에 포탄을 쏘아 보내자!" 전 세계로부터 자금을 끌어모으고 갖가지 어려움과 문제들을 해결한 끝에 마침내 거대한 대포와 포탄이 만들어집니다. 그리하여 사람 셋과 개 두 마리를 태운 최초의 유인 로켓이 플로리다주에서 발사됩니다.

이것이 제1부의 내용이고, 제2부는 지구를 떠난 로켓이 달나라로 가는 과정을 따라갑니다. 하지만 로켓의 행로에는 유성 충돌, 산소 부족, 궤도 수정 같은 뜻밖의 위험들이 기다리고 있지요. 이런 난관을 뚫고 로켓은 과연 무사히 달에 도착할 수 있을까? 또한, 달나라 여행을 마치고 무사히 지구로 돌아올 수 있을 것인가?

19세기 과학의 정수와 수세기에 걸친 천문학의 성과가 집약된 이 작품은 놀랄 만한 예견과 절묘한 플롯으로 우주 시대인 오늘날 더욱 빛을 발하고 있습니다. 예컨대 쥘 베른은 과학적

근거를 토대로 플로리다주를 우주선 발사 기지로 꼽았는데, 소설 속의 포탄 로켓인 '콜럼비아드'가 발사된 곳은 '케네디 우주센터'에서 고작 200킬로미터밖에 떨어져 있지 않은 곳이었고, 1968년에 유인 우주선 '아폴로 8호'가 달까지 갔다가 지구로 돌아왔을 때 태평양에 떨어진 지점도 '콜럼비아드'가 떨어진 곳에서 겨우 4킬로미터밖에 떨어져 있지 않았습니다. 그뿐만 아니라 쥘 베른은 오늘날의 유인 우주선의 크기와 무게도 거의 비슷하게 예언했으며, 역추진 로켓도 그가 예언한 방식의 장치입니다.

이렇게 쥘 베른은 놀라운 예언을 한 것으로 평판이 나 있지만, 실제로는 이미 알려진 사실을 토대로 추론하되, 그것이 어떤 결과를 낳을 것인지에 대한 고려도 잊지 않았습니다. 이런 신중하고 합리적인 태도가 없었다면 그의 소설은 평범한 판타지로 끝나고 말았을 것입니다.

이 책에 실린 삽화는 앙리 드 몽토(1840~1905)와 알퐁스 드 뇌빌(1835~1885)이 동판화로 제작한 것입니다.

끝으로, '쥘 베른 걸작선'(전20권/열림원)이라는 이름의 번역 선집이 나와 있음에도 아동-청소년용으로 새로 다듬어 펴내는 사정을 밝히려고 합니다.

쥘 베른의 '경이의 여행' 시리즈는, 앞에서도 말했듯이 프랑스의 아이들에게 근대 과학에 대한 지식을 보급하려는 취지에서 기획되었습니다. 그런 만큼 다양한 정보가 장면에 따라 펼쳐지고, 온갖 학술 용어가 나열되기도 합니다. 당시만 해도 가장 새롭고 높은 수준의 지식이었을 테지만, 지금의 관점에서 보면 시대에 뒤떨어진 설명이 될 수밖에 없지요. 게다가 19세기 중엽의 이야기를 다루고 있어서, 오늘날의 아이들이 읽기에는 어렵거나 지루해서 걸림돌이 되는 부분도 적지 않습니다. 이런 문제 때문에 우리나라 아이들이 읽는 데 불편하다면, 그 불필요한 곁가지(말하자면 원작을 읽을 때 건너뛰어도 괜찮은 부분)를 쳐내는 방식으로 축약해도 좋지 않을까 싶었습니다.

작업은 두 단계로 진행되었습니다. '쥘 베른 걸작선'에 포함된 《지구에서 달까지》와 《달나라 탐험》을 대본으로 삼아, 우선 수필가인 최향숙 씨가 두 아이를 키운 엄마의 눈높이로 곁가지를 정리해 주었고(그 자상한 노고에 감사드립니다), 그런 다음 내가 두 손주를 둔 할아버지의 마음으로 글과 내용을 다듬었습니다. 그러니 한결 쉽고 편하게 읽을 수 있을 것이고, 그런 만큼 읽는 재미도 더욱 쏠쏠해질 것이라 믿습니다.

2023년 새봄을 맞으며
김석희

| 차례 |

과학은 모든 형태로 그들에게 다가와 그들의 눈과 귀로 뚫고 들어갔다. 이제 미국인들의 유일한 야심은 우주에 떠 있는 신대륙을 영유하여, 그 최고봉에 성조기를 꽂는 것이었다.

1부

1장

대포 클럽

미국에서 남북전쟁이 벌어지는 동안, 메릴랜드주의 중심 도시 볼티모어에서는 영향력 있는 클럽이 새로 창설되었다.

미국인들은 무언가를 생각해 내면 그 생각을 함께할 두 번째 미국인을 찾는다. 생각을 함께하는 사람이 셋으로 늘어나면 회장 한 명과 간사 두 명을 뽑는다. 네 사람이 되면 한 사람을 총무로 임명하고, 나머지 임원진은 저마다 재능을 발휘할 준비를 갖춘다. 다섯 명이 되면 총회를 열어 클럽을 결성한다. 볼티모어에서도 바로 그런 일이 일어났다. 신형 대포를 고안한 사람은 그것을 주조한 사람과 포신을 제작한 사람과 손을 잡았고, 이들 세 사람을 핵으로 삼아 대포 클럽이 생겨난 것이다. 설립된 지 한 달 만에 이 클럽은 정회원

1,833명에 통신회원 35,075명을 거느리게 되었다.

회원이 되려면 필요한 조건이 하나 있었다. 가입 희망자는 신형 대포를 고안하거나 개량한 적이 있어야 한다. 대포가 아니라 권총이나 소총 같은 소형 화기를 고안하거나 개량해도 좋다.

대포 클럽에서 가장 박식한 연설자는 이렇게 말했다.

"얼마나 존경을 받느냐는 그 사람이 고안한 대포의 무게에 비례하고, 포탄이 도달하는 거리의 제곱에 정비례한다!"

이것이야말로 뉴턴의 만유인력 법칙을 인간 심리에 적용한 것이다.

회원에는 소위부터 장군까지 모든 계급의 장교가 포함되어 있었고, 이제 막 군대 생활을 시작한 신병이 있는가 하면 포차 옆에서 늙은 노병도 있었다. 많은 회원이 전쟁터에서 쓰러졌고, 그들의 이름은 대포 클럽의 명예 회원 명단에 올랐다. 살아 돌아온 사람들도 대부분 의심할 수 없는 용기의 증거를 몸에 지니고 있었다. 목발, 의족, 의수, 손목에 달린 쇠갈고리, 고무턱, 은제 두개골, 백금 코 등, 없는 게 없었다.

그런데 어느 슬프고 불쾌한 날, 전쟁에서 살아남은 자들이 강화를 맺어 버렸다. 포성은 점점 잦아들었다. 곡사포에는 재갈이 물리고, 카농포는 병기고로 들어가고, 포탄은 하치장에 산더미처럼 쌓였다. 피비린내 나는 기억은 희미해져 가고, 비료를 듬뿍 먹은 들판에는 목화가 무성하게 자랐다. 대포 클럽은 따분함 속에 빠져들었다.

그래도 몇몇 부지런한 연구자들은 무적의 포탄을 꿈꾸면서 여전히 탄도 계산을 계속했다. 하지만 실제로 써 볼 기회가 없으면 이론이 무슨 소용이겠는가. 대포 클럽의 홀과 방에는 인적이 끊기고, 웨이터들은 대기실에서 꾸벅꾸벅 졸고, 탁자 위에 놓인 신문에는 먼지만 쌓이고, 어두운 구석에서는 슬프게도 코 고는 소리가 들려오고, 한때는 그렇게도 시끄러웠던 회원들이 비참한 평화에 입을 다물고, 대포를 쏘는 환상에 무기력하게 사로잡혀 있었다!

어느 날 밤, 용감한 톰 헌터가 끽연실 벽난로 앞에서 나무로 만든 의족이 까맣게 타서 숯이 되어 가고 있는 것도 모른 채 말했다.

“우울해! 할 일도 없고 희망도 없어! 정말 따분한 생활이야! 아침마다 즐거운 포성에 깨어나던 시절은 어디로 가 버렸지?”

“그 시절은 가 버렸어.” 원기 왕성한 빌스비가 사라진 두 팔로 기지개를 켜려고 애쓰면서 대답했다. “그때는 정말 좋았지. 곡사포를 설계하면, 만들어지자마자 적을 상대로 시험해 볼 수 있었고, 숙영지로 돌아오면 사령관에게 칭찬을 듣거나 악수를 나누었지! 그런데 장군들은 이제 고향에 돌아가 다시 상점 주인이 되어 버렸고, 대포알이 아니라 실뭉치를 다루고 있어. 미국 대포는 앞날이 캄캄해!”

"맞아, 빌스비." 블룸스베리 대령이 외쳤다. "사람을 이렇게 실망시키는 건 너무 잔인해! 어느 날 조용하고 평화로운 생활을 포기하고 볼티모어를 떠나 전쟁터로 가서 영웅적으로 싸우지만, 2~3년 뒤에는 그동안 애쓴 보람이 하나도 없다는 것을 깨달을 수밖에 없으니 말이야. 우리는 두 손을 주머니에 찔러 넣고 멍하니 서 있는 것밖에는 아무것도 할 일이 없어."

용감한 대령은 입으로는 그렇게 말할 수 있었지만, 실제로 그런 몸짓을 해 보일 수는 없었다. 주머니가 없어서가 아니라 손이 없었기 때문이다.

"전쟁은 이제 어디에도 없어!" 유명한 J.T. 매스턴이 고무로 만든 두개골을 팔 끝에 달린 쇠갈고리로 긁으면서 말했다. "전쟁이 일어날 조짐도 없어. 하지만 포술에서 할 일은 아직도 많아! 사실은 오늘 아침에 내가 전쟁의 법칙을 완전히 바꾸어 버릴 곡사포 설계도를 완성했다네!"

"정말이야?" 톰 헌터는 매스턴이 지난번에 만든 대포가 어떻게 되었는지를 생각해 내고 저도 모르게 불쑥 말했다.

"물론이지." 매스턴이 대답했다. "하지만 아무리 연구를 많이 하고 어려운 문제를 해결해도 그게 다 무슨 소용이람. 시간만 낭비했을 뿐이야. 내가 설계한 대포를 진짜 전쟁터에서 시험해 볼 기회를 얻지 못하면, 나는 대포 클럽을 탈퇴하고 아칸소의 황무지로 떠날 거야!"

"우리도 모두 함께 가겠어!" 다른 사람들도 입을 모아 말했다.

대포 클럽은 해체될 위기에 놓였다. 그런데 뜻밖의 사건이 일어나 파국을 막아 주었다.

위와 같은 대화가 오간 이튿날, 대포 클럽 회원들은 다음과 같은 편지를 받았다.

대포 클럽 회원 여러분,

본인은 회원 여러분께 10월 5일 모임에서 중대한 발표를 할 예정임을 알려 드립니다. 만사 제쳐 놓고 집회에 참석하시기를 강력하게 권하는 바입니다.

이만 총총.

10월 3일, 볼티모어에서
대포 클럽 회장
임피 바비케인

2장

바비케인 회장의 연설

10월 5일 저녁 8시, 유니언 광장 21번지에 있는 대포 클럽에서는 빽빽이 들어찬 군중이 떼 지어 돌아다니고 있었다. 볼티모어에 사는 회원은 모두 회장의 소집에 응했다. 통신회원들은 급행열차가 역에 도착할 때마다 수백 명씩 거리로 쏟아져 나왔다.

그날 저녁 볼티모어에 처음 온 사람은 아무리 많은 돈을 낸다 해도 집회장에 들어갈 수 없었을 것이다. 집회장은 정회원과 통신회원 전용으로 확보되어 있어서, 회원이 아닌 사람은 아무도 들어가지 못했다. 볼티모어의 유력자와 고관들도 군중 틈에 섞여, 집회장에서 흘러나오는 이야기를 한마디라도 주워들으려 애써야 했다.

한편 집회장은 일대 장관이었다. 그 거대한 홀은 목적에 맞추어 멋지게 개조되어 있었다. 높은 기둥은 온갖 종류의 대포로 이루어져 있었고, 나팔총·화승총·머스킷총·카빈총을 비롯하여 구식과 신식의 온갖 총기가 벽을 장식하고 있었다. 권총 1천 자루로 만든 샹들리에에서 가스불이 타오르고, 권총과 소총으로 만든 나뭇가지 모양의 촛대가 멋진 조명을 마무리했다. 요컨대 온갖 종류의 총포가 마치 살인 도구가 아니라 장식품이라도 되는 양 진열되어 있어서 보는 이들의 눈을 놀라게 했다.

집회장 맨 안쪽에는 넓은 연단이 있고, 회장이 네 명의 간사와 함께 차지하고 있었다. 그 앞에는 지그재그로 배열된 장의자들이 성벽을 이루고 있었고, 대포 클럽 회원들은 거기에 진을 치고 있었다. 말하자면 그날 밤은 성벽에 병사들이 배치되었다고 말할 수 있었다.

회장 임피 바비케인은 마흔 살의 남자로, 침착하고 냉정하고 근엄하고 진지하고 강인하고, 시계처럼 정확하고, 건장한 체격과 불굴의 성격을 가지고 있었다.

그는 목재업으로 재산을 모았다. 남북전쟁 때 화포국장에 임명된 그는 발명에 재능이 풍부하다는 것을 보여 주었다. 그는 대담한 발상으로 무기의 발전에 크게 이바지했고, 실험적인 화포 제작에 강력한 자극을 주었다.

체격은 보통이지만, 한 가지 특징 때문에 그는 대포 클럽에서 희귀한 예외적 존재가 되었다. 바로 사지가 멀쩡하다는 것이었다. 또렷한 이목구비는 자를 대고 줄을 그은 듯이 보였다. 타고난 성격을 알아내려면 옆에서 봐야 한다는 말이 사실이라면, 바비케인의 옆얼굴은 결단력과 대담성과 냉정함의 징후를 모두 보여 주었다.

집회장의 시계가 폭발음으로 8시를 알리자 바비케인은 용수철이 튀어 오르듯 벌떡 일어났다. 침묵이 집회장을 내리덮었다. 바비케인은 다소 허풍스러운 어조로 말하기 시작했다.

"존경하는 동지 여러분, 너무나 오랫동안 불모의 평화가 계속되어 대포 클럽 회원들을 한심한 나태에 빠뜨렸습니다. 활동으로 가득 찬 몇 년을 보낸 뒤, 우리는 연구를 포기하고 진보로 가는 도중에 걸음을 멈출 수밖에 없었습니다. 나는 감히 말하겠습니다. 우리의 무기를 돌려주기만 한다면 어떤 전쟁도 환영한다고 말입니다."

"그래, 전쟁이야!" 흥분하기 잘하는 매스턴이 외쳤다.

그러자 집회장 곳곳에서 "경청! 경청!" 하는 외침 소리가 터져 나왔다.

"하지만 현재 상황에서 전쟁은 불가능합니다." 바비케인이 말을 이었다. "게다가 당분간은 전쟁이 일어날 가능성도 없습니다. 그러니 다시금 전쟁터에서 굉음을 내려면 오랜 세월이 지나야 할 것입니다. 이런 사실을 우리는 현실로 받아들이고, 우리의 활기찬 정력을 쏟아 낼 다른 배출구를 찾아야 합니다."

청중은 회장이 요점에 다가가고 있음을 알아차리고, 그의 말에 더한층 귀를 기울였다.

"나는 지난 몇 달 동안 생각에 생각을 거듭했습니다. 우리가 각자의 전문성을 살려 시대에 어울리는 위대한 실험을 할 수는 없을까. 탄도학의 진보를 성공적인 결과로 이끌어 갈 수는 없을까. 깊이 생각하고 연구와 계산을 거듭했습니다. 그 결과, 다른 나라에서라면 실행하기 어려운 계획을 우리는 반드시 성공시킬 수 있다고 확신하게 됐습니다. 그 계획이 바로 오늘 밤 내 연설의 주제입니다. 여러분에게 어울리는, 또한 대포 클럽의 영광스러운 과거에도 어울리는 이 계획은 세상을 떠들썩하게 만들 게 분명합니다."

"세상을 떠들썩하게 한다고요?" 흥분한 회원 하나가 물었다.

"그렇습니다. 말 그대로 세상이 떠들썩해질 것입니다." 바비케인이 대답했다.

전율과도 같은 긴장이 청중들의 가슴을 관통했다. 바비케인은 모자를 단단히 눌러 쓴 다음, 차분한 목소리로 연설을 계속했다.

"여러분 가운데 지금까지 달을 본 적이 없거나 달에 대한 이야기를 들어 본 적이 없는 사람은 아무도 없습니다. 하지만 달은 여전히 미지의 세계입니다. 우리는 어쩌면 그 미지의 세계를 발견하는 콜럼버스가 될 운명인지도 모릅니다. 여러분이 내 계획을 이해하고 그 실행을 돕겠다면, 나는 여러분을 이끌고 달나라를 정복하겠습니다."

"달나라 만세!" 대포 클럽 회원들은 일제히 외쳤다.

"달은 지금까지 열심히 연구되었습니다. 질량, 밀도, 무게, 부피, 구성, 운동, 거리, 태양계에서 맡은 역할은 정확하게 측정되었습니다. 지구의 지도에 못지않은 달의 지도도 완성되었습니다. 아름다운 사진도 찍혔습니다. 하지만 지금까지 달과 지구의 직접적인 연락은 한 번도 이루어지지 않았습니다."

이 말은 관심과 놀라움의 물결을 불러일으켰다.

"그러나 달과 연락하는 수단은 간단하고 용이하고 확실합니다. 그것이 내가 지금부터 여러분에게 제안하려는 내용의 주제입니다."

이 말은 폭풍 같은 찬탄의 목소리에 파묻혔다. 청중은 모두 바비케인 회장의 말에 넋을 잃었다.

"조용! 경청!" 집회장 곳곳에서 소리쳤다.

흥분이 서서히 가라앉자 바비케인은 더욱 엄숙한 어조로 연설을 계속했다.

"여러분도 알다시피 탄도학은 요즘 장족의 진보를 이룩했고, 전쟁이 계속되었다면 대포의 완성도는 훨씬 높아졌을 것입니다. 좀 과장해서 말하면 대포의 내구력과 화약의 폭발력은 거의 무제한이라는 것도 여러분은 알고 있습니다. 나는 이 사실을 출발점으로 삼아, 필요한 내구력을 보장하도록 만든 강력하고 거대한 대포를 이용하면 탄알을 달나라까지 쏘아 보낼 수 있지 않을까 하고 생각하기 시작했습니다."

놀라서 숨을 헐떡거리는 1천 개의 가슴에서 "오오!" 하는 경악의 소리가 일제히 터져 나왔다. 이어서 폭풍 전야의 고요 같은 침묵이 잠깐 흘렀다. 다음 순간, 정말로 폭풍이 휘몰아쳤다. 하지만 집회장을 뒤흔든 것은 우레 같은 박수갈채와 외침 소리였다. 바비케인은 연설을 계속하려고 애썼지만 소용이 없었다. 10분이 지난 뒤에야 청중은 겨우 그의 목소리를 다시 들을 수 있었다.

"끝으로, 나는 결단력을 가지고 이 문제에 접근했고, 가능한 모든 각도에서 이 문제를 검토했습니다. 논란의 여지가 없는 계산을 바탕으로 해서 나는 정확하게 겨냥된 포탄이 초속 12킬로미터의 초속도(발사 순간의 속도)도 날아가면 달에 도달할 수 있다는 결론에 이르렀습니다. 존경하는 동지 여러분, 나는 그 실험을 해 보자고 정중하게 제안하는 바입니다!"

이 말이 끝나기가 무섭게 집회장에서는 일대 소동이 벌어졌다. 만세 삼창을 외치는 소리와 열광적인 환호가 모두 튀어나왔다. 사람들은 고함을 지르고, 손뼉을 치고, 마룻바닥을 발로 굴렀다.

청중은 곧 바비케인을 목말 태우고 집회장 밖으로 나갔다.

바비케인의 개선 행진은 밤늦게까지 계속되었다. 아일랜드인, 독일인, 프랑스인, 스코틀랜드인을 비롯하여 메릴랜드 주민을 구성하고 있는 다양한 종족이 저마다 모국어로 소리를 질렀다. "만세"와 "브라보"가 형언할 수 없는 감정의 홍수 속에서 한데 뒤섞였다.

그때 달이 이 모든 소동이 자신과 관련되어 있다는 것을 알아차린 듯이 떠올라 찬란하게 빛나기 시작했다. 퍼레이드를 밝히던 횃불은 강렬한 달빛에 가려졌다. 미국인들은 모두 빛을 내고 있는 둥근 달을 쳐다보았다. 달을 향해 손을 흔드는 사람도 있었고, 달을 다정하게 애칭으로 부르는 사람도 있었고, 달의 치수를 재는 사람도 있었고, 달을 향해 주먹을 휘두르는 사람도 있었다.

자정이 되었는데도 열광은 사그라들 기미조차 보이지 않았다. 열광하는 수준은 계층의 구별이 없었다. 정치인, 과학자, 사업가, 상점 주인, 노동자, 지식인, 얼간이들도 모두 마음속 깊은 곳까지 들떠 있었다. 이것은 국민적인 사업이 될 터였고, 따라서 구시가지도 신시가지도 온통 기쁨과 술에 취한 군중으로 넘쳐흘렀다.

밤 2시가 지나서야 겨우 흥분이 가라앉았다. 바비케인은 온몸에 멍이 들고 상처투성이가 되어 기진맥진한 상태로 집에 도착했다. 군중도 거리와 공원에서 차츰 사라져 갔다. 그리하여 시내는 다시 차분한 상태로 돌아갔다.

그 기억할 만한 밤에 그런 흥분에 사로잡힌 도시는 볼티모어만이 아니었다. 미국의 대도시들은 서쪽의 텍사스주에서 동쪽의 매사추세츠주까지, 북쪽의 미시건주에서 남쪽의 플로리다주까지 모두 열광 상태에 빠졌다. 그날 저녁 바비케인의 입에서 나온 한마디 한마디는 전선을 타고 초속 40만 킬로미터의 속도로 전국에 전해졌다. 따라서 프랑스보다 열 배나 큰 미국이 같은 순간에 일제히 "만세!"를 외쳤고, 자긍심으로 가득 찬 3천만 개의 심장이 같은 맥박으로 고동쳤다고 확실하게 말할 수 있다.

이튿날, 1,500종에 이르는 일간신문과 주간신문, 반월간지와 월간지가 일제히 그 문제를 대서특필했다.

일단 계획이 발표되자, 그 계획이 성공적으로 실행되리라는 것을 조금이라도 의심하는 신문 잡지는 하나도 없었다. 학회와 문학계·종교단체에서 발행하는 잡지와 팸플릿과 회보는 그 계획의 이점을 지적하고 강조했다. 보스턴의 박물학협회, 올버니의 미국학예협회, 뉴욕의 지리통계협회, 필라델피아의 미국철학회, 워싱턴의 스미스소니언 연구소는 대포클럽에 축하 편지를 보내고, 물심양면으로 계획의 실행을 도와주겠다고 제의했다.

그날부터 임피 바비케인은 과학계의 워싱턴(미국의 초대 대통령) 같은 존재로서 가장 위대한 미국 시민의 하나가 되었다. 온 나라가 갑자기 한 사람을 열렬히 사랑하게 된 셈이다. 특히 한 사건은 그 애정이 얼마나 강렬했는지를 여실히 보여 줄 것이다.

그 유명한 대포 클럽 집회가 열린 지 며칠 뒤, 미국에서 순회공연을 하고 있던 영국의 극단 단장이 볼티모어 극장에서 셰익스피어의 <헛소동>을 상연하겠다고 발표했다. 볼티모어 시민들은 이 연극 제목이 바비케인의 계획을 모욕적으로 빗댄 것이라 생각했다. 그들은 극장으로 몰려가 의자를 때려 부수고, 불운한 단장에게 프로그램을 당장 바꾸라고 요구했다. 단장은 영리한 사람이어서, 잘못 선택한 희극을 대중의 요구에 따라 <당신 좋으실 대로>로 바꾸었고, 이 연극은 그 후 몇 주 동안이나 '만원사례'의 흥행을 올렸다.

3장

미국인들의 확신과 미신

바비케인의 제안이 낳은 직접적인 결과 가운데 하나는 달에 관한 천문학적 사실에 사람들의 관심이 높아진 것이었다. 모든 사람이 달을 열심히 연구했다. 마치 달이 처음으로 지평선 위에 떠올랐거나, 지금까지 아무도 하늘에서 달을 본 적이 없는 듯했다.

요컨대 이제는, 아무리 무식한 미국인도 달에 대해 알려진 사실을 하나라도 모르는 것은 용납되지 않았고, 아무리 편협한 노파도 달에 대한 미신을 고집하는 것은 용납되지 않았다. 과학은 모든 형태로 그들에게 다가와 그들의 눈과 귀로 뚫고 들어갔다. 천문학에 무식한 것은 이제 불가능한 일이 되었다.

신문들은 달의 운행에 익숙지 않은 사람들을 위해서, 달은 두 가지 운동, 즉 자전축을 중심으로 도는 자전 운동과 지구를 도는 공전 운동을 하며, 두 운동의 주기는 27과 3분의 1일로 같다는 것을 날마다 설명했다.

몽매한 사람들도 달의 자전에 대해 케임브리지 천문대장만큼 많이 알게 되자, 이번에는 지구를 도는 달의 공전 운동에 관심을 갖게 되었다. 많은 과학 잡지들이 재빨리 달의 공전 운동을 설명하기 시작했다. 무식한 사람들은 수많은 별이 있는 하늘을 거대한 해시계로 생각할 수 있다는 것, 달은 그 해시계 위에서 움직이면서 지구 사람들에게 정확한 시각을 알려 준다는 것, 이런 공전 운동을 하는 동안 달은 다양한 모양을 보여 준다는 것, 달이 태양 반대쪽에 있을 때, 다시 말해서 달과 지구와 태양이 일직선을 이룰 때 달은 보름달로 보인다는 것, 달이 태양과 같은 쪽에 있을 때, 즉 태양과 지구 사이에 있을 때는 그믐달 또는 초승달로 보인다는 것, 끝으로 달이 직삼각형의 꼭짓점이 되어 태양 및 지구와 직각을 이룰 때는 상현달이나 하현달로 보인다는 것을 배웠다.

두뇌가 명석한 미국인들은 여기에서 달이 태양과 같은 쪽에 있거나 반대쪽에 있을 때에만 일식이나 월식이 일어날 수 있다는 결론을 끌어냈다. 그들의 추론은 옳았다. 달이 태양과 같은 쪽에 있을 때는 태양을 가려서 일식을 일으킬 수 있고, 반대쪽에 있을 때는 지구가 달을 가려서 월식이 일어날 수 있다. 이런 현상이 한 삭망월*에 두 번 일어나지 않는 것은 달의 공전 궤도면이 지구의 공전 궤도면에 대해 비스듬히 기울어져 있기 때문이다.

달이 지구 주위를 공전할 때 따라가는 궤도에 대해서도, 그것이 원이 아니라 타원이고 타원의 두 초점 가운데 하나를 지구가 차지하고 있다는 것을 케임브리지 천문대는 모든 나라에서 가장 무식한 사람도 알 수 있을 만큼 분명하게 설명했다. 달이 지구에서 가장 멀리 있을 때가 원지점이고 가장 가까이 있을 때가 근지점*이라는 것은 이제 널리 알려져 있었다.

이것은 모든 미국인이 원하든 원치 않든 간에 알게 된 사실이었고, 웬만한 사람이라면 모르고 넘어갈 수 없는 일이었다. 하지만 이런 올바른 지식이 급속히 보급되는 반면, 명백한 잘못과 공연한 두려움을 뿌리 뽑는 것은 그렇게 쉽지 않았다.

예를 들면 어떤 사람들은 달이 원래는 혜성이었는데 길쭉한 궤도를 따라 태양 주위를 돌다가 지구에 너무 가까이 다가오는 바람에 그만 지구의 인력에 붙잡히고 말았다고 주장했다. 이 책상물림 천문학자들은 이것이 불에 그을린 듯한

삭망월 초승달부터 다음 초승달까지의 기간으로, 약 29.5일. 이것이 태음력으로 한 달이다.

근지점 지구 둘레를 도는 달이 궤도상에서 지구에 가장 가까워지는 점. 반대로 가장 멀어지는 점을 원지점이라고 한다.

달의 외관을 설명해 준다고 생각했다. 그들은 달이 혜성일 때 태양열에 그을리는 돌이킬 수 없는 재난을 당했다고 믿었다. 하지만 혜성에는 대기가 있는데 달에는 대기가 없다는 사실을 지적하자, 그들은 아무 대답도 하지 못했다.

끝으로, 무지몽매한 사람들의 미신이 문제였다. 이들은 지식이 없는 것으로 만족하지 않고, 사실상 그릇된 것을 안다고 주장했다. 게다가 그들은 달에 대한 그릇된 지식을 아주 많이 '알고' 있었다. 달을 매끄러운 거울로 생각하는 사람도 있었다. 지금까지 지구에서 일어난 재난과 혁명과 지진과 홍수 같은 대변동은 초승달과 그믐달의 영향 때문이었다고 주장하는 사람도 있었다. 그래서 그들은 달이 인간의 운명에 영향을 미치는 신비로운 힘을 가지고 있다고 믿었다. 그들의 주장에 따르면, 생명 체계는 달에 완전히 의존해 있었다. 초승달일 때 태어나는 것은 아들이고 그믐달일 때 태어나는 것은 딸이라고, 그들은 고집스럽게 주장했다. 하지만 결국에는 그들도 이런 잘못된 생각을 버리고 진실로 돌아올 수밖에 없었다. 이제 미국인들의 유일한 야심은 우주에 떠 있는 신대륙을 영유하여, 그 최고봉에 성조기를 꽂는 것이었다.

한편 바비케인은 쏟아지는 찬사 속에서도 시간을 허비하지 않았다. 그는 우선 대포 클럽 회의실에 동료들을 소집했다. 그들은 문제를 논의한 뒤, 계획의 천문학적 측면에 대해 전문가들에게 자문을 구하기로 했다.

그들은 고도의 기술적 문제에 대한 몇 가지 질문이 담긴 편지를 매사추세츠주 케임브리지에 있는 천문대로 보냈다. 미국 최초의 대학이 설립된 이 도시는 천문대로도 유명하다. 천문대 직원들은 가장 우수한 과학자들로 이루어져 있다.

이틀 뒤, 초조하게 기다리던 답장이 바비케인 회장에게 배달되었다.

메릴랜드주 볼티모어
대포 클럽 회장
임피 바비케인 귀하

친애하는 바비케인 씨,
귀하께서 대포 클럽의 이름으로 케임브리지 천문대에 보낸 10월 6일자 서한을 받고, 우리 직원들은 당장 모임을 가지고 의논한 끝에 다음과 같은 회신을 작성했습니다.

귀하의 질문은 다음과 같은 것이었습니다.
1. 포탄을 달에 쏘아 보내는 것은 가능한가?
2. 지구와 달의 거리는 정확히 얼마인가?
3. 포탄에 충분한 초속도를 부여하면 달까지 얼마나 걸릴까? 그리고 포탄을 달의 정해진 위치에 명중시키려면

언제 쏘아야 하는가?

4. 달이 포탄이 도달하기에 가장 유리한 위치에 오는 것은 정확히 언제인가?
5. 포탄을 발사할 대포는 정확히 하늘의 어느 위치를 겨냥해야 하는가?
6. 포탄이 발사될 때 달은 정확히 어느 위치에 있어야 하는가?

위 질문에 대한 케임브리지 천문대의 답변을 요약하면 다음과 같습니다.

1. 대포는 위도 0도와 28도 사이에 배치해야 한다.
2. 대포는 천정*을 겨냥해야 한다.
3. 포탄의 초속도는 초속 12킬로미터가 넘어야 한다.
4. 포탄은 내년 12월 1일 자정보다 1시간 13분 20초 전에 발사해야 한다.
5. 포탄은 지구를 떠난 지 5일 뒤인 12월 5일 자정, 달이 천정을 통과할 때 달에 이르게 될 것이다.

따라서 대포 클럽 회원 여러분은 곧바로 작업에 착수하여 정확한 시각에 포탄을 발사할 준비를 갖추어야 합니다.

천정 지구 표면의 관측 지점에서 연직선을 하늘 위로 연장할 때 천구와 만나게 되는 가상의 점.

12월 4일을 놓치면, 달이 근지점과 천정이라는 두 가지 조건을 다시 충족시킬 때까지 18년 11일을 기다려야 할 테니까요.

케임브리지 천문대 직원들은 천문학 이론에 대한 질문에는 언제든지 기꺼이 답변해 드릴 것을 약속하면서, 모든 미국 국민과 함께 축하 인사를 보내는 바입니다.

케임브리지 천문대장
J.M. 벨파스트

4장

포탄 찬가

10월 7일의 편지에서 케임브리지 천문대는 문제를 오로지 천문학적 관점에서 다루었다. 이제는 기술적인 관점에서 문제를 해결해야 했다.

바비케인 회장은 곧바로 대포 클럽 회원들 중에서 실행위원을 선임했다. 실행위원회는 세 차례의 회의에서 대포와 포탄과 화약이라는 세 가지 중대한 문제를 해결할 예정이었다. 실행위원회는 이런 문제에 밝은 네 명의 회원으로 구성되었다. 가부동수일 때 결정권을 가진 바비케인 회장, 모건 장군과 엘피스턴 소령, 그리고 마지막으로 없어서는 안 될 인물인 J.T. 매스턴. 매스턴은 간사 겸 서기를 맡았다.

10월 8일 바비케인 회장네 집에서 실행위원회가 열렸다.

배가 고프면 진지한 토론에 방해가 되기 때문에, 네 명의 실행위원은 샌드위치와 찻주전자로 뒤덮인 탁자를 둘러싸고 앉았다. 매스턴이 손을 대신하는 쇠갈고리에 펜을 돌려 끼우자 회의가 시작되었다.

바비케인 회장이 먼저 입을 열었다.

"동지 여러분, 오늘 첫 번째 회의에서는 대포에 대해 논의하는 게 좀 더 논리적이라고 생각될지 모르나……"

"맞아요." 모건 장군이 의견을 말했다.

"하지만……" 바비케인이 다시 말을 이었다. "생각에 생각을 거듭한 결과, 나는 포탄 문제를 대포보다 우선해야 하고, 대포의 규모는 포탄의 규모에 따라 결정되어야 한다고 생각하게 됐습니다."

"의장님! 발언권을 요구합니다." 매스턴이 외쳤다.

바비케인은 매스턴의 위대한 과거에 경의를 표하면서 그에게 발언권을 주었다.

"동지 여러분……" 매스턴은 활기찬 어조로 말을 시작했다. "회장님이 포탄 문제를 먼저 다루기로 한 것은 옳습니다. 우리가 달에 보낼 발사체는 우리의 사절이 될 겁니다. 신은 항성과 행성들을 만들었지만 인간은 포탄을 만들었습니다. 포탄은 지상에서 속력을 평가하는 기준이 되고, 우주 공간을 떠도는 천체들의 축소판입니다. 천체들도 따지고 보면 일종의 발사체일 뿐입니다!"

성스러운 포탄 찬가를 부르는 동안 그는 황홀경에 빠져들었고, 그의 목소리는 점점 서정적인 억양을 띠었다.

"여러분! 우리가 초속 12킬로미터의 속도로 포탄을 발사하면 어떻게 될지 생각해 보세요. 아, 위대한 포탄이여. 나는 그대가 달나라에 가면 지구의 사절로서 그에 어울리는 정중한 대우를 받게 되리라고 믿고 싶구나!"

이 열변의 마무리는 요란한 박수갈채를 받았다. 매스턴은 감정에 겨운 얼굴로 동료들의 축하를 받으며 자리에 앉았다.

이윽고 바비케인이 입을 열었다.

"해결해야 할 문제가 뭔지는 알고 있겠지요? 우리는 포탄을 초속 12킬로미터의 속도로 발사해야 합니다. 하지만 우선은 지금까지 포탄이 얻은 속도를 검토해 봅시다. 그 문제에 대해서는 모건 장군께서 설명해 주실 수 있을 겁니다."

"좋습니다." 모건 장군이 말했다. "뉴욕 근처의 해밀턴 요새에서 시험한 대포는 반 톤짜리 포탄을 10킬로미터 거리로 날려 보냈고, 속도는 초속 800미터였소."

"그러면 초속 800미터가 지금까지 도달한 최고 속도인가요?" 바비케인이 물었다.

"그렇소." 모건이 대답했다.

"그러니까 그 초속 800미터를 우리의 출발점으로 삼읍시다. 우리는 그 속도를 15배 늘려야 할 겁니다. 그 속도에 도달하는 방법에 대한 논의는 다음 회의로 미루겠습니다. 지금은 포탄의 크기에 주의를 기울여 주시기 바랍니다."

"무슨 뜻이오?" 소령이 물었다.

"포탄을 쏘아 보내고 그냥 잊어버리는 것으로는 충분치 않다는 뜻입니다. 포탄이 목표물에 도착할 때까지 그 궤도를 지켜볼 수 있어야 합니다."

"뭐라고!" 장군과 소령이 놀라서 외쳤다.

"그러면 당신은 어마어마하게 큰 탄알을 생각하고 있겠군!" 소령이 말했다.

"아시다시피 광학기계는 장족의 발전을 이룩했습니다. 물체를 6천 배로 확대할 수 있는 망원경도 있어서, 그것을 사용하면 달을 65킬로미터 거리까지 끌어올 수 있습니다. 그 거리라면 20제곱미터의 물체를 식별할 수 있지요. 그리고 달은 일종의 반사경에 불과하니까 충분한 빛을 내지 않고, 따라서 그 한계점보다 더 배율을 높이는 것은 바람직하지 않습니다."

"그럼 어떻게 할 작정이오?" 장군이 물었다. "지름 20미터짜리 탄알을 만들 거요?"

"아닙니다."

"그럼 달을 더 밝게 만들 작정이오?"

"그렇습니다."

"설마 진담은 아니겠죠?" 매스턴이 외쳤다.

"사실은 아주 간단합니다. 달빛이 통과하는 대기의 밀도를 줄이는 데 성공하면, 결과적으로 달빛이 더 밝아지지 않을까요?"

"아, 그렇군요."

"망원경을 아주 높은 산에 설치하기만 하면 그 결과를 얻을 수 있습니다. 그게 우리가 할 일입니다."

"놀랍군요." 매스턴이 말했다. "그러면 우리 탄알은 지름이 3미터겠네요!"

"맞아요."

"하지만 그렇게 되면 탄알이 너무 무거워질 텐데……" 엘피스턴 소령이 말했다. "탄알을 만들 때 어떤 금속을 쓸 작정이오?"

"보통 주철이오." 모건 장군이 말했다.

"주철이라고요?" 매스턴이 경멸하듯 말했다. "달까지 날아갈 탄알에 쓰기에는 너무 평범하군요."

"너무 지나치면 안 좋아, 매스턴." 모건이 말했다. "주철이면 충분할 거야."

그러자 엘피스턴 소령이 말했다.

"무게는 부피에 비례할 테니까, 지름 3미터짜리 주철 포탄은 엄청나게 무거울 겁니다!"

"속이 비지 않은 주철 덩어리라면 그렇겠지만, 속이 비어 있으면 별로 무겁지 않습니다." 바비케인이 말했다.

"속이 비었다고? 그럼 포환이 아니라 유탄(껍데기로 둘러싼 탄알 속에 화약을 다져 넣어 만든 포탄)을 만들 건가요?"

"그러면 그 속에 메시지를 넣을 수도 있겠군요." 매스턴이 말했다. "여기 지구에서 생산된 제품 견본도 넣을 수 있을 테고."

"맞아. 유탄이 될 거야." 바비케인이 말했다.

"탄알 외피의 두께는 얼마나 될까요?" 소령이 물었다.

"표준 비율에 따르면……" 모건이 대답했다. "지름이 3미터라면 그 두께가 적어도 60센티미터는 되어야 할 거요."

"그러면 너무 무거울 겁니다." 바비케인이 말했다. "그러니까 우리의 문제는 이겁니다. 주철로 만든 포탄의 무게가 1만 킬로그램밖에 나가지 않으려면 외피가 얼마나 두꺼워야 하는가? 그 대답은 계산의 달인인 매스턴 씨가 즉각 말해 줄 수 있을 겁니다."

"기꺼이 대답하지요." 실행위원회의 명예로운 간사가 대답했다.

그는 종이에다 수학 공식 몇 개를 끼적였다. 마침내 그가 말했다.

"외피는 5센티미터보다 더 두꺼우면 안 됩니다."

"그걸로 충분할까요?" 소령이 미심쩍은 얼굴로 물었다.

"물론 안 됩니다." 바비케인이 대답했다.

"그럼 어떻게 하지요?" 소령이 당혹스러운 표정으로 말했다.

“주철이 아니라 다른 금속을 사용해야 할 겁니다.”

“그게 뭔데요?”

“알루미늄입니다.” 바비케인이 말했다.

“알루미늄?” 나머지 세 사람이 동시에 소리쳤다.

“그렇습니다. 이 귀중한 금속은 은처럼 하얗고, 금처럼 변하지 않고, 쇠처럼 내구성이 강하고, 구리처럼 녹기 쉽고, 유리처럼 가볍습니다. 알루미늄은 무게가 철의 3분의 1밖에 안 되니까, 우리에게 포탄 재료를 제공하려는 특별한 목적으로 일부러 창조된 것처럼 보일 정도예요!”

“알루미늄 만세!” 매스턴이 외쳤다. 그는 무언가에 열중했을 때는 항상 시끄럽기 짝이 없는 사람이었다.

“하지만 알루미늄을 만들려면 비용이 많이 들지 않을까요?” 소령이 물었다.

“전에는 그랬지요. 처음 발견되었을 때는 1킬로그램 만드는 데 500달러가 넘게 들었지만, 지금은 18달러까지 내려갔습니다.”

“1킬로그램에 18달러면, 그래도 비용이 엄청나게 들텐데…….”

“알루미늄 탄알은 무게가 얼마나 되겠소?” 모건 장군이 물었다.

“내가 계산한 결과는 이렇습니다. 지름이 3미터에 외피 두께가 30센티미터인 유탄을 주철로 만들면 3만 3,700킬로그램이 나갈 겁니다. 그런데 알루미늄으로 만들면 9,625킬로그램밖에 안 됩니다."

"완벽해!" 매스턴이 말했다. "우리 계획에 멋지게 들어맞겠어."

"완벽하군!" 소령도 같은 말을 되풀이했다. "하지만 1킬로그램에 18달러라면 포탄 제작비는……."

"정확하게 17만 3,250달러가 듭니다. 하지만 걱정하지 마세요. 우리 계획이 자금 부족에 시달리는 일은 절대 없을 테니까요. 장담합니다."

"좋습니다. 동의합니다!" 세 위원이 한목소리로 대답했다.

그러자 바비케인이 말을 이었다.

"포탄의 모양은 중요하지 않습니다. 포탄이 일단 대기권을 통과하고 나면 진공 속을 날아가게 될 테니까요. 그래서 나는 둥근 공 모양을 제안합니다. 둥근 포탄은 원하면 빙글빙글 돌 수도 있고, 어떤 식으로든 마음대로 움직일 수 있습니다."

실행위원회의 제1차 회의는 그렇게 끝났다. 포탄 문제는 해결되었고, 매스턴은 알루미늄 탄알을 달나라 주민들에게 쏘아 보낼 생각에 들뜬 나머지 이렇게 외쳤다.

"알루미늄을 보면 그 외계인들은 우리 지구인을 대단하게 생각할 겁니다!"

5장

대포 이야기

이 회의에서 내려진 결정은 바깥세상에 큰 반향을 불러일으켰다. 소심한 사람들은 1만 킬로그램이나 되는 포탄을 공중으로 쏘아 올린다는 생각에 겁을 먹었다. 그렇게 무거운 포탄에 충분한 초속도를 부여할 수 있는 대포는 도대체 어떤 대포일까, 모두 궁금해했다.

이튿날 저녁, 네 명의 실행위원은 다시 산더미처럼 쌓인 샌드위치와 바다 같은 차가 놓인 탁자 앞에 자리를 잡았다.

"동지 여러분." 바비케인 회장이 말했다. "오늘 검토할 것은 대포에 관해서입니다. 대포의 길이, 형태, 재료, 그리고 무게도 검토해야 합니다. 우선, 어제 우리가 어디까지 논의했는지를 상기시켜 드리죠. 우리는 지름이 3미터에 무게가

1만 킬로그램이나 나가는 포탄에 초속 12킬로미터의 초속도를 부여하는 것이 문제라는 데 의견이 일치했습니다."

"맞아요. 바로 그게 문제요." 엘피스턴 소령이 말했다.

"그러면 거기서부터 시작하겠습니다. 포탄을 공중으로 발사하면 어떤 일이 일어날까요? 공기의 저항, 지구의 인력, 그리고 대포의 추진력이라는 세 가지 힘이 따로따로 탄알에 작용합니다. 그럼 이들 세 가지 힘을 검토해 봅시다. 공기 저항은 중요하지 않을 겁니다. 지구의 대기층은 두께가 대략 60킬로미터밖에 안 됩니다. 초속 12킬로미터로 날아가는 포탄이면 5초 만에 대기층을 통과하게 될 텐데, 아주 짧은 동안이니까 공기 저항은 무시해도 좋습니다. 다음은 지구의 인력을 생각해 봅시다. 다른 말로 표현하면 탄알의 무게지요. 포탄이 지구에서 멀어질수록 그 무게는 거리의 제곱에 반비례하여 줄어들 겁니다. 우리는 중력의 힘을 점진적으로 정복해야 합니다. 어떻게 하면 될까요? 우리가 이용할 추진력으로 정복하는 겁니다."

"그게 어려운 문제군요." 소령이 말했다.

"맞습니다. 하지만 우리는 그 어려움을 극복할 겁니다. 우리가 필요로 하는 추진력은 대포의 길이와 화약의 양에서 나오는 결과니까요. 화약의 양을 제한하는 것은 대포의 강도뿐입니다. 이제 우리는 대포의 크기를 결정해야 합니다. 좀 과장해서 말하면 우리는 대포를 원하는 만큼 강하게 만들 수 있습니다. 대포를 움직일 필요는 없을 테니까요."

"그건 그렇소." 모건 장군이 말했다.

"물론 그렇겠죠!" 매스턴이 외쳤다. "우리가 만들 대포는 길이가 적어도 반 마일(약 800미터)은 되어야 할 겁니다."

"이보게, 매스턴. 그건 너무 지나쳐." 모건 장군이 말했다.

"천만에요!" 성미가 불 같은 간사가 반박했다. "어떻게 그런 말씀을 할 수 있는지 모르겠군요."

"자네 말이 너무 지나쳐서 그래."

바비케인은 토론이 인신공격으로 나아가지 않도록 둘 사이에 끼어들었다.

"자, 진정들 하시고, 논리적으로 생각해 봅시다. 우리 대포는 포탄 뒤에서 팽창하는 가스를 충분히 이용할 수 있을 만큼 길어야 하지만, 어떤 한계를 넘어서면 쓸모가 없게 될 겁니다."

"당연하죠." 소령이 말했다.

"그런 경우에 지켜지는 규칙은 어떤 걸까요? 대포의 길이는 대개 구경의 20배에서 25배 사이이고, 무게는 탄알의 235배에서 240배입니다."

"그걸로는 부족해요!" 매스턴이 성급하게 외쳤다.

"동감이오. 그 규칙에 따르면, 지름이 3미터에 무게가 1만 킬로그램인 탄알을 발사할 대포는 길이가 기껏해야 75미터밖에 안 되고 무게는 기껏해야 240만 킬로그램밖에 안 됩니다. 그래서 나는 그 길이를 네 배로 늘려 길이가 300미터인 대포를 만들자고 제안하는 바입니다."

장군과 소령은 몇 가지 이의를 제기했지만, 그 제안은 매스턴의 열렬한 지지를 받아 결국 채택되었다.

"그러면 대포의 외피는 얼마나 두껍게 만들어야 할까요?" 소령이 말했다.

"2미터요." 바비케인이 대답했다.

"그렇게 큰 대포를 설마 포가(포신 받침틀) 위에 올려놓을 생각은 아니겠죠?" 소령이 물었다.

"물론이죠. 그래서 나는 땅속에서 대포를 주조할 생각입니다. 연철로 만든 띠로 대포를 보강하고, 석축을 쌓아 대포를 둘러싸면 주위에 있는 땅의 저항력이 대포에 유리하게 작용할 겁니다. 포신이 주조되면 조심스럽게 구멍을 넓히고, 포강(포신 속의 빈 부분)과 탄알 사이에 아주 작은 틈도 생기지 않도록 조정할 겁니다. 그렇게 하면 가스가 전혀 새어나가지 않아서, 화약의 폭발력을 온전히 추진력으로 사용할 수 있을 겁니다."

"만세! 만세!" 매스턴이 외쳤다. "대포는 됐어요."

"아직은 아닐세." 바비케인은 손으로 매스턴을 진정시키면서 말했다.

"왜요?"

"대포의 형태를 아직 논의하지 않았으니까. 카농포로 할 것인가, 아니면 유탄포로 할 것인가, 곡사포로 할 것인가?"

"카농포." 모건 장군이 말했다.

"유탄포." 엘피스턴 소령이 말했다.

"곡사포!" 매스턴이 말했다.

세 사람이 저마다 좋아하는 대포를 옹호하는 논쟁이 막 벌어지려 할 때, 바비케인이 논쟁을 가로막았다.

"여러분이 모두 동의할 타협안을 제시하겠습니다. 우리 '콜럼비아드'*는 그 세 가지 대포의 특징을 모두 겸비하게 될 겁니다. 약실과 포강의 지름이 같을 테니까 카농포라고 할 수 있고, 속이 빈 유탄을 발사할 테니까 유탄포라고 할 수 있고, 90도 각도로 발사될 테고 또 반동을 일으킬 염려가 없도록 땅속에 고정된 상태에서 모든 추진력을 포탄에 전달할 테니까 곡사포라고 할 수 있습니다."

세 사람 다 동의한다고 말했다.

"이제 됐군요!" 매스턴이 외쳤다.

"아직은 아니야." 바비케인이 말했다.

"왜요?"

"대포를 어떤 금속으로 만들 것인가 하는 문제를 결정하지 않았으니까."

"지금 당장 결정합시다."

콜럼비아드 남북전쟁 때 토머스 로드먼(대포 기술자)이 만든 대포에 '콜럼비아드'라는 애칭을 붙였는데, 그 후에도 미국인들은 큰 대포를 이 애칭으로 불렀다.

"나도 지금 그렇게 제안하려던 참이었네."

네 명의 실행위원은 샌드위치를 각자 12개씩 먹고 차를 큰 잔으로 가득 마신 다음, 다시 토론을 시작했다.

"동지 여러분!" 바비케인이 말했다. "우리 콜럼비아드는 잘 부서지지 않고 아주 단단해야 합니다. 용해되지 않고 녹도 슬지 않고 산의 부식작용에도 영향을 받지 않아야 합니다."

"그건 당연하겠지요." 소령이 대답했다. "게다가 엄청난 양의 금속을 사용해야 할 테니까, 선택의 여지는 그렇게 넓지 않아요."

"지금까지 발견된 합금 중에서 가장 좋은 것을 씁시다." 모건 장군이 말했다. "구리 100에 주석 12, 놋쇠 6의 비율로 섞은 합금이오."

"지금까지는 그게 최상의 합금이었지요. 그건 나도 인정하겠습니다." 바비케인이 말했다. "하지만 이번 경우에는 너무 비싸고 다루기가 어려워서 쓸 수 없을 겁니다. 나는 주철처럼 값싸지만 우수한 금속을 써야 한다고 생각합니다. 소령님은 내 의견에 동의하지 않으십니까?"

"물론 동의합니다."

"주철은 가격이 청동의 10분의 1밖에 안 됩니다. 주철은 녹기 쉽고, 거푸집으로 간단히 주조할 수 있지요. 게다가 빨리 세공할 수 있으니까, 돈만이 아니라 시간도 절약될 겁니다. 게다가 주철은 아주 뛰어난 금속입니다."

"하지만 주철은 깨지기 쉽지 않소?" 장군이 말했다.

"그러면서도 아주 단단하지요. 우리 콜럼비아드는 폭발하지 않을 겁니다. 그건 내가 책임지고 보증합니다. 자, 훌륭한 간사님께 부탁하고 싶은데, 길이가 300미터에 구경이 3미터, 외피 두께가 2미터인 주철 대포의 무게를 계산해 주겠나?"

"잠깐만 기다리세요." 매스턴이 말했다.

그는 전날처럼 놀랄 만큼 쉽게 공식을 적은 다음, 1분 뒤에 이렇게 발표했다.

"그 대포의 무게는 6만 8,040톤이 될 겁니다."

"1킬로그램에 4센트면, 비용은 모두 얼마나 들까?"

"272만 1,600달러군요."

매스턴과 소령과 장군은 걱정스러운 얼굴로 바비케인을 쳐다보았다.

그러자 바비케인이 말했다.

"어제 한 말을 다시 되풀이하겠습니다. 걱정하지 마세요. 돈은 절대로 부족하지 않을 테니까."

대포 클럽 회장이 이렇게 장담한 뒤 회의가 끝났다. 실행위원들은 이튿날 저녁에 다시 모이기 합의했다.

6장

화약 문제

아직 화약 문제가 해결해야 할 과제로 남아 있었다. 대중은 이 마지막 결정을 간절히 기다리고 있었다.

화약은 14세기에 배르톨트 슈바르츠라는 수도사가 발명한 것으로 널리 알려져 있고, 그 위대한 발견을 한 대가로 목숨을 잃었다는 이야기가 자주 되풀이되었다.

실행위원들이 다음날 세 번째 회의를 시작할 때, 바비케인은 전쟁 때 화약 생산을 담당했던 엘피스턴 소령에게 발언권을 주었다.

고명한 화학자가 입을 열었다.

“동지 여러분. 우선 부인할 수 없는 몇 가지 수치를 제시할 테니까, 그것을 바탕으로 토론을 진행합시다. 훌륭한 우리 간사가 그저께 그토록 시적으로 이야기한 12킬로그램짜리 포탄을 발사하는 데 필요한 화약은 8킬로그램밖에 안 됩니다."

"그 수치는 확실합니까?" 바비케인이 물었다.

"확실합니다. 화약의 양은 포탄의 무게에 정비례하여 늘어나지 않아요. 12킬로그램짜리 포탄은 탄알 무게의 3분의 2에 해당하는 화약 8킬로그램을 사용하지만, 이 비율이 항상 일정하지는 않습니다. 비율이 일정하다면 반 톤짜리 포탄이 필요로 하는 화약은 333킬로그램이겠지만, 실제로 필요한 화약은 80킬로그램밖에 안 됩니다."

그러자 장군이 말했다.

"그보다…… 포탄을 쏘는 데 필요한 화약의 양을 결정하기 전에, 어떤 종류의 화약을 사용할 것인지부터 결정하는 게 나을 듯싶은데……."

"알갱이 화약을 사용할 겁니다." 소령이 말했다. "그게 가루 화약보다 더 빨리 타니까요."

"그건 그렇지만, 알갱이 화약은 폭발력이 높아서 결국 포강을 손상시키지." 장군이 말했다.

그러자 매스턴이 말했다.

"점화 구멍을 몇 개 뚫어 놓고 여러 곳에서 동시에 화약에 불을 붙이면 되겠군요."

"그렇겠지." 소령이 대답했다. "하지만 그렇게 하면 작업이 더 어려워질 거요. 알갱이 화약은 그런 어려움을 줄여 줄 테니까, 나는 끝까지 알갱이 화약을 고집할 겁니다."

"그렇다면 어쩔 수 없지." 장군이 말했다.

"콜롬비아드를 만든 로드먼은 그 대포에 알갱이가 밤톨만 한 화약을 사용했지요." 소령이 말을 이었다. "그건 버드나무를 철제 보일러에 구워서 만든 숯이었어요. 숯으로 만든 화약은 단단하고, 반들반들 광택이 나고, 만져도 손에 흔적이 남지 않고, 수소와 산소가 많이 들어 있고, 순식간에 타오르고, 파쇄력은 강하지만 포신은 손상시키지 않았습니다."

"그렇다면 망설일 이유가 없겠군요." 매스턴이 말했다. "그걸로 결정합시다."

그때까지 바비케인은 잠자코 있었다. 다른 사람들의 말에 귀를 기울이고 그들에게 말을 시켰을 뿐이다. 그에게 무슨 생각이 있는 것은 분명했다. 그는 이렇게 말하는 것으로 만족했다.

"그런데 화약의 양은 어느 정도가 좋겠습니까?"

세 동료는 잠시 얼굴을 서로 마주 보았다. 그러다가 장군이 말했다.

"10만 킬로그램."

"25만 킬로그램." 소령이 말했다.

"40만 킬로그램!" 매스턴이 외쳤다.

세 사람이 제각기 화약의 양을 제안한 뒤, 잠시 침묵이 흘렸다.

마침내 바비케인이 침묵을 깨고 침착하게 말했다.

"여러분, 나는 우리 콜럼비아드가 제대로 만들어지면 무한한 강도를 가질 거라는 신념에서 출발하겠습니다. 그래서 나는 매스턴 씨가 제안한 40만 킬로그램의 두 배를 제안하여 그를 깜짝 놀라게 하고 싶군요."

"그럼 80만 킬로그램?" 매스턴이 의자에서 벌떡 일어나면서 말했다.

"그렇다네."

"하지만 그러려면 내가 제안한 반 마일짜리 대포를 다시 한번 고려해야 할 겁니다."

그들은 모두 바비케인을 쳐다보았다.

"그래도 나는 그만한 양의 화약을 고집하겠습니다. 생각해 보세요. 80만 킬로그램의 화약은 60억 리터의 가스를 만들어 낼 겁니다. 60억 리터! 그게 뭘 의미하는지 아세요?"

"하지만 어떻게 그럴 수 있지?" 장군이 물었다.

"아주 간단합니다. 화약의 위력을 줄이지 않고 그 어마어마한 화약의 부피를 줄이면 됩니다."

"그렇군. 하지만 어떻게?"

"면화약의 특징들 가운데 어떤 점이 우리에게 그렇게 요긴한지는 모두 아실 겁니다. 면화약은 아주 쉽게 만들 수 있습니다. 솜을 15분 동안 질산에 담갔다가 물로 헹궈서 말리기만 하면 되니까요."

"정말 간단하군." 장군이 말했다.

"하지만 비용이 많이 듭니다."

"그게 문제가 되나요?" 매스턴이 말했다.

"끝으로 면화약은 보통 화약보다 네 배나 빠른 속도를 포탄을 부여할 수 있습니다. 면화약이 제 무게의 80퍼센트에 상당하는 양의 질산칼륨과 혼합되면 폭발력이 훨씬 커집니다."

"그럴 필요가 있을까요?" 소령이 물었다.

"필요 없을 겁니다. 그러니까 우리는 화약 80만 킬로그램이 아니라 면화약 20만 킬로그램만 있으면 됩니다. 면화약 250킬로그램은 760리터의 부피로 안전하게 압축할 수 있으니까, 대포에 20만 킬로그램을 모두 채워 넣어도 55미터밖에 차지하지 않을 겁니다. 60억 리터의 가스가 폭발하면 포탄은 포신 속을 200미터가 넘게 달려서 달을 향해 날아갈 겁니다."

이렇게 하여 실행위원회의 제3차 회의도 막을 내렸다. 바비케인과 그의 대담한 동료들은 포탄과 대포와 화약이라는 중요하고도 복잡한 문제를 모두 해결했다. 그들에게는 불가능한 일이 아무것도 없어 보였다. 그들의 계획은 결정되었다. 이제 그 계획을 실행에 옮기는 일만 남았다.

7장

3천만 명의 동지들 가운데 한 명의 적

미국인들은 대포 클럽의 계획이라면 아무리 사소한 것에도 뜨거운 관심을 쏟았다. 그 위대한 실험을 위한 준비 작업은 아무리 간단한 것도 대중을 흥분시켰다. 대중은 실험이 제기하는 수학적인 문제, 해결해야 할 기계적인 어려움, 요컨대 계획을 실행에 옮기는 모든 과정에 정신이 팔렸다.

작업을 시작해서 끝낼 때까지 1년이 넘는 시일이 걸리겠지만, 그 기간에도 흥분은 가라앉지 않을 것이다. 대포를 설치할 장소를 선정하고, 거푸집을 만들고, 대포를 주조하고, 화약을 장전하는 일련의 과정은 대중의 호기심을 충분히 불러일으키고도 남았다. 발사된 포탄은 수십분의 1초 만에 시야에서 사라질 것이다. 그때부터는 특권을 부여받은 몇 사람만이 포탄이 어떻게 될지, 우주 공간에서 어떻게 움직일지, 달에 어떻게 도달하는지를 볼 수 있을 것이다. 이 때문에 세간의 관심은 주로 실험의 준비 작업과 그 실행의 세부 사항에 집중되었다.

앞에서도 말했듯이, 바비케인의 계획은 많은 지지자와 찬미자를 끌어모았다. 하지만 그 지지가 아무리 놀랄 만큼 광범위한 것이었다 해도 만장일치는 아니었다. 대포 클럽의 프로젝트에 이의를 제기한 사람이 미국 전체에 딱 한 사람 있었다. 그는 기회가 있을 때마다 그 계획을 맹렬히 공격했고, 인간의 본성은 원래 그런 것이어서 바비케인은 다른 모든 사람의 찬사보다 그 한 사람의 반대에 더 강한 영향을 받았다.

바비케인은 그 단호한 적을 한 번도 만난 적이 없었다. 이것은 다행이었다. 두 사람이 만났다면 틀림없이 유감스러운 결과를 낳았을 것이기 때문이다. 그 경쟁자는 바비케인처럼 과학자였고, 자존심 강하고 대담하고 진지하고 격렬하며 순수한 양키(미국 북동부의 뉴잉글랜드 출신을 가리키는말)였다. 이름은 캡틴 니콜이고, 필라델피아에 살고 있었다.

남북전쟁 때 포탄과 군함 장갑판 사이에 벌어진 기묘한 싸움은 모르는 사람이 없다. 포탄은 장갑판을 뚫으려 하고, 장갑판은 포탄에 저항하려고 했다. 이 경쟁으로 말미암아 두 대륙의 해군에 급격한 변화가 일어났다. 포탄과 장갑판은 무자비하게 싸웠고, 장갑판이 점점 두꺼워질수록 포탄은 점점 커졌다.

바비케인은 위대한 대포 제작자였고, 니콜은 위대한 장갑판 제작자였다. 바비케인은 볼티모어에서 밤낮으로 대포를 만들었고, 니콜은 필라델피아에서 밤낮으로 장갑판을 만들었다. 두 사람은 본질적으로 정반대되는 사고방식을 가지고 있었다.

바비케인이 새 포탄을 개발하자마자 니콜은 새로운 장갑판을 발명했다. 바비케인은 구멍을 뚫는 데 모든 시간을 바쳤고, 니콜은 구멍이 뚫리는 것을 막는 데 모든 시간을 바쳤다. 그래서 끊임없이 경쟁이 벌어졌고, 이 경쟁심은 곧 개인적인 적개심이 되었다. 그러나 두 발명가 가운데 누가 이겼는지는 분명치 않았다. 아직은 정확한 판단을 내릴 수 없었기 때문이다.

바비케인이 대포 클럽에서 그 유명한 연설을 했을 때, 캡틴 니콜의 분노는 절정에 이르렀다. 격렬한 질투심과 완전한 무력감이 그 분노와 뒤섞였다.

그는 대포 클럽의 계획을 맹렬히 공격했다. 그리고 신문사에 수많은 투서를 보냈고, 신문사들은 그것을 기꺼이 실어주었다. 일단 선전포고를 한 니콜은 수단 방법을 가리지 않았고, 그의 논거는 겉만 번드르르하고 비신사적인 경우가 많았다고 말할 수밖에 없다.

우선 니콜은 바비케인이 제시한 숫자를 맹렬히 공격했다. 바비케인의 계산이 틀렸다는 것을 면밀한 논리로 입증하려 했고, 바비케인이 탄도학의 기본 원리도 모른다고 비난했다. 무엇보다도 그는 어떤 물체에 초속 12킬로미터의 초속도를 부여하는 것은 절대 불가능하다고 말했고, 그렇게 무거운 탄알은 설령 그렇게 빠른 속도로 날아가더라도 지구의 대기권을 절대 벗어날 수 없다고 대수학을 방패 삼아 주장했다. 그렇게 무거운 포탄은 30킬로미터 상공에 도달하기도 전에 땅으로 떨어질 것이다! 게다가 그런 속력을 얻을 수 있다 해도, 그리고 그 속력으로 충분하다 해도, 탄알은 화약 80만 킬로그램이 연소하면서 생겨나는 가스의 압력을 견뎌 내지 못할 것이다. 설령 가스의 압력을 견뎌 낸다 해도 고온에는 저항하지 못할 것이다. 포탄은 대포 구멍을 떠날 때쯤에는 이미 녹아 버려서, 타는 듯이 뜨거운 비가 되어 우매한 구경꾼들의 머리 위에 쏟아져 내릴 것이다.

바비케인은 그러나 이런 공격을 무시하고 작업에만 몰두했다.

그러자 니콜은 다른 방식으로 공격해 왔다. 계획 자체가 모든 관점에서 볼 때 쓸모가 없다는 것은 고려하지 않고, 그 한심한 대포가 설치될 인근 도시와 그 괘씸한 구경거리에 정당성을 부여해 줄 시민들에게 실험이 얼마나 위험한지를 강조한 것이다. 니콜은 또한 포탄이 목표에 도달하지 못할 것은 불을 보듯 뻔하고, 그렇게 되면 다시 지구로 떨어질 수밖에 없고, 그렇게 거대한 포탄의 무게에 거리의 제곱을 곱하면 낙하의 충격이 엄청나게 커서 낙하 지점은 엄청난 피해를 당하게 될 것이라고 지적했다.

그러나 그의 의견에 공감하는 사람은 하나도 없었고, 그래서 그의 암담한 예언에 귀를 기울이는 사람도 없었다. 바비케인은 경쟁자의 주장에 굳이 대꾸조차 하지 않았다.

니콜은 마침내 배수의 진을 치고 나왔다. 명분 싸움에 목숨을 걸 수는 없으니까, 대신 돈을 걸기로 결심한 것이다. 그는 <리치먼드 인콰이어러>지에 다음과 같은 내기 광고를 실었다.

1° 대포 클럽은 계획을 추진하는 데 필요한 자금을 구할 수 없다 ························ 1,000달러
2° 300미터짜리 대포를 주조하는 것은 실행할 수도 없고 성공할 수도 없을 것이다 ··············· 2,000달러
3° 대포에 화약을 장전하는 것은 불가능하고, 면화약은 포탄의 압력으로 사전에 점화될 것이다 ··· 3,000달러
4° 대포는 처음 발사될 때 폭발할 것이다 ············ 4,000달러
5° 포탄은 10킬로미터 상공에도 도달하지 못하고, 발사된 뒤 몇 초 만에 다시 지구로 떨어질 것이다 ···· 5,000달러

이리하여 고집스럽기 짝이 없는 캡틴 니콜은 무려 1만 5,000달러를 위험한 도박에 내맡겼다!

내깃돈은 막대했지만, 10월 19일에 그는 오만할 만큼 간단명료한 대답이 적힌 봉함 편지를 받았다.

좋다!

10월 18일, 볼티모어에서
바비케인

8장

플로리다와 텍사스

한편, 결정해야 할 문제가 아직 하나 남아 있었다. 알맞은 실험 장소를 선정하는 문제였다.

10월 20일 열린 대포 클럽 총회에 바비케인은 미국 지도를 가져갔다. 하지만 그가 미처 지도를 펼치기도 전에 J.T. 매스턴이 여느 때처럼 격렬하게 발언권을 요구하고는 이렇게 말하기 시작했다.

"여러분, 우리가 오늘 다루려고 하는 문제는 실로 국가적인 중대사이고, 우리가 애국심을 발휘할 수 있는 더없이 좋은 기회를 제공할 겁니다."

대포 클럽 회원들은 매스턴의 말뜻을 헤아리지 못해 서로 얼굴을 쳐다보았다.

매스턴이 말을 이었다.

"우리의 멋진 포탄은 반드시 미국 땅에서 발사되어야 한다고 강력히 주장하는 바입니다."

"그야 당연하지!" 몇몇 회원이 호응했다.

"우리 국경 지대는 그리 넓지 않고, 남쪽에는 바다가 넘을 수 없는 장벽을 이루고 있으며, 위도 28도인 지역은 우리 미국이 아니라 이웃 나라에서 찾을 수밖에 없습니다. 이는 전쟁을 벌일 논리적인 이유가 됩니다. 나는 멕시코에 선전포고할 것을 요구합니다!"

그러자 비비케인이 벨을 울려 매스턴의 발언을 중단시켰다.

"우리의 실험이 미국 영토 안에서 행해져야 한다는 데에는 나도 동의합니다. 하지만 매스턴 씨가 성급하게 굴지 말고 이 지도를 보았다면, 이웃 나라에 전쟁을 선포할 필요는 전혀 없다는 것을 알았을 겁니다. 미국의 일부 국경 지대는 북위 28도 밑에 있으니까요. 이 지도를 보면 알 수 있듯이 우리는 텍사스와 플로리다의 남부 전역을 마음대로 쓸 수 있습니다."

이리하여 대포는 텍사스나 플로리다에서 주조하기로 결정되었다. 하지만 이 결정은 두 주의 도시들 사이에 유례없는 경쟁을 불러일으켰다.

플로리다 남부에는 큰 도시가 없고, 이 지역에서 위치를 내세워 실험 장소로 선정해 달라고 요구할 수 있는 도시는 탬파*뿐이었다. 반면에 텍사스에는 큰 도시가 많았다.

대포 클럽의 결정이 알려지자마자 텍사스와 플로리다의 대표단이 볼티모어에 도착했다. 이때부터 바비케인 회장과 대포 클럽의 유력한 회원들은 강력한 주장과 요구에 밤낮으로 시달리게 되었다.

이들 열렬한 '애향단'은 무장까지 갖추고 떼를 지어 거리를 누비고 다녔다. 서로 마주칠 때마다 충돌이 일어날 위험이 있었다.

텍사스는 33만 인구를 자랑했고, 플로리다는 텍사스보다 훨씬 좁은 면적에 5만 6,000명의 주민이 살고 있어서 인구밀도는 훨씬 높다고 자랑했다. 게다가 플로리다는 텍사스에서 특히 많이 발생하는 말라리아가 해마다 수천 명의 목숨을 앗아 간다고 비난했다. 이것은 사실이었다.

텍사스는 열병이라면 플로리다도 뒤지지 않는다고 응수하면서, 고질병인 황열병에 해마다 시달리는 주제에 다른 주의 위생 상태를 비난하는 것은 무분별한 짓이라고 비난했다. 이것도 사실이었다.

텍사스 사람들은 <뉴욕 헤럴드>를 통해 덧붙여 말했다.

"게다가 전국에서 가장 품질 좋은 면화를 재배하고, 최고

탬파 탬파는 미국의 로켓 발사 기지인 '케네디 우주 센터'에서 200km쯤 떨어진 곳에 있다.

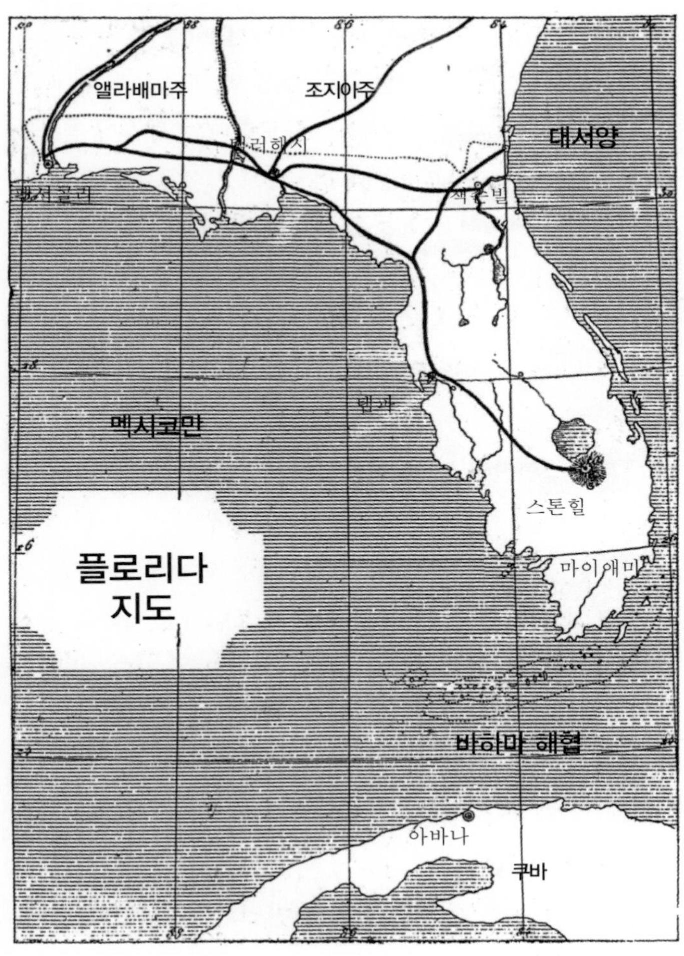
앨라배마주
조지아주
대서양
멕시코만
플로리다
지도
스톤힐
마이애미
바하마 해협
아바나
쿠바

급 선박용 참나무를 생산하고, 막대한 양의 석탄이 매장되어 있고, 함유량 50퍼센트의 철광석을 산출하는 철광이 있는 주를 거부하는 것은 생각할 수도 없는 일이다."

이에 대해 <아메리칸 리뷰>는 플로리다의 토양이 텍사스만큼 비옥하지는 못하지만 모래와 점토로 이루어져 있기 때문에 대포의 거푸집을 만들고 주조하기에는 더 낫다고 응수했다.

그러자 텍사스 사람들은 말했다.

"하지만 어떤 곳에서 무언가를 주조하려면 우선 그곳에 가야 하는데, 플로리다에 가기는 어려운 반면 텍사스의 해안에는 갤버스턴만이 있다. 해안선이 55킬로미터에 이르는 이 만은 세계의 모든 함대를 수용할 수 있을 만큼 드넓다."

그러자 플로리다를 지지하는 신문들은 이렇게 응수했다.

"갤버스턴만은 북위 29도선 위에 있으니까 잊어버리는 게 좋을 것이다. 그 대신, 플로리다에는 탬파만이 있다. 이 만은 북위 28도선 남쪽으로 열려 있고, 배들이 이 만을 통해 탬파로 직행할 수 있다."

"그것도 만이냐! 절반은 갯벌로 메워져 있는 주제에!" 텍사스가 코웃음쳤다.

"그건 너도 마찬가지야! 내가 야만인의 땅이라고 비방할 작정이냐?" 플로리다가 응수했다.

"세미놀족이 아직도 활보하고 다니는 건 사실이잖아."

"너희 아파치족과 코만치족은 어떤데? 그 인디언들은 문명인이 됐냐?"

이런 공방이 오가는 가운데, 언제라도 볼티모어 거리에서 두 집단의 유혈극이 벌어질 거라고 누구나 생각했다. 당국은 항상 그들을 엄중하게 감시했다.

바비케인은 어찌할 바를 몰랐다. 편지와 서류와 협박장이 쏟아져 들어왔다. 어떤 결정을 내릴 것인가? 토양의 적합성, 교통편의, 수송 속도 등의 관점에서 보면 두 주는 정말로 막상막하였다. 정치적인 고려 사항은 관계가 없었다.

이 망설임과 혼란이 오랫동안 계속되었을 때, 바비케인은 마침내 그런 상태를 끝장내기로 결심했다. 그는 회의를 소집하여 동료들에게 해결책을 제안했다.

"플로리다와 텍사스 사이에 벌어진 싸움을 보건대, 어느 주를 선택한다 해도 그 주의 도시들 사이에 똑같은 불화가 일어날 게 뻔합니다. 텍사스에는 필요한 조건을 두루 갖춘 도시가 열한 개나 되는데, 텍사스를 선택하면 그 열한 개의 도시들이 실험 장소로 선정되는 명예를 얻으려고 다툴 겁니다. 그러면 우리는 더욱 골치가 아파질 뿐이에요. 하지만 플로리다에는 조건을 갖춘 도시가 하나뿐입니다. 따라서 우리의 선택은 분명하다고 생각합니다. 플로리다의 탬파를 선택합시다!"

이 결정이 공표되자 텍사스 대표단은 결정적인 타격을 받았다. 그들은 말할 수 없이 격분하여, 대포 클럽의 모든 회원들에게 각자 개인적으로 결투장을 보냈다. 볼티모어 당국이 취할 수 있는 방침은 한 가지뿐이었다. 특별열차를 편성하여 텍사스 사람들을 무조건 열차에 태운 다음, 시속 50킬로미터의 속도로 볼티모어에서 내쫓은 것이다.

그들은 이처럼 황망하게 볼티모어를 떠났지만, 그래도 적에게 마지막 악담을 던질 시간은 있었다. 그들은 플로리다 반도가 좁은 것을 언급하면서, 그렇게 좁은 반도는 대포가 발사되자마자 거대한 폭발의 충격을 견뎌 내지 못하고 산산조각으로 날아가 버릴 거라고 말한 것이다.

그러자 플로리다 사람들은 고대 스파르타 사람들처럼 간결한 표현으로 대꾸했다.

"그럼 그러지 뭐!"

천문학적 문제와 기계적인 문제에 뒤이어 지리적인 문제가 일단 해결되자, 이번에는 자금 문제가 떠올랐다. 계획을 추진하려면 막대한 비용을 조달해야 할 것이다. 수백만 달러의 소요 자금을 한 개인이나 한 나라가 댈 수는 없었다.

그래서 바비케인은 모든 나라의 경제적 협력을 요구하여, 미국의 프로젝트를 전 세계적인 계획으로 만들기로 작정했다. 지구의 위성과 관련된 프로젝트에 참여하는 것은 모든 지구인의 권리이자 의무였다. 이 목적을 위해 시작된 기부신청은 볼티모어에서 전 세계로 확대되었다.

기부는 빌려주는 것이 아니라 말 그대로 내어놓는 것이지만, 모금은 예상을 훨씬 뛰어넘는 성공을 거둘 수 있을 터였다. 그것은 이익을 얻을 가능성이 전혀 없고 따라서 사사로운 욕심이 전혀 없는 행위였다.

바비케인의 연설이 준 충격은 미국 국경 안에만 머물지 않고, 대서양과 태평양을 건너 아시아와 유럽, 아프리카, 오세아니아까지 미쳤다. 미국의 천문대들은 당장 외국의 천문대들과 연락하기 시작했다. 파리, 상트페테르부르크, 케이프타운, 베를린, 스톡홀름, 바르샤바, 부다페스트, 볼로냐, 리스본, 베나레스, 베이징의 각 천문대는 대포 클럽에 축하와 격려의 서신을 보내 왔다.

그리니치 천문대는 성공 가능성을 대담하게 부정하고, 캡틴 니콜의 이론을 지지한다고 선언했다. 영국의 22개 천문대도 그리니치 천문대의 입장에 동조했다. 그래서 많은 학회가 탬파에 대표단을 보내겠다고 약속했지만, 그리니치 천문대는 바비케인의 계획을 냉정하게 물리쳤다. 그것은 단순히 영국인의 질투심일 뿐, 다른 이유는 전혀 없었다.

전반적으로 보면 학계의 반향은 대단했고, 그것이 대체로 이 프로젝트에 열렬한 관심을 가지고 있는 일반 대중에게 퍼져 갔다. 이것은 중요한 사실이었다. 바비케인은 대중에게 막대한 자금을 기부해 달라고 요청할 작정이었기 때문이다.

10월 8일, 바비케인은 '지구상의 선의를 가진 모든 사람'에게 열렬한 성명을 발표했다. 모든 언어로 번역된 이 성명은 대성공을 거두었다.

미국의 주요 도시에 기부금 창구가 개설되었고, 이어서 두 대륙의 여러 나라에도 기부금 창구가 생겼다.

바비케인의 성명이 발표된 지 사흘 만에 미국의 여러 도시에서 400만 달러가 모였다. 이 자금만으로도 대포 클럽은 벌써 활동에 착수할 수 있었다.

며칠 뒤, 외국에서도 사람들이 기부금 모금에 열심이라는 연락이 들어왔다. 많은 돈을 선뜻 기부하는 나라도 있었고, 지갑끈을 그리 쉽게 풀지 않는 나라도 있었다.

기부금 창구가 닫힌 뒤 대포 클럽 계좌에 예치된 액수는, 미국에서 모금한 400만 달러와 외국에서 들어온 144만 6,675달러를 합쳐, 총액이 544만 6,675달러에 이르렀다.

깜짝 놀랄 만한 액수는 아니었다. 어림잡아 계산해 보니, 그 돈은 대포를 주조하고, 구덩이를 파고, 석조 공사를 하고, 사람이 살지 않는 지역에 일꾼들을 이주시켜 거처를 마련해 주고, 용광로와 건물을 짓고, 공장에 설비를 갖추고, 화약과 탄알을 구입하고, 운영비와 유지비 등 부대비용을 지출하는 데 거의 다 소비될 것이다.

10월 20일, 뉴욕 근처에 있는 골드스프링 공장과 계약이 체결되었다. 이곳은 남북전쟁 때 최대의 주철 대포를 제작한 공장이었다.

계약서에는 회사 경영진이 대포 주조에 필요한 자재를 탬파까지 책임지고 수송한다는 조항이 기록되었다. 이 작업은 이듬해 10월 15일까지 끝나야 했다. 그때까지 대포가 언제든지 발사할 수 있는 상태로 완성되지 않으면, 다음에 달이 똑같은 위치에 올 때까지, 다시 말해서 18년 11일 동안 하루에 100달러씩 배상금을 지불한다는 조건이었다. 일꾼을 고용하고 임금을 지불하고 관리하는 일도 모두 회사가 책임지기로 했다.

계약서는 두 통 작성되었고, 대포 클럽 회장인 바비케인과 골드스프링 회사의 지배인 J. 머치슨은 계약 조건을 승인한 뒤 서명했다.

9장

스톤힐

플로리다가 대포 발사지로 선정한 뒤 미국에서는 플로리다에 대한 관심이 열풍처럼 일어나, 플로리다의 지리를 공부해야 한다는 의무감을 느끼지 않은 사람이 하나도 없었다.

바비케인은 너무 바빠서 책을 읽을 시간도 없었다. 그는 대포를 설치할 장소를 눈으로 직접 보고 싶었다. 그래서 그는 J.T. 매스턴과 엘피스턴 소령과 골드스프링 회사의 지배인과 함께 볼티모어를 떠났다.

이튿날 네 사람은 뉴올리언스에 도착하여 당장 '탬피코호'에 올라탔다. 정부가 그들을 위해 그곳에 배치해 둔 해군의 공문서 송달용 선박이었다.

항해는 길지 않았다. 닻을 올린 지 이틀 뒤 '탬피코호'는

770킬로미터를 달려 플로리다 해안이 보이는 곳에 이르렀다. 해안이 가까워졌을 때 '탬피코호'는 굴과 바닷가재가 우글거리는 후미를 여러 개 지나 탬파만으로 들어갔다. 탬파시는 힐즈버러강 어귀가 만든 작은 천연항 끝에 펼쳐져 있었다.

10월 22일 저녁 7시에 '탬피코호'가 닻을 내린 곳은 바로 그곳이었다. 네 승객은 당장 상륙했다.

바비케인은 플로리다 땅을 밟는 순간 가슴이 세차게 두근거리는 것을 느꼈다. 그는 집이 얼마나 견고한지를 시험하는 건축가처럼 플로리다의 흙을 시험하고 있는 것 같았다. 매스턴은 손목에 달린 쇠갈고리로 흙을 긁었다.

"여러분." 바비케인이 말했다. "낭비할 시간이 없습니다. 내일 말을 타고 이 지역을 탐사하도록 합시다."

바비케인이 해안에 발을 내딛자마자 탬파 주민 3천 명이 그를 맞으러 나왔다. 그는 플로리다를 선택하여 그들에게 호의를 베풀었으니까 그런 예우를 받을 자격이 충분했다.

이튿날인 10월 23일 아침, 몸집은 작지만 팔팔한 스페인산 말들이 그의 객실 창문 밑에서 뒷발로 뛰어오르고 있었다. 그런데 말은 네 마리가 아니라 쉰 마리였고, 사람이 타고 있었다. 바비케인과 세 명의 일행은 아래층으로 내려갔다. 기마대에 둘러싸인 바비케인은 처음에는 깜짝 놀랐다. 그는 기수들이 모두 어깨에 소총을 메고 안장에는 권총집이 달려 있는 것을 알아차렸다. 이렇게 무장 병력이 출동한 이유는 세미놀이라는 야만적인 인디언으로부터 바비케인 일행을 호위하기 위한 조치였다.

젊은 장교한테 설명을 듣고 바비케인은 말했다.

"생각해 줘서 고맙네. 자, 이제 그만 가세."

기마대는 당장 출발하여 먼지구름 속으로 사라졌다. 새벽 5시였다. 태양은 벌써 빛나고 있었고 기온은 29도였지만, 시원한 바닷바람이 더위를 식혀 주었다.

바비케인은 탬파를 떠난 뒤 남쪽으로 말머리를 돌려 해안을 따라 앨리피아강까지 내려갔다. 이 작은 하천은 탬파에서 20킬로미터 떨어져 있는 만으로 흘러든다. 바비케인과 호위대는 오른쪽 강둑을 따라 동쪽으로 나아갔다. 만은 곧 언덕 너머로 사라지고 플로리다의 평야가 시야를 가득 채웠다.

아침 10시까지 기마대는 20킬로미터를 달렸다. 비옥한 들판은 다양한 나무가 무성하게 자라는 열대 숲으로 이어졌다. 거의 뚫고 들어갈 수 없는 이 숲은 수많은 덩굴식물과 석류나무·오렌지·레몬·무화과·올리브·살구·바나나 나무로 이루어져 있었다. 열매와 꽃들은 다투어 화려한 색깔과 달콤한 향기를 뽐냈다.

일행은 계속 나아갔다. 시내를 여러 개 건너야 했는데, 길이가 5미터나 되는 악어들이 득실거려서 얕은 여울을 따라 건너는 것도 위험했다. 매스턴은 무적의 쇠갈고리로 대담하게 악어들을 위협했지만, 펠리컨과 오리와 파에톤을 비롯하여 강둑에 사는 야생동물들만 겁을 먹고 달아났을 뿐이다. 커다란 홍학들은 그저 멍하니 그를 바라보았다.

"드디어 소나무가 자라는 지역에 왔군!" 바비케인이 등자를 딛고 일어서서 외쳤다.

"그리고 인디언도!" 소령이 말했다.

세미놀족 몇 명이 지평선에 모습을 나타냈다. 그들은 빠른 말을 타고 앞뒤로 내달리거나 긴 창을 휘두르고 허공에다 소총을 쏘아 댔다. 총성은 거리 때문에 희미하게 들렸다. 하지만 인디언들은 이런 위협적인 시위 행동만으로 만족했고, 바비케인 일행도 겁을 먹지는 않았다.

그들은 이제 돌투성이의 넓은 땅 한복판에 와 있었다. 그곳은 주변보다 높았고, 대포 설치 장소에 필요한 조건을 두루 갖추고 있는 듯이 보였다.

"정지!" 바비케인이 말고삐를 잡아당기면서 말했다. "이곳에 이름이 있나?"

"스톤힐이라고 부릅니다." 젊은 장교가 대답했다.

바비케인은 말없이 말에서 내리더니, 도구를 꺼내 자신의 위치를 측정하기 시작했다. 주위에 모인 일행은 말없이 그를 지켜보았다.

태양은 그때 막 자오선을 지나고 있었다. 잠시 후 바비케인은 관측 결과를 재빨리 계산한 다음 이렇게 말했다.

"이곳은 해발 550미터, 위도는 북위 27도 7분, 경도는 서경 82도 10분입니다. 건조하고 돌이 많은 것은 우리 계획에 적합한 조건을 두루 갖추고 있다는 것을 나타냅니다. 그러니까 이곳에 화약고와 작업장, 용광로, 노동자 숙소를 짓고, 바로 이곳에서……" 그는 스톤힐을 발로 쾅쾅 구르면서 단호하게 말했다. "달을 향해 우리 포탄을 발사할 것입니다!"

그날 저녁, 바비케인 일행은 탬파로 돌아갔다. 머치슨은 뉴올리언스에 가려고 다시 '탬피코호'를 탔다. 그는 많은 일꾼을 고용하고 자재의 대부분을 가지고 돌아올 예정이었다. 바비케인과 매스턴은 탬파에 남아서 현지 주민들의 도움을 얻어 준비 작업을 시작하기로 했다.

'탬피코호'는 떠난 지 8일 만에 기선 함대와 함께 탬파만으로 돌아왔다. 머치슨은 1,500명의 일꾼을 모집했다. 머치슨이 기계공과 화부·제련공·대장장이·광부·벽돌공을 비롯한 온갖 부류의 노동자를 인종이나 피부색과는 상관없이 가장 우수한 인력으로 채웠다고 믿는 것은 당연하다. 그들은 대부분 가족을 동반했다. 그것은 진짜 이주였다.

10월 31일 오전 10시, 이 대부대가 탬파에 상륙했다. 인구가 하루 사이에 갑절로 늘어난 이 작은 도시에는 흥분과 활기가 넘쳐 났다.

처음 며칠 동안은 함대의 짐을 내리는 작업에 사람들의 관심이 쏠렸다. 배에는 연장과 기계류와 식량, 그리고 엄청나게 많은 강판 주택이 실려 있었다. 이 무렵 바비케인은 탬파와 스톤힐 사이에 25킬로미터 길이의 철도를 설계했다.

미국 철도가 부설되는 방식은 유명하다. 미국 철도는 직선에 전혀 관심이 없어서 변덕스럽게 구불거리고, 경사는 대담할 만큼 가팔라서 높은 언덕을 기어오르는가 하면 깊은 골짜기로 곤두박질치듯 뛰어들면서 마구잡이로 달린다. 비용이 많이 들지도 않고 성가신 문제를 일으키지도 않지만, 그 대신 열차가 선로에서 제멋대로 탈선한다.

바비케인은 그의 부름에 응답한 이들로 구성된 그 작은 공동체의 중심이고 지도자였다. 그는 자신의 추진력과 열정과 확신을 그들에게 전달했다. 매스턴은 붕붕거리는 파리처럼 언제나 바비케인을 따라다녔다. 바비케인의 실용적인 정신은 독창적인 발명품을 수없이 내놓았다. 그에게는 어떤 걸림돌도 없었고, 어려움이나 복잡한 문제도 없었다. 그는 모든 질문에 대답했고, 어떤 문제에도 해결책을 가지고 있었다.

11월 1일에 그는 한 무리의 일꾼과 함께 탬파를 떠났다. 이튿날 강판을 조립한 주택촌이 스톤힐 주변에 생겨났다. 마을 주변에는 울타리를 둘러쳤고, 그 혼잡과 활기는 미국에서 가장 큰 대도시 못지않았다. 마을 생활은 규율로 통제되었고, 작업은 질서정연하게 시작되었다.

조심스럽게 땅에 구멍을 파서 토양의 성질을 알아낸 뒤, 11월 4일에 굴착 공사가 시작되었다. 그날 바비케인은 작업

반장들을 불러 모은 다음 이렇게 말했다.

"내가 왜 여러분을 플로리다의 이 황무지로 데려왔는지는 모두 알고 있을 겁니다. 우리는 구경이 3미터에 외피 두께가 2미터인 대포를 주조할 겁니다. 그런데 6미터 두께의 석축으로 대포를 둘러쌀 테니까, 우리가 팔 수직갱은 너비가 20미터에 깊이는 300미터가 될 겁니다. 이것은 엄청난 작업이고, 게다가 8개월 만에 일을 끝내야 합니다. 여러분은 앞으로 255일 동안 9만 4,200세제곱미터, 하루에 약 370세제곱미터씩 흙을 파내야 할 겁니다. 나는 여러분의 기술만이 아니라 여러분의 의지와 용기도 믿고 있습니다."

아침 8시에 첫 번째 곡괭이가 플로리다 땅을 내리쳤다. 그때부터 그 훌륭한 연장은 땅 파는 일꾼들의 손에서 잠시도 게으름을 피우지 않았다. 일꾼들은 6시간 교대로 밤낮없이 하루 24시간을 일했다.

11월 4일, 50명의 일꾼이 울타리를 둘러친 곳 한복판, 즉 스톤힐 꼭대기에 지름 20미터의 둥근 구덩이를 팠다. 이 구덩이 바닥에 참나무 '원판'이 세워졌다. 튼튼한 원판 한복판에는 대포의 바깥지름과 같은 직경의 구멍이 뚫려 있었다. 일꾼들은 이 원판 위에 돌을 놓고 시멘트로 단단히 고정시켰다. 바깥쪽 가장자리에서 안쪽 원까지 돌을 메우자 일꾼들은 지름 6.5미터의 둥근 수직갱 속에 갇힌 꼴이 되었다.

이어서 그들은 다시 곡괭이를 집어 들고, 원판을 단단한 받침대로 떠받치면서 원판 아래를 파기 시작했다. 구덩이가 50센티미터 깊어질 때마다 그들은 받침대를 빼냈다. 그러면 원판은 그 위에 고정된 고리 모양의 무거운 돌과 함께 천천히 내려앉았고, 석공들은 대포를 주조하는 과정에 가스가 빠져나갈 수 있도록 통기 구멍을 만드는 것을 잊지 않고 그 위에 계속 돌을 쌓았다.

낮에는 햇빛이 쨍쨍 내리쬐어, 몇 달 뒤에는 햇볕에 그을린 그 평원의 기온이 섭씨 37도까지 올라갔다. 야간에는 어둠을 밝히는 전깃불 밑에서 곡괭이가 바위에 부딪치는 소리, 발파용 폭약이 터지는 소리, 기계가 탕탕거리는 소리, 공중에서 소용돌이치는 연기가 스톤힐 주변에 공포의 고리를 만들었다. 들소 떼도 세미놀 인디언도 감히 그 경계를 넘을 엄두를 내지 못했다.

처음 한 달이 지날 무렵, 수직갱은 예정대로 35미터 깊이에 도달해 있었다. 12월에 이 깊이는 두 배가 되었고, 1월에는 세 배가 되었다. 2월에 일꾼들은 지표면 밑에서 솟아오른 지하수와 싸워야 했다. 배에서 물이 새는 구멍을 틀어막듯 콘크리트로 물이 나오는 구멍을 틀어막기 위해 강력한 펌프와 압축공기 장치로 물을 빼내야 했다. 마침내 그 달갑지 않은 물줄기는 억제되었지만, 땅이 물러졌기 때문에 원판이 한쪽으로 내려앉아 석축 일부가 무너졌다. 높이가 135미터나 되는 석축이 얼마나 무거울지 상상해 보라! 이 사고로 인부

여럿이 목숨을 잃었다.

공사를 방해하는 다른 사고는 일어나지 않았다. 바비케인이 정한 날짜보다 스무날 전인 6월 10일, 석축으로 완전히 둘러싸인 수직갱은 마지막 깊이인 300미터에 이르렀다. 바닥의 돌은 10미터의 거대한 포석 위에 놓여 있었고, 꼭대기는 지표면과 같은 높이였다.

그 여덟 달 동안 바비케인은 한순간도 스톤힐을 떠나지 않았다. 그는 굴착 공사의 진행 과정을 주의 깊게 지켜보면서 일꾼들의 건강과 안전을 끊임없이 걱정했다. 많은 사람이 집단생활을 하는 곳에서는 전염병이 흔히 발생하고, 특히 열대의 영향을 받는 지역에서는 전염병이 파멸적인 결과를 초래하기 쉽지만, 그는 운 좋게도 그런 전염병을 피할 수 있었다.

10장

주조 축제

굴착 공사가 진행된 여덟 달 동안, 대포를 주조하기 위한 준비 작업도 동시에 빠른 속도로 이루어졌다.

철광석은 탬파로 보내기 전에 골드스프링사의 용광로에서 녹여서 뜨거운 탄소와 규소에 접촉시켜 탄화시키고 주철로 변형시켰다. 이 과정을 마친 금속은 스톤힐로 보내졌다.

6만 8,000톤의 쇠를 모두 한꺼번에 녹이려면 용광로가 최소한 1,200기는 필요하다는 것은 쉽게 이해할 수 있을 것이다. 용광로 하나에 약 5만 7,000킬로그램의 쇠가 들어갈 수 있었다. 용광로는 모양은 사다리꼴이었고 아주 낮았다. 가열장치와 굴뚝은 용광로 양끝에 있어서 전체가 골고루 데워지게 했다.

수직갱이 완공된 이튿날, 바비케인은 내부 거푸집을 만드는 작업에 착수했다. 포신이 들어갈 자리를 정확하게 남겨 놓기 위해 높이 300미터에 지름이 3미터인 원통을 수직갱 안에 세워야 했다. 이 원통은 점토와 모래에 건초와 짚을 섞어서 만들었다. 거푸집과 석축 사이에 남은 공간은 쇳물로 채워질 것이다. 그러면 두께 2미터의 외벽이 생길 터였다.

이 작업은 7월 8일에 끝났고, 이튿날 주조 작업이 진행될 예정이었다.

"주조 축제는 멋진 행사가 될 겁니다!" 매스턴이 바비케인에게 말했다.

"천만에! 대포를 주조하는 일은 위험한 건 말할 것도 없고 섬세한 작업이 될 걸세. 그래서 나는 비공개로 하고 싶네."

바비케인이 옳았다. 작업은 예기치 않은 위험을 초래할 수도 있었고, 많은 구경꾼이 몰려들면 문제가 생겼을 때 효율적으로 대처할 수 없을 것이다. 작업에 참여하는 사람들은 자유롭게 움직일 수 있어야 한다.

그래서 탬파까지 내려온 대포 클럽 회원들을 제외하고는 아무도 울타리 안에 들어가지 못했다. 탬파에 온 회원들 중에는 빌스비, 톰 헌터, 블룸스베리 대령, 엘피스턴 소령, 모건 장군도 포함되어 있었다. 매스턴이 안내역을 맡았다. 매스턴은 아무리 사소한 것도 빼놓지 않았다. 일행을 화약고와 작업장으로 안내하고, 기계들을 다 보여 주고, 1,200기의 용광로를 하나씩 차례로 점검하게 했다.

주조 작업은 정오에 이루어질 예정이었다. 전날 용광로마다 5만 7,000킬로그램의 쇠막대를 넣고, 뜨거운 공기가 막대 사이로 자유롭게 순환할 수 있도록 그물 모양으로 쌓아 놓았다. 1,200개의 굴뚝은 아침부터 공중으로 불꽃을 내뿜고, 땅은 둔중하게 진동하고 있었다. 쇠 1킬로그램을 녹이려면 석탄 1킬로그램을 태워야 했기 때문에, 6만 8,000톤의 석탄에서 나온 검은 연기가 두꺼운 장막처럼 햇빛을 가려 버렸다.

1,200개의 용광로가 만든 원의 내부는 곧 견딜 수 없을 만큼 뜨거워졌다. 용광로들이 으르렁거리는 소리는 우렛소리 같았다. 강력한 송풍기가 새빨갛게 달아오른 용광로에 산소를 보내고 있어서 소음이 더욱 심해졌다.

모든 준비가 끝나자 인부들과 반장들은 흥분을 억누르면서 초조하게 신호를 기다렸다. 이제 울타리 안에는 아무도 없었고, 작업 감독들은 모두 쇳물을 빼는 배출구 옆에 자리를 잡았다.

바비케인과 동료들은 가까운 언덕에서 작업을 지켜보았다. 그들 앞에는 머치슨의 신호에 따라 발사할 준비를 갖춘 대포가 놓여 있었다.

정오 정각에 대포가 발사되어 황갈색 번갯불을 공중으로 분출했다. 1,200개의 배출구가 동시에 열리고, 1,200마리의 불뱀이 눈부시게 빛나는 똬리를 풀면서 중앙의 수직갱을 향해 기어 나왔다. 수직갱에 이른 불뱀들은 무시무시한 소리로 으르렁거리며 300미터 깊이의 수직갱 바닥으로 뛰어들었다. 실로 감동적이고 웅장한 광경이었다. 땅이 진동하고, 쇳물폭포가 회오리 연기를 하늘로 보내면서 거푸집 속에 있는 습기를 순식간에 증발시키자, 수증기는 짙은 안개가 되어 석축에 뚫린 통기 구멍으로 빠져나왔다. 이 인공 구름은 1,000미터 상공까지 소용돌이치며 올라갔다.

주조가 끝난 지 보름 뒤에도 여전히 거대한 연기 기둥이 하늘로 올라가고, 스톤힐 꼭대기에서 반경 200미터 안에 있는 땅은 아직도 너무 뜨거워서 서 있을 수도 없을 정도였다.

며칠이 지나고 몇 주가 지나갔다. 거대한 원통을 식힐 방법은 전혀 없었다. 가까이 가는 것조차 불가능했다. 기다릴 수밖에 다른 도리가 없었다. 대포 클럽 회원들은 걱정이 돼서 애를 태웠다.

어느 날 아침 매스턴이 말했다.

"벌써 8월 10일입니다. 12월까지 넉 달도 안 남았어요. 대포가 식지 않는 건 아닐까요? 제때에 식지 않으면 이건 정말로 끔찍한 농담이 될 겁니다!"

동료들은 조바심을 내는 간사를 진정시키려고 애썼지만 소용이 없었다.

날마다 관찰을 거듭하는 동안, 마침내 지면의 상태에 변화가 나타났다. 8월 15일에는 땅에서 올라오는 수증기의 강도와 밀도가 눈에 띄게 줄어들었다. 땅의 진동도 서서히 가라앉았고, 뜨거운 지역도 조금씩 줄어들었다. 성급한 구경꾼들은 대포에 좀 더 가까이 다가갔다. 하루는 열 걸음 전진했고, 이튿날에는 스무 걸음 전진했다. 8월 22일, 바비케인을 비롯한 대포 클럽 회원들과 머치슨은 스톤힐 꼭대기에 있는 쇠고리 위에 올라설 수 있었다.

"아, 드디어!" 바비케인이 만족스럽게 한숨을 내쉬며 소리쳤다.

그날로 작업이 재개되었다. 첫 단계는 포강, 즉 포신 속을 매끄럽게 하기 위해 내부 거푸집을 제거하는 일이었다. 곡괭이와 굴착기가 밤낮으로 동원되었다. 일꾼들은 열심히 일했고, 바비케인은 진지하게 그들을 독려하면서 보너스도 듬뿍 주었기 때문에 9월 3일에는 거푸집이 흔적도 없이 사라졌다.

포강을 넓히는 작업이 당장 시작되었다. 며칠 뒤, 거대한 원통의 안쪽 표면은 매끄럽게 연마되어 완벽한 포강이 되었다.

바비케인이 그 유명한 연설을 한 뒤 1년도 지나지 않은 9월 22일, 마침내 거대한 대포의 수직성과 내부 치수가 정밀기구로 확인되었고, 언제라도 발사할 수 있는 상태라고 발표되었다. 이제 할 일은 달을 기다리는 것뿐이었다.

대포는 완성되었다. 대포가 완벽하게 작동하리라는 것은 의심할 여지가 없었다. 그래서 10월 6일에 캡틴 니콜은 마지못해 내깃돈을 지불했고, 바비케인은 2,000달러를 장부에 기입했다. 니콜은 너무 화가 나서 그만 몸져눕고 말았다.

9월 23일부터 울타리로 둘러싸인 스톤힐이 대중에게 개방되었다. 방문객이 홍수처럼 밀려들었다.

전국에서 수많은 사람들이 플로리다로 모여들었다. 탬파는 지난 1년 동안 엄청나게 커져서, 이제 인구가 15만 명에 이르렀다. 항구는 일꾼과 자재를 수송하려고 대절한 배들로 북적거렸다. 모양과 크기가 다양한 배들이 곧 식량과 물자와 상품을 가득 싣고 만을 가로질렀다. 선주와 중개인들은 시내에 커다란 사무실을 차렸고, <해운 신문>은 날마다 탬파항에 새로 도착한 배들을 보도했다.

신작로가 사방팔방으로 뚫리고 인구가 증가하고 사업이 번창했기 때문에, 탬파는 마침내 미국의 남부 주들과 철도로 연결되었다. 탬파는 어느 날 한 남자의 머릿속에 깃든 생각에서 튀어나온 기술 문명의 경이 덕분에 정당하게 대도시의 풍모를 띨 수 있었다.

텍사스와 플로리다의 경쟁이 그렇게 치열했던 이유, 대포클럽이 텍사스의 주장을 물리쳤을 때 텍사스 사람들이 그토록 격분했던 이유를 이제는 이해하기가 쉬울 것이다. 그들은 바비케인의 프로젝트가 그 지역에 무엇을 가져다줄지, 그런 대포가 가져다줄 온갖 이익을 선견지명으로 내다보았던 것이다.

대포가 발사되는 날 구경꾼이 수백만 명에 이르리라는 것은 벌써 예견할 수 있었다. 이미 세계 곳곳에서 이 좁은 반도로 사람들이 모여들고 있었기 때문이다.

대포가 완성되자, 이제는 더 이상 비공개 방침을 유지할 수가 없었다. 대중을 안달나게 하는 것은 무례하고 무모하기까지 했을 것이다. 그래서 바비케인은 모든 방문자에게 문을 열었다. 하지만 실용 정신을 가진 그는 대중의 호기심에서 이익을 얻기로 작정했다.

거대한 대포를 보는 것만도 놀라운 경험이었지만, 모든 미국인은 그 밑바닥으로 내려가는 것을 이 세상에서 얻을 수 있는 최고의 행복으로 생각했다. 기중기에 매달린 승강기를 이용하면 그들의 호기심을 채워 줄 수 있었다. 이 발상은 대성공을 거두었다. 남녀노소 모두 거대한 대포의 신비로운 깊이를 재 보기로 결심했다. 요금은 1인당 5달러였다. 결코 싼 값은 아니었지만, 대포를 발사하기까지 두 달 동안 몰려든 구경꾼들 덕분에 대포 클럽은 50만 달러에 가까운 큰돈을 금고에 채워 넣을 수 있었다.

말할 나위도 없는 일이지만, 대포 안으로 맨 먼저 내려간 이들은 대포 클럽 회원들이었다. 바비케인, 매스턴, 엘피스턴 소령, 모건 장군, 블룸스베리 대령, 머치슨 기사, 그 밖에 이 유명한 클럽의 유력한 회원들이 특별 승강기를 타고 바닥으로 내려갔다. 맨 처음 내려간 사람은 모두 열 명이었다. 그 긴 원통의 밑바닥은 아직도 뜨거웠다. 그들은 모두 숨이 막혔다. 하지만 그들은 얼마나 기뻐했던가! 얼마나 황홀했던가! 대포를 떠받치고 있는 거대한 암석 위에 10인용 식탁이 차려져 있었다. 대포 안에는 전깃불이 환하게 켜져 있었다. 하늘에서 떨어진 것처럼 보이는 산해진미가 차례로 식탁에 놓이고, 300미터 지하에서 열린 그 성대한 축하연이 끝날 때까지 최고급 프랑스산 포도주가 아낌없이 흘렀다.

11장

한 통의 전보

대포 클럽의 대공사는 사실상 끝났지만, 포탄을 달로 쏘아 보낼 날까지는 아직도 두 달을 기다려야 했다. 모두 조바심을 냈기 때문에 이 두 달은 2년처럼 길게 느껴질 터였다.

하지만 예기치 않은 사건, 놀랍고 믿을 수 없는 사건이 일어나 사람들의 관심을 또다시 흥분의 절정으로 끌어 올렸다. 그것은 전 세계를 숨 막히는 기대감으로 가득 채우기에 충분했다.

어느 날, 정확히 말하면 9월 30일, 오후 3시 47분, 한 통의 전보가 대서양의 해저 케이블을 통해 바비케인에게 전달되었다.

바비케인은 봉함을 뜯고 전보문를 읽었다. 자제심이 강한 그도 몇 마디를 읽었을 때는 입술에서 핏기가 사라지고 눈앞이 몽롱해졌다.

전보문 내용은 다음과 같았다.

미국 플로리다주 탬파

바비케인 귀하

공과 같은 구형 포탄을 아래쪽은 원통 모양이고 위쪽은 뾰족한 원뿔 모양의 포탄으로 교체할 것.

내가 그 안에 타고 가겠음.

기선 '애틀랜타호'로 가고 있음.

프랑스 파리, 9월 30일 오전 4시

미셸 아르당

이 기절초풍할 메시지가 전보 대신 보통우편으로 도착했다면, 그래서 프랑스와 미국의 전신 기사들에게 그 내용이 알려지지 않았다면, 바비케인은 어느 미친놈의 장난질이라고 생각하고 그냥 묵살하고 말았을 것이다.

하지만 전신은 비밀 유지가 어려운 통신 수단이기 때문에 전보 내용은 알려져 버렸고, 미셸 아르당이 그런 제안을 했다는 소식이 벌써 온 나라에 퍼져 있어서, 이제는 침묵을 고집할 수 없게 되었다. 바비케인은 동료들을 탬파에 소집하여 짤막한 전보문을 침착하게 낭독했다.

"말도 안 돼!"

"믿을 수 없어!"

"농담이야!"

"우리를 놀리고 있을 뿐이야!"

"어처구니가 없군!"

"허튼소리!"

몇 분 동안 그들은 그런 경우에 관례로 되어 있는 몸짓과 함께 의심과 불신을 큰 소리로 표현했다. 저마다 기분에 따라 미소를 짓거나 큰 소리로 웃거나 어깨를 으쓱했다. 오직 J.T. 매스턴만이 열광적인 반응을 보였다.

"정말 대단한 발상이야!"

그러는 동안 탬파에서는 벌써 미셸 아르당의 이름이 자주 들리고 있었다. 외지인과 현지인들은 눈길을 나누고, 서로 묻고, 농담을 주고받았다. 하지만 농담거리가 된 것은 아르당이 아니었다. 아르당은 신화나 환상일 뿐이었다. 사람들은 그런 가공인물이 실제로 존재한다고 믿고 있는 매스턴을 웃음거리로 삼았다. 바비케인이 달로 포탄을 쏘아 보내자고 제안했을 때, 사람들은 그것이 자연스럽고 현실적인 계획이고 순전히 탄도학의 문제일 뿐이라고 생각했다. 하지만 어떤 미친 녀석이 포탄을 타고 우주여행을 하고 싶다고 제안했다면 그것은 별난 생각이고 농담이고 장난이었다!

하지만 새로운 발상이 모두 그렇듯이, 아르당의 제안도 일부 사람들의 마음을 어지럽혔다. 그것은 익숙한 감정의 흐름을 뒤엎었고, 일찍이 아무도 생각해 보지 못한 것이었다. 이 사건은 그 기괴함 때문에 곧 강박관념이 되었다. 사람들은 그 생각을 머리에서 떨쳐 버리지 못했다. 오늘은 부정되었지만 내일은 현실이 된 일이 얼마나 많은가! 언젠가는 사람이 달에 가지 말라는 법도 없지 않은가?

무엇보다도, '미셸 아르당'이라는 인물은 정말로 존재할까? 이런 궁금증과 호기심이 대중을 자극하는 바람에, 뿔뿔이 흩어져 있던 사람들이 곧 집단을 이루었고, 결국에는 군중이 되어 바비케인의 거처로 밀어닥쳤다.

전보가 도착한 이후 바비케인은 한 번도 자신의 견해를 밝히지 않았다. 그저 침묵을 지키면서 사태의 추이를 관망할 작정이었다. 하지만 그는 대중의 초조감을 미처 고려하지 않았다. 창문 밑에 모여든 탬파 주민들을 보고 그의 얼굴에 짜증스러운 표정이 떠올랐지만, 군중의 요란한 함성 때문에 그는 곧 사람들 앞에 모습을 나타낼 수밖에 없었다. 그는 명성을 얻은 대가로 유명인의 의무를 다해야 했고, 따라서 유명세도 톡톡히 치러야 했다.

그가 나타나자 군중은 조용해졌다. 그때 한 시민이 퉁명스럽게 물었다.

"전보에 적혀 있는 미셸 아르당이라는 사람은 미국으로 오고 있습니까?"

"여러분." 바비케인이 대답했다. "그건 나도 여러분과 마찬가지로 전혀 모릅니다."

"알아내야 해요!" 여러 사람이 초조한 목소리로 외쳤다.

"전보를 보내요!" 군중이 소리쳤다.

바비케인은 거리로 내려가 전신국으로 걸어갔다. 군중도 그 뒤를 따랐다.

몇 분 뒤에 전보 한 통이 리버풀에 있는 여객선 사무소로 타전되었다. 전보에는 다음의 질문들이 담겨 있었다.

"'애틀랜타호'라는 기선이 실제로 있는가? 그 배가 최근에 유럽을 떠났는가? 그 배에 미셸 아르당이라는 프랑스인이 타고 있는가?"

두 시간 뒤에 바비케인은 답신을 받았다.

"리버풀의 증기선 '애틀랜타호'는 10월 2일 탬파를 향해 출항했음. 승객 명부에는 미셸 아르당이라는 이름의 프랑스인이 실려 있음."

이 답신 전보를 읽고 바비케인의 눈이 반짝 빛났다. 그는 주먹을 움켜쥐고 중얼거렸다.

"사실이군! 그 프랑스인은 실제로 존재해! 그리고 2주 뒤에는 여기 도착할 거야! 하지만 그는 미치광이야. 무모한 정신병자야! 나는 절대로 동의하지 않겠어……."

10월 20일 아침 9시, 플로리다 해협의 신호소는 수평선에 검은 연기가 보인다고 보고했다. 이 영국 선박은 오후 4시에 탬파만으로 들어왔다. 5시에는 전속력으로 해협에 들어왔고, 6시에 탬파항에 닻을 내렸다.

닻이 모래바닥에 닿기도 전에 '애틀랜타호'는 500척의 보트에 둘러싸였다. 군중이 배를 덮쳤다. 맨 먼저 갑판에 올라간 사람은 바비케인이었다. 그는 흥분을 애써 억누르는 목소리로 외쳤다.

"미셸 아르당!"

"여깁니다!" 선미루 갑판에 서 있던 사내가 대답했다.

바비케인은 팔짱을 끼고 입을 꽉 다문 채 의혹의 눈으로 '애틀랜타호'의 승객을 빤히 쳐다보았다.

나이는 마흔두 살. 키는 크지만 어깨가 좀 구부정한 새우등이었다. 사자 같은 머리는 단단해 보였고, 불타듯 빨간 머리를 이따금 사자 갈기처럼 흔들었다. 관자놀이에서 넓어진 짧은 얼굴, 고양이 수염처럼 빳빳한 콧수염, 모랫빛 수염으로 장식된 볼, 약간 근시인 듯한 둥글고 산만한 눈이 고양잇과 동물 같은 그 골상을 완벽하게 마무리해 주고 있었다. 하지만 코는 대담하게 쭉 뻗어 있었고, 입은 특히 인간미를 풍겼고, 높고 지적인 이마에는 한 번도 묵히지 않은 밭처럼 고랑이 파여 있었다. 끝으로 긴 다리 위에 얹혀 있는 건장한 몸통과 근육질의 힘센 팔과 의연한 태도가 한데 어우러져 그에게 강건하고 다부진 쾌남아의 풍모를 부여하고 있었다.

그는 꽤 자유분방한 남자였다. 타고난 예술가였고, 재치있는 말을 계속 쏟아 내기보다는 기회를 노리다가 정곡을 찌르는 사람이었다. 토론할 때는 논리를 거의 따지지 않았고, 삼단논법에 적대적이었다. 그는 이성보다 감정에 호소하는 논법의 명수였고, 승산이 없는 주장을 온갖 수단 방법으로 옹호하기를 좋아했다.

그의 좌우명을 한마디로 말하면 '설령 그렇더라도!'였다. 불가능한 일을 좋아하는 것—그거야말로 그의 주된 기질이었다.

하지만 그는 장점만이 아니라 결점도 가지고 있었다. 호랑이 새끼를 잡으려면 호랑이 굴에 들어가라는 속담도 있지만, 그는 자주 호랑이 굴에 들어갔으면서도 아직 호랑이 새끼를 잡지 못했다. 그는 낭비벽이 심해서, 밑 빠진 독 같았다. 그는 욕심이 전혀 없었고, 머리에 복종하는 만큼 자주 가슴에 복종했다.

프랑스만이 아니라 유럽 전역에서, 활기차고 떠들썩한 그 인물을 모르는 사람은 없었다. 그에게 일격을 당했거나 야유를 받았던 사람들 중에는 그를 미워하는 적도 많았지만, 대체로 사람들은 그를 좋아했고, 버릇없는 아이로 대했다. 세간의 표현에 따르면 그는 '태어난 그대로의 인간'이었고, 사람들은 그런 점을 좋아했다.

'애틀랜타호' 갑판에 서 있는 미셸 아르당은 그런 인물이었다. 그는 항상 활기에 넘쳐 있었고, 내면에서 활활 타오르는 열기로 항상 부글부글 끓고 있었고, 열에 들뜬 자신의 신경계 때문에 잔뜩 흥분해 있었다. 완전한 대조를 이루는 두 사람이 있다면, 그것은 프랑스인 미셸 아르당과 미국인 바비케인이었다.

바비케인은 자신을 조역으로 밀어내 버린 경쟁자 앞에서 뭔가 생각에 잠겨 넋을 잃고 있다가 군중의 환호 소리에 정신을 차렸다. 군중은 미친 듯이 소리를 지르면서 미셸 아르당에게 열광했다. 미셸 아르당은 천 번쯤 악수를 나누는 동안 손가락이 다 떨어져 나갈 것 같은 상태가 되었기 때문에 선실로 피신할 수밖에 없었다.

바비케인은 아무 말도 하지 않고 그를 따라갔다.

"바비케인 씨?" 단둘이 있게 되자마자 아르당이 물었다. 20년 지기에게 말을 거는 듯한 말투였다.

"그렇습니다."

"안녕하십니까, 바비케인 씨! 처음 뵙겠습니다."

"그래, 정말로 그 일을 해낼 작정입니까?" 바비케인이 단도직입적으로 물었다.

"물론입니다."

"무슨 일이 있어도 마음을 바꾸지 않을 건가요?"

"절대 바꾸지 않을 겁니다."

"그래도 뭔가 계획은 갖고 있겠죠?"

"그럼요. 멋진 계획이 있지요. 하지만 괜찮으시다면 모든 사람에게 한 번만 그 이야기를 하고 두 번 다시는 언급하고 싶지 않습니다. 같은 말을 되풀이하는 건 질색이니까요. 그러니까 친구와 동료들, 이곳 주민 전부, 플로리다 사람 전부, 미국인 전부를 모두 한자리에 모아 놓으세요. 혹시라도 제기될지 모르는 반대 의견에 대해서는 얼마든지 답변하고 내 계획을 설명할 준비가 갖추어져 있습니다."

"좋습니다."

바비케인은 선실에서 나와, 아르당의 제안을 군중에게 설명했다. 군중은 기뻐서 발을 구르고 환성을 질렀다. 아르당의 제안대로 하면 모든 어려움이 사라질 것이다. 이튿날에는 모든 사람이 그 유럽의 영웅을 느긋하게 바라볼 수 있을 것이다.

바비케인은 손님들에게 배에서 떠나라고 요구한 뒤 아르당의 선실로 돌아가서 배의 종소리가 자정을 알릴 때까지 그곳에 남아 있었다.

자정이 되자 두 라이벌은 다정하게 악수를 나누었고, 아르당은 바비케인에게 친구 같은 말투로 작별인사를 했다.

12장

대중 집회

이튿날, 태양은 초조한 사람들을 약 올리듯 천천히 떠올랐다. 사람들은 해가 그렇게 중요한 행사를 비출 태양치고는 너무 굼뜨게 움직인다고 생각했다.

집회 장소로 선정된 곳은 교외의 드넓은 평원이었다. 원래는 증권거래소 건물의 큰 홀을 장소로 준비해 두었으나, 대중이 모이기에는 아무래도 비좁을 것으로 판단되어 급히 장소를 바꾼 것이다. 몇 시간도 지나기 전에 그곳에는 햇빛을 가리는 천막들이 쳐졌다. 그곳에 모인 30만 군중은 프랑스인의 도착을 기다리면서 몇 시간 동안 숨 막히는 더위에 용감하게 맞섰다.

3시에 미셸 아르당이 대포 클럽의 주요 회원들과 함께 나타났다. 오른쪽에는 바비케인 회장, 왼쪽에는 J.T. 매스턴 간사를 거느린 미셸 아르당은 한낮의 태양보다 더 찬란하게 빛났다. 아르당은 연단에 올라가, 검은 모자들의 바다를 내려다보았다. 그는 조금도 당황하지 않고 느긋해 보였다. 관중이 환호와 박수로 맞이하자 그는 우아한 절로 답례했다. 그러고는 조용히 하라는 몸짓으로 한 손을 들어 올린 뒤, 놀랄 만큼 완벽한 영어로 말하기 시작했다.

"여러분, 날씨가 무척 덥습니다만, 잠시 여러분의 시간을 빌려서 내 계획에 대해 몇 가지 말씀드리려고 합니다. 여기에는 여러분도 흥미를 가질 거라고 믿습니다. 나는 웅변가도 아니고 과학자도 아니고, 또 이렇게 많은 사람들 앞에서 말하게 될 줄은 꿈에도 생각지 못했지만, 내가 연설을 하면 여러분이 기뻐하실 거라고 바비케인 씨가 말했기 때문에 기꺼이 그렇게 하겠습니다."

그의 연설은 이 솔직한 머리말부터 청중의 마음을 휘어잡았다.

"여러분! 내가 말씀드린 것에 대해 뭔가 반론이 있으면 자유롭게 밝혀 주시기 바랍니다. 우선 여러분 앞에 서 있는 남자가 무식하기 짝이 없는 사람이라는 사실을 부디 명심하시기 바랍니다. 나는 너무 무식해서 어려움도 모를 정도입니다. 그래서 포탄을 타고 달에 가는 것도 아주 간단하고 쉬운 일로 생각되었습니다. 그것은 조만간 이루어져야 할 여행입니다. 그 방법은 단지 진보의 법칙에 따를 뿐입니다. 인간이 처음에는 네 발로 걸었고, 다음에는 두 발로 걸었고, 다음에는 마차와 철도로 여행했습니다. 미래의 탈것은 포탄입니다. 행성 자체도 포탄에 지나지 않습니다. 조물주가 쏜 대포알이 바로 행성들인 것입니다.

여러분! 우리는 지금 달에 가려 하고 있고, 언젠가는 우리가 지금 뉴욕에서 리버풀에 가는 것만큼 쉽고 빠르게 다른 별에 가게 될 것입니다. 오늘날 지구의 바다를 건너듯 우주의 바다도 곧 건널 수 있게 될 것입니다."

청중은 대체로 프랑스의 영웅에 대해 강한 호감을 품고 있었지만, 이 대담한 이론에는 다소 당황했다. 아르당은 청중의 반응을 알아차렸는지, 매력적인 미소를 지으며 말을 계속했다.

"납득이 가지 않는 모양이군요. 자, 그럼 논리적으로 생각해 봅시다. 급행열차가 달에 가려면 시간이 얼마나 걸릴지 아십니까? 300일입니다. 그것뿐이에요. 거리는 34만 5,500킬로미터이지만, 그게 뭐 그리 대수로운 거리인가요? 지구 둘레의 아홉 배도 채 안 되고, 노련한 선원이나 여행자라면 누구나 평생동안 그보다 먼 거리를 다닙니다. 그러니 생각해 보세요. 내 여행은 97시간밖에 걸리지 않을 겁니다. 여러분은 달이 아주 멀리 떨어져 있고 사람은 달에 가려고 하기 전에 다시 한번 잘 생각해야 한다고 생각하실지 모르지만, 태양에서 45억 킬로미터 떨어진 궤도를 돌고 있는 해왕성에 간다면 어떻게 될까요?"

이런 논법에 청중은 환호로 답했다. 청중이 열심히 귀를 기울이고 있다는 것을 느낀 아르당은 자신 있게 말을 이었다.

"내가 생각하는 태양계는 속이 꽉 찬 하나의 천체입니다. 태양계를 이루는 행성들은 서로 맞닿아서 서로 들러붙어 있습니다. 그 사이의 공간은 은이나 철, 금이나 백금처럼 단단한 금속의 분자와 분자 사이에 있는 공간일 뿐입니다. 그래서 나는 '거리는 헛소리이고, 거리 따위는 존재하지 않는다'고 주장할 권리가 있고, 그 말을 다시 한번 되풀이하는 것은 내 확신이 여러분 모두에게 전달되기를 바라기 때문입니다."

"옳소! 브라보! 만세!" 청중은 그의 몸짓과 말투와 대담한 발상에 넋을 잃고 외쳤다.

"맞는 얘기야." J.T. 매스턴도 누구보다 힘차게 소리쳤다. "거리는 존재하지 않아!"

매스턴은 격렬한 몸짓과 그 반동 때문에 몸에 대한 통제력을 잃고 하마터면 연단에서 떨어질 뻔했다. 하지만 간신히 균형을 잡아 추락을 면했다. 그러는 동안에도 청중을 흥분시키는 연설은 계속되었다.

"다시 한번 말하면 지구에서 달까지의 거리는 정말로 하찮은 것이어서 진지하게 고민할 가치도 없습니다. 가까운 장래에 포탄 열차를 타고 지구에서 달까지 편안하고 쾌적하게 여행할 수 있을 거라고 말해도 지나친 과장이라고는 생각지 않습니다. 그 열차는 충돌하지도 탈선하지도 않을 것입니다. 승객들은 꿀벌이 날아가듯 일직선으로 빠르게 목적지에 도착할 테고, 피곤하지도 않을 것입니다. 20년 안에 지구인의 절반이 달을 여행하게 될 것입니다!"

"만세! 미셸 아르당 만세!" 청중은 납득하지 못한 사람들까지 포함하여 일제히 소리쳤다.

"여러분." 아르당이 다시 말을 이었다. "질문이 있으면 하세요. 물론 나처럼 무식한 사람은 당황해서 쩔쩔매겠지만, 그래도 답변하려고 애써 보겠습니다."

지금까지 바비케인은 논의의 방향에 만족하고 있었다. 관념의 유희랄까, 그 분야에서는 미셸 아르당의 생생한 상상력이 종횡무진으로 달리게 내버려 두면 되었다. 바비케인은 그러나 실제적인 문제로 들어가면 아르당이 제대로 설명하지 못할 테니까 이야기가 그쪽으로 방향을 돌리지 않도록 막아야 한다고 생각했다. 그래서 바비케인은 새로운 친구에게 달이나 행성에 생명체가 있다고 생각하느냐고 서둘러 물었다.

"중요한 질문이군요." 아르당은 빙긋이 웃으면서 대답했다. "나는 이 세상에 쓸모없는 것은 존재하지 않는다고 말하고 싶습니다. 그 세계에 생명체가 살 수 있다면, 지금 현재 살고 있거나 과거에 살았거나 앞으로 살게 될 것입니다."

"옳소!" 첫 번째 줄에 있던 청중이 소리쳤다.

"하지만 반론도 있습니다." 청중 가운데 한 사람이 말했다. "그 세계에 생명체가 살고 있다면 생명의 원리를 대부분 수정해야 할 겁니다. 예를 들면 행성은 태양에서 얼마나 멀리 떨어져 있느냐에 따라 불타듯이 뜨겁거나 엄청나게 추울 테니까요."

"그 반론은 확실히 타당성이 있습니다. 다른 세계에 생명체가 살고 있을 가능성을 지지하는 주장은 많지만, 거기에 대해서는 언급하지 않겠습니다. 나는 신학자도 아니고 화학자나 동물학자나 물리학자도 아닙니다. 따라서 우주를 지배하는 위대한 법칙을 알지 못합니다. 그래서 다만 이렇게만 말하겠습니다. 다른 세계에 생명체가 살고 있는지 어떤지 나는 모른다. 모르니까 가서 확인해 보겠다!"

청중은 더 큰 환호와 박수로 화답했다. 가장 멀리 있는 사람들까지 조용해지자, 승리를 손에 넣은 연설자는 마지막 말을 덧붙였다.

"나는 여러분에게 강연을 하거나 어떤 주장을 옹호하러 여기 온 게 아닙니다. 다만 한 가지만 강조하겠습니다. 누군가가 행성에 생명체가 살 수 없다고 주장하면 이런 대답을 들을지도 모릅니다. '지구가 가장 살기 좋은 세계라는 것을 입증할 수 있다면 당신 말이 옳을 것이다.' 하지만 그런 증거는 존재하지 않습니다. 지구는 위성이 하나뿐인 반면, 목성과

천왕성, 토성과 해왕성은 위성을 여럿 거느리고 있지요. 이것은 얕볼 수 없는 이점입니다. 하지만 우리 지구를 불편하게 만드는 주요 원인은 자전축이 공전 궤도에 비스듬히 기울어져 있다는 겁니다. 그것은 밤과 낮의 길이가 다른 원인이고, 불행한 계절 변화가 일어나는 원인입니다. 그래서 우리 지구는 항상 너무 덥거나 너무 춥습니다. 겨울에는 꽁꽁 얼고 여름에는 땀을 뻘뻘 흘립니다. 반면에 자전축이 거의 기울어지지 않은 목성에 사는 생명체는 항상 일정한 온도를 누릴 수 있습니다. 그 점에서 목성이 지구보다 낫다는 것은 인정해야 합니다. 목성의 1년이 지구의 12년에 해당한다는 것은 말할 나위도 없지요! 게다가 그런 멋진 환경에서 사는 그 운 좋은 세계의 주민들은 뛰어난 존재일 게 분명합니다. 그곳 학자들은 지구의 학자들보다 더 학구적이고, 예술가는 더 예술적이고, 악당은 덜 악하고, 선인은 더 착할 것입니다. 우리 지구는 도대체 뭐가 부족해서 그런 완벽함에 도달하지 못할까요? 아주 사소한 원인 때문입니다. 공전 궤도에 대한 자전축의 기울기가 조금만 줄어들면 됩니다!"

"그렇다면……" 누군가가 성급한 목소리로 소리쳤다. "우리가 힘을 모아 기계를 발명해서 지구의 자전축을 바로 세웁시다!"

이 대담한 제안은 우레 같은 박수를 받았다. 그런 제안을 할 수 있는 사람은 J.T. 매스턴뿐이었다. 그는 기술자의 본능

으로 깊이 생각해 보지도 않고 불쑥 그런 말을 했겠지만, 많은 청중이 환호와 박수로 화답한 것은 사실이다. 아르키메데스가 요구한 받침점*만 있었다면, 미국인들은 지구를 움직일 수 있는 지렛대를 만들어 자전축을 바로 세웠을 게 분명하다. 하지만 안타깝게도 그 대담한 기술자에게는 바로 그 받침점이 없었다.

받침점 고대 그리스의 과학자인 아르키메데스는 지레의 원리를 설명할 때 "나한테 설 땅과 충분히 긴 지렛대를 주면 이 지구도 움직여 보이겠다."고 말했다고 한다.

13장

갑론을박

집회는 이것으로 끝날 것처럼 보였다. 하지만 흥분이 가라앉았을 때 누군가가 엄격한 목소리로 이렇게 외쳤다.

"연설자는 지금까지 상상력을 마음껏 발휘했으니, 이제는 본론으로 돌아가서 탁상공론은 그만두고 이 탐험에 따르는 실제적인 문제를 논해 주겠소?"

모든 눈이 이 말을 한 사람에게 쏠렸다. 그는 깡마르고 날렵한 몸에 정력적인 얼굴이었고, 턱 밑에 미국식 수염을 풍성하게 기르고 있었다. 그는 청중 사이를 뚫고 지나간 동요의 물결을 이용하여 앞줄까지 나아갔다. 앞줄에 이르자 그는 팔짱을 낀 채, 형형하게 빛나는 눈으로 오늘 집회의 주인공을 차갑게 노려보았다. 그는 질문을 던진 뒤 입을 다물었고,

자신에게 쏠린 수천 개의 눈이나 그의 말이 불러일으킨 비난의 웅성거림에도 전혀 영향을 받지 않은 듯 보였다.

"우리가 이곳에 온 것은 지구가 아니라 달을 논하기 위해서잖소."

"맞습니다." 미셸 아르당이 대답했다. "이야기가 본론에서 벗어났군요. 좋습니다. 달로 돌아갑시다."

"아르당 씨……" 낯선 사내가 말을 이었다. "당신은 달에 생명체가 살고 있다고 주장했소. 그럴지도 모르지만 한 가지는 확실합니다. 달에 외계인이 살고 있다면, 그 외계인은 숨을 쉬지 않고 살 겁니다. 당신을 위해서 경고하겠는데, 달 표면에는 공기 분자가 하나도 없으니까 말이오."

아르당은 낯선 사내를 마주 보면서 말했다.

"달에는 공기가 전혀 없다고요? 누가 그런 말을 하는지 말씀해 주시겠습니까?"

"과학자들이 그렇게 말하고 있소."

"농담은 그만두세요. 나는 유식한 과학자는 존경하지만 무식한 과학자는 경멸합니다."

바비케인과 동료들은 아르당의 계획을 함부로 뒤엎으려 드는 훼방꾼을 유심히 관찰하고 있었다. 그를 아는 사람은 아무도 없었다. 바비케인은 그런 솔직한 논의가 어떤 결과를 낳을지 몰라서 불안한 마음으로 아르당을 바라보았다. 구경꾼들도 진지하게 관심을 기울이고 있었다.

"달에 공기가 없다는 것은 논쟁의 여지가 없는 수많은 증거로 입증되어 있소." 낯선 사내가 말했다. "한때 달에 공기가 있었다 해도 지구가 빼앗아 버렸을 거요."

"좋습니다." 아르당이 정중하게 대꾸했다. "얼마든지 사실을 제시하세요."

"아시다시피……" 낯선 사내가 말을 이었다. "빛이 공기 같은 매체를 지날 때는 직선이 구부러집니다. 다시 말해서 굴절 현상을 겪게 되지요. 그런데 달이 별을 가려도 그 별빛은 달 가장자리를 지날 때 조금도 편차를 보이지 않습니다. 굴절 현상이 일어나는 징후가 전혀 없는데, 이는 분명 달에 공기가 없다는 뜻입니다."

모두 아르당을 쳐다보았다. 아르당이 그 점을 인정하면 결과는 뻔하기 때문이다.

"과학자라면 어떻게 응수해야 좋을지 몰라서 난감할 테지만, 나는 그 논거가 절대 결정적인 증거가 아니라고만 말하겠습니다. 그것은 달의 각지름이 완전히 결정되었다는 것을 전제로 삼고 있지만, 달의 각지름은 확정되지 않았으니까요. 하지만 그 이야기는 그만둡시다."

"어쨌든 조심하는 게 좋을 거요. 달의 공기는 아주 희박할 테니까 말이오."

"아무리 그래도 한 사람이 숨쉴 만큼은 있을 겁니다. 게다가 나는 일단 달에 착륙하면 중요할 때에만 숨을 쉬어서 공기를 최대한 절약하려고 애쓸 거요."

폭소가 터져, 그 웃음소리가 수수께끼 같은 사내의 귓속에서 우레처럼 울려 퍼졌다.

"이제 또 다른 점을 지적하겠는데……" 아르당이 도전하듯 말을 이었다. "우리는 달의 한 면밖에 모릅니다. 우리 쪽을 향하고 있는 면에는 공기가 별로 많지 않겠지만, 반대쪽에는 공기가 많이 있을 가능성이 큽니다."

"왜요?"

"지구의 인력이 달을 달걀 모양으로 만들었으니까요. 달은 뾰족한 끝을 우리 쪽으로 돌리고 있는 달걀 모양입니다. 우리는 달이 창조된 첫날부터 달의 모든 대기와 물이 반대쪽으로 끌려갔을 거라고 결론지을 수 있습니다."

"그건 공상에 지나지 않소!" 낯선 사내가 소리쳤다.

"천만에요. 그건 역학 법칙에 바탕을 둔 순수한 이론이고, 논박하기는 어려울 겁니다. 이 집회에 모인 여러분께 호소하겠습니다. 이 문제를 표결에 붙여서 목소리의 크기로 결말을 지읍시다. 생명체가 지구에 존재하듯 달에도 존재할 수 있을까요?"

30만 군중이 일제히 그렇다고 외쳤다. 낯선 사내는 뭔가 말하려고 입을 열었지만, 군중의 함성에 눌려 목소리가 들리지 않았다. 고함과 위협이 그에게 쏟아졌다.

"이제 됐어! 그만하면 충분해!"

"꺼져라! 훼방꾼아!"

"저놈을 집어 던져라!"

하지만 그는 연단을 움켜잡고 버티면서 폭풍이 지나가기를 기다렸다. 미셸 아르당이 손짓으로 군중을 진정시키지 않았다면 폭풍이 엄청난 규모로 커졌을 것이다.

"몇 마디 덧붙이고 싶겠지요?" 아르당이 상냥하게 물었다. "당신은 출발하자마자 격렬한 충격으로 납작하게 찌부러질 거요!"

"이번에는 정곡을 찌르셨군요. 하지만 나는 미국 산업계의 천재들을 아주 높이 평가하기 때문에 그 어려움도 반드시 해결될 거라고 믿습니다."

"하지만 포탄이 대기권을 지나갈 때 발생하는 열*은 어떡할 거요?"

"포탄의 외피는 아주 두꺼울 것이고, 대기권을 통과하는 시간은 얼마 안 될 겁니다."

"음식과 물은?"

"계산해 봤는데 1년치 식량은 충분히 가져갈 수 있고, 달까지는 기껏해야 나흘밖에 걸리지 않아요."

"공기는 어떻게?"

"화학적으로 공기를 만들 겁니다."

1966년 8월, 아폴로 3호가 시속 3만 킬로미터로 대기권을 통과했을 때 내열판의 온도는 섭씨 1,500도에 달한 반면 내부 온도는 20도에 머물렀다.

"달에 도착한다 해도 실제로는 추락하는 건데, 그 점은 어떻소?"

"달의 인력은 지구의 6분의 1밖에 안 되니까, 지구에 추락할 때보다 속도가 6분의 1로 줄어들겠지요."

"하지만 그래도 몸이 유리처럼 부서질 텐데?"

"제때에 로켓을 역추진해서 추락 속도를 늦추면 되지 않겠습니까?"

"좋습니다. 그 모든 문제가 해결되고 모든 장애가 극복되고 만사가 당신한테 유리하게 진행되어 달에 무사히 도착했다고 합시다. 지구엔 어떻게 돌아올 거요?"

"돌아오지 않을 겁니다."

간단명료해서 숭고한 느낌마저 주는 이 대답에 군중은 할 말을 잃었다. 하지만 그 침묵은 열광적인 외침보다 훨씬 많은 것을 말해 주고 있었다. 낯선 사내는 그 침묵을 이용하여 마지막 저항에 나섰다.

"이건 너무 지나쳐요. 이 어리석은 토론을 계속할 이유를 모르겠군! 당신은 원한다면 그 정신 나간 계획을 관철하세요. 책임질 사람은 당신이 아니니까!"

"그게 누구죠?" 아르당이 오만하게 물었다.

"이 황당하고 터무니없는 프로젝트를 계획한 장본인!"

이것은 직접적인 공격이었다. 낯선 사내가 끼어든 뒤 바비케인은 자신을 억제하려고 무진 애를 쓰고 있었지만, 상대가 그렇게 모욕적으로 나오자 자리를 박차고 일어났다. 바비케인이 도전적으로 노려보고 있는 상대에게 다가가려는 순간, 두 사람은 갑자기 격리되고 말았다.

수백 개의 힘센 팔이 연단을 번쩍 들어 올렸다. 연단을 멘 사람은 계속 바뀌었다. 모든 사람이 이 시위에 동참하려고 다투었기 때문이다.

이런 소동 속에서도 낯선 사내는 자리를 떠나지 않았다. 아니, 그는 팔짱을 끼고 바비케인에게 시선을 못 박은 채 앞줄에 계속 서 있었다. 바비케인도 눈을 떼지 않았다. 두 사람의 눈길은 서로 맞닿은 채 불꽃을 튀겼다.

이 개선 행진이 계속되는 동안, 엄청난 군중의 함성은 조금도 약해지지 않고 계속되었다. 미셸 아르당은 운 좋게도 열렬한 지지자들의 마지막 포옹에서 벗어날 수 있었다. 호텔로 달아난 그는 서둘러 객실로 올라가서 재빨리 침대로 들어갔다. 십만 명의 숭배자들은 그의 방 창문 아래를 지키고 있었다.

마침내 자유를 얻은 바비케인은 적에게 곧장 다가갔다.

"따라오시오." 그가 퉁명스럽게 말했다.

낯선 사내는 그를 따라 물가로 갔다. 그들은 곧 부두 입구에 단둘이 마주 섰다. 두 사람은 서로 상대를 노려보았다.

"당신, 누구요?" 바비케인이 물었다.

"캡틴 니콜."

"당신은 나를 모욕했소!"

"그래, 군중이 보는 앞에서 그랬지."

"그 모욕을 되갚을 기회는 줘야 하지 않겠소?"

"지금 당장 주겠소."

"천만에. 나는 모든 일이 우리 두 사람 사이에 은밀히 이루어졌으면 좋겠소. 탬파에서 5킬로미터 떨어진 곳에 스커스노 숲이 있는데, 어딘지 아시오?"

"물론."

"내일 새벽 다섯 시에 그 숲 한쪽으로 걸어서 들어오겠소?"

"좋소. 당신이 같은 시각에 숲 반대쪽으로 걸어서 들어온다면."

"총을 가져오는 것도 잊지 마시오."

"당신도."

이 차가운 말을 끝으로 두 사람은 헤어졌다. 바비케인은 집으로 갔지만, 몇 시간 동안 잠을 자는 대신 포탄 내부의 충격을 완화시킬 방법을 궁리하고, 미셸 아르당이 집회에서 제기한 문제를 해결하려고 애쓰면서 밤을 보냈다.

14장

새로운 미국 시민

결투의 조건을 바비케인과 니콜이 의논하고 있는 동안, 미셸 아르당은 승리의 피로 때문에 한숨 자고 있었다. 꿈속에서 그가 포탄 속에 좀 더 편안한 침대를 설치하고 있을 때 요란한 소리가 그를 깨웠다.

"문 열어요! 제발 문 좀 열어요!"

그는 일어나서, 문이 방문객의 주먹질에 부서지기 직전에 문을 열었다. J.T. 매스턴이 구르듯이 방으로 뛰어 들어왔다. 대포알도 그만큼 함부로 들어오지는 못했을 것이다.

"어제 집회에서 바비케인 회장이 공개적으로 모욕을 당했지 않습니까." 매스턴이 다짜고짜 말했다. "그래서 상대에게 결투를 신청했는데, 상대는 다름아닌 캡틴 니콜입니다! 오늘 새벽에 스커스노 숲에서 싸울 거랍니다! 회장님한테 직접 들었어요. 그가 죽으면 우리 계획도 말짱 도루묵입니다. 그 결투는 절대 해서는 안 됩니다! 바비케인을 설득할 수 있는 사람은 이 세상에 하나뿐입니다. 미셸 아르당 씨, 당신밖에 없어요!"

2분도 지나기 전에 두 사람은 탬파 교외로 달려가고 있었다.

가는 길에 매스턴은 아르당에게 상황을 자세히 말해 주었다. 바비케인과 니콜이 오랫동안 서로 미워한 진짜 이유를 설명하고, 두 사람이 마주치지 않도록 지금까지 친구들이 얼마나 애를 썼는지를 이야기했다. 그리고 두 사람의 반목은 오로지 장갑판과 포탄의 경쟁 문제이고, 집회에서 벌어진 장면은 니콜이 해묵은 원한을 푸는 기회였을 뿐이라고 덧붙였다.

매스턴과 아르당은 지름길을 찾아서 이슬에 젖은 풀밭과 논밭을 가로지르고 시내와 개울을 건넜지만, 5시 반에야 겨우 스커스노 숲에 도착할 수 있었다. 사이프러스와 쥐방울나무, 튤립나무, 올리브나무, 타마린드, 떡갈나무 따위가 섞여 있는 울창한 숲이었다. 그들은 바비케인이 지나가면서 남겼을 흔적을 전혀 찾을 수 없었다.

그들은 거의 보이지 않는 오솔길을 따라 무작정 걸었다. 이따금 큰 소리로 바비케인과 니콜을 불렀지만, 아무 대답도 들리지 않았다. 벌써 숲을 거의 다 탐색했지만 바비케인이나 니콜의 흔적은 전혀 없었다. 아르당이 수색을 포기하려 할 때 갑자기 매스턴이 우뚝 멈춰 섰다.

"쉿! 사람이 보여요!"

"사람?"

"남자인데, 움직이지 않고 있어요. 총은 들고 있지 않아요. 도대체 뭘 하고 있는 거지?"

"누군지 알아보겠나?" 아르당이 물었다.

"캡틴 니콜이에요!"

"니콜!" 아르당이 외쳤다. 그는 심장이 오그라드는 것을 느꼈다.

니콜은 무기를 들고 있지 않았다. 그들은 니콜을 좀 더 주의 깊게 살펴보기 위해 걸음을 멈추었다. 그들은 원한에 사로잡혀 피에 굶주린 사람을 보게 될 줄 알았는데, 눈앞에 펼쳐진 광경에 어안이 벙벙해졌다.

거대한 튤립나무 두 그루 사이에 그물이 팽팽하게 쳐져 있고, 그 한복판에 날개가 걸린 작은 새 한 마리가 몸부림치며 애처롭게 울고 있었다.

니콜은 자기가 얼마나 위험한 상황에 놓여 있는지도 잊어버리고 총을 땅바닥에 내려놓은 뒤, 괴물 거미의 그물에 걸린 희생자를 도와주려 애쓰고 있었다. 그는 거미줄을 다 떼어 내고 작은 새를 풀어 주었다. 새는 즐겁게 날개를 퍼덕이며 날아갔다.

니콜이 나뭇잎 사이로 사라지는 작은 새를 측은한 눈으로 지켜보고 있을 때, 뒤에서 감동한 목소리가 들렸다.

"당신은 정말 용감한 사람이군요. 게다가 친절하고!"

니콜은 뒤를 돌아보았다.

"미셸 아르당! 여긴 웬일이오?"

"당신과 악수를 하러 왔소, 캡틴 니콜. 그리고 당신이 바비케인을 죽이거나 바비케인에게 죽는 것을 막으러 왔어요."

"바비케인!" 캡틴 니콜이 소리쳤다. "나는 그자를 두 시간 동안이나 찾아다녔지만 도무지 찾을 수가 없네요. 도대체 어디 숨어 있는 거지?"

"이봐요! 댁들처럼 훌륭한 사람은 서로 미워할 수도 있지만, 서로 존경할 수도 있는 겁니다. 싸우지들 마세요."

"싸울 거요."

"안 됩니다."

"이봐요, 캡틴." 매스턴이 진심에서 우러나오는 감정을 담아 말했다. "나는 바비케인의 가장 가까운 친구이고, 그의 분신이나 마찬가지요. 당신이 정말로 누군가를 죽여야 한다면 나를 쏘세요. 그래도 마찬가지일 테니까."

니콜은 총을 발작적으로 움켜잡으면서 말했다.

"무슨 농담을……."

"매스턴 씨는 농담을 하는 게 아닙니다." 아르당이 말했다.

"헌신적으로 사랑하는 사람을 위해서는 대신 죽어도 좋다는 매스턴 씨의 생각을 나는 충분히 이해합니다. 하지만 당신은 아무도 쏘지 않을 겁니다. 내가 당신과 바비케인에게 아주 매력적인 제안을 할 테니까요. 둘 다 그 제안을 받아들이고 싶어 할 겁니다."

"어떤 제안인데요?" 니콜이 믿을 수 없다는 표정으로 물었다.

"기다리세요. 바비케인도 함께 있는 자리가 아니면 말할 수 없습니다."

"그럼 바비케인을 찾읍시다." 캡틴 니콜이 말했다.

세 사람은 당장 출발했다. 다시 30분 동안 찾아다녔지만 소용이 없었다. 매스턴이 갑자기 멈춰 섰다.

스무 걸음 떨어진 곳에 풀숲에 반쯤 가려진 사람의 머리와 어깨가 보였다. 그 사람은 거대한 개오동나무 줄기에 등을 기댄 채 꼼짝도 않고 앉아 있었다.

"저기 있다!" 매스턴이 외쳤다.

바비케인은 여전히 움직이지 않았다. 아르당은 앞으로 걸어가면서 소리쳤다.

"바비케인! 바비케인!"

막상 다가가서 보니 바비케인은 손에 연필을 들고 공책에 공식을 쓰거나 도형을 그리고 있었다. 총은 땅바닥에 놓여 있었다.

그는 일에 열중한 나머지 결투와 원한도 잊어버렸고, 눈이나 귀에 아무것도 들어오지 않는 상태였다. 하지만 미셸 아르당이 그의 팔에 손을 올려놓자 그는 깜짝 놀라서 벌떡 일어나 아르당을 노려보았다.

"아아, 자네로군!" 마침내 바비케인이 말했다. "찾았네, 찾았어!"

"찾았다고? 뭘?"

"방법을!"

"무슨 방법?"

"대포를 발사할 때 포탄 내부의 충격을 완화시키는 방법!"

"정말?" 아르당이 곁눈으로 니콜을 보면서 물었다.

"물이야, 물. 물이 용수철 구실을 해줄 거야. 아아, 매스턴! 자네도 왔군!"

"그래." 아르당이 말했다. "그리고 캡틴 니콜을 소개하겠네!"

"니콜!" 바비케인은 펄쩍 뛰면서 소리쳤다. "미안합니다. 까맣게 잊어버렸지 뭐요. 자, 이제 준비를……."

아르당은 두 경쟁자가 다시 도전할 시간을 주지 않고 재빨리 끼어들었다. 그는 숲속에서 니콜을 만난 자초지종을 바비케인에게 설명했다. 그리고 이렇게 말했다.

"그래, 댁들처럼 훌륭한 두 사람이 서로에게 총구멍을 내도 좋다고 생각하시오? 두 분 사이에 있는 것은 오해뿐이었어요. 오해가 다 풀린 것을 입증하기 위해, 그리고 두 분은 벌써 목숨을 거는 것도 두려워하지 않는다는 걸 입증했으니까 내 제안을 받아들이세요."

"무슨 제안인지 말씀해 보시오." 니콜이 말했다.

"바비케인 씨는 포탄이 달까지 곧장 날아갈 거라고 믿고 있습니다. 그렇지?"

"물론이지." 바비케인이 말했다.

"그리고 니콜 씨는 포탄이 지구로 다시 떨어질 거라고 확신하고 있습니다. 그렇죠?"

"그렇소." 캡틴 니콜이 말했다.

"나는 두 분의 견해를 일치시킬 수 있다고 주장하지는 않겠습니다. 그 대신 이런 제안을 하지요. 나와 함께 포탄 속에 들어가 있자고. 그러면 목적지에 도착할지 어떨지 알게 될 테니까 말입니다."

"뭐라고요?" 매스턴이 소스라치게 놀라서 소리쳤다.

이 갑작스러운 제안을 듣고, 두 경쟁자는 유심히 상대를 관찰했다. 바비케인은 니콜의 대답을 기다렸고, 니콜은 바비케인이 입을 열기를 기다렸다.

"어때요?" 아르당이 더없이 매력적인 말투로 물었다. "발사될 때의 내부 충격 문제가 해결되었으니, 이젠 아무 문제도 없잖습니까?"

"좋아. 함께 가겠네!" 바비케인이 말했다.

그가 이 말을 끝내기도 전에 니콜도 그러겠다고 말했다.

"만세! 브라보!" 미셸 아르당은 두 경쟁자에게 두 손을 내밀면서 소리쳤다. "이제 문제가 해결되었으니까 프랑스식으로 두 분을 대접하게 해 주시오. 자, 아침을 먹으러 갑시다."

니콜과 바비케인의 결투에 대한 소문은 그날로 미국 전역에 알려졌다. 의협심이 풍부한 프랑스인이 어떤 역할을 맡았는지, 그 곤란한 문제를 해결하기 위해 그가 얼마나 기상천외한 제안을 했는지, 두 경쟁자가 그 제안을 어떻게 동시에 받아들였는지, 프랑스와 미국이 달을 정복하기 위해 어떤 식으로 협력하게 될지—이 모든 것이 어우러져 미셸 아르당의 인기는 더욱 높아졌다.

아르당도 이 인기가 싫지는 않았다. 싫기는커녕 자진해서 대중에게 다가갔고, 세계 곳곳의 사람들과 편지를 주고받았다. 그의 재치있는 말은 사람들 사이에 널리 퍼졌고, 그가 하지도 않은 말은 더욱 널리 퍼졌다.

이 시점에서 우리는 J.T. 매스턴과 관련된 사건을 알아야 한다. 바비케인과 니콜이 아르당의 제안을 받아들이는 것을 보고, 매스턴은 그들과 동행하여 일행을 네 명으로 만들기로 작정했다. 어느 날 그는 자기도 여행에 끼워 달라고 요구했다. 바비케인은 가슴이 아팠지만, 포탄에는 그렇게 많은 승객이 탈 수 없다고 말했다.

바비케인은 포탄 내부의 초기 충격을 연구하고 싶어서, 펜서콜라에 있는 해군 기지에서 구경 82센티미터의 곡사포를 가져왔다. 그리고 포탄이 바다로 떨어지도록 대포를 탬파만 해안에 설치했다. 이 기묘한 실험을 위해 속이 빈 포탄이 특별히 준비되었다. 내벽에는 최고급 강철로 만든 용수철을 대고 그 위에 다시 두꺼운 완충재를 대서 일종의 보금자리를 꾸몄다.

"저 안에 들어갈 수 없다는 게 분하군!" 매스턴은 몸집 때문에 실험에 직접 참여하지 못하는 것을 몹시 아쉬워했다.

바비케인은 포탄 속에 처음에는 커다란 고양이를 넣었고, 다음에는 매스턴이 애완동물로 애지중지 키우는 다람쥐를 넣었다. 바비케인은 현기증에 시달릴 것 같지 않은 그 작은 동물이 실험 여행에 어떤 영향을 받을지 알고 싶었다.

곡사포에는 화약 90킬로그램을 장전하고 포탄을 대포에 넣었다. 발사!

포탄은 포신에서 튀어나가 멋지게 포물선을 그리면서 약 300미터 상공에 도달한 뒤, 우아한 곡선을 그리면서 하강하여 물속으로 뛰어들었다.

노련한 잠수부들이 물속으로 뛰어들어 포탄 꼭지에 쇠사슬을 걸었다. 포탄은 순식간에 보트로 끌어 올려졌다. 동물들이 포탄 속에 갇혔을 때부터 덮개가 벗겨질 때까지 5분도 지나지 않았다.

아르당과 바비케인, 매스턴과 니콜은 보트에 타고 있었다. 그들은 흥미롭게 작업을 지켜보았다. 포탄이 열리자마자 고양이가 밖으로 뛰쳐나왔다. 고양이는 털이 약간 헝클어져 있었지만 팔팔했고, 공중 탐험에서 방금 돌아온 징후는 전혀 보이지 않았다. 그런데 다람쥐가 없었다. 주의 깊게 찾아보았지만 다람쥐는 흔적도 남아 있지 않았다. 고양이가 길동무를 깨끗이 먹어치운 것이다.

이틀 뒤에 아르당은 미국 대통령의 메시지를 받았다. 그는 그것이 얼마나 큰 명예인지를 충분히 인식했다. 의협심이 강한 아르당에게 미국 정부는 미합중국의 명예 시민권을 주었던 것이다.

15장

포탄 객차

대포가 완성되자 대중의 관심은 포탄 쪽으로 옮아갔다. 포탄은 세 명의 대담한 모험가를 우주 공간으로 데려갈 새로운 유형의 탈것이었다.

포탄의 형태는 중요하지 않다는 바비케인의 생각은 옳았다. 몇 초 만에 대기권을 통과하고 나면 포탄은 완전한 진공 속에서 움직일 것이기 때문이다. 실행위원회는 포탄이 빙글빙글 돌 수도 있고 마음대로 움직일 수 있으려면 공처럼 둥근 모양이 가장 적합하다는 데 의견이 일치했다.

새로운 설계도가 당장 작업에 착수하라는 지시와 함께 올버니의 브레드윌 회사로 보내졌다. 다시 설계된 포탄은 11월 2일에 제작되었고, 동부철도를 통해 당장 스톤힐로 보내졌다. 포탄은 11월 10일에 무사히 도착했다.

포탄이 훌륭한 작품인 것은 아무도 부인할 수 없다. 이 야금술의 걸작을 보면 미국인의 산업적 재능에 감탄할 수밖에 없었다. 알루미늄을 그렇게 대량으로 제조한 것은 처음이었고, 이것만으로도 놀라운 위업으로 여겨졌다. 귀중한 포탄은 햇빛을 받아 반짝반짝 빛났다.

하지만 바비케인은 실제적인 면에 관심을 기울였고, 그가 초기 충격을 줄이기 위해 고안한 장치도 정확하게 완성되어 있었다. 그러나 어떤 용수철도 충격을 죽일 만큼 강력하지 않다고 생각했다. 그래서 그는 스커스노 숲에서 어슬렁거리는 동안 마침내 이 난제를 독창적인 방식으로 해결했다. 그는 물을 완충재로 이용할 작정이었다. 그 원리는 다음과 같다.

우선 포탄의 밑바닥에서 1미터 높이까지 물을 채우고, 그 위에 나무로 된 방수 원판을 내벽에 꼭 맞게 끼우되 내벽을 따라 위아래로 미끄러질 수 있게 했다. 세 명의 승객은 이 둥근 뗏목 위에 있게 될 것이다. 물은 여러 개의 수평 칸막이로 나뉘고, 발사 때의 충격은 이 칸막이들을 차례로 부술 것이다. 각 층의 물은 맨 아래층부터 차례로 파이프를 통해 위로 밀려 올라올 테고, 그리하여 용수철과 같은 구실을 하게 될 것이다. 한편 강력한 완충장치가 달린 원판은 칸막이가 다 부서질 때까지는 바닥에 닿을 수 없을 것이다. 물이 모두 빠져나가고 나면 승객들은 분명 심한 충격을 받겠지만, 물이라는 강력한 용수철이 최초의 충격을 크게 줄여 줄 것이다.

이것이 초기 충격이라는 심각한 문제에 대한 바비케인의 해결책이었다. 브레드윌 회사의 유능한 기술자들은 그 완충장치의 작용을 재빨리 이해하고 그것을 구체화했다. 일단 장치가 가동하여 물이 모두 밖으로 밀려 나가면 승객들은 부서진 칸막이를 쉽게 제거할 수 있을 것이고, 출발하는 순간 그들을 떠받칠 미끄럼 원판도 쉽게 제거할 수 있을 것이다.

포탄의 상부 내벽은 시계용 태엽만큼 유연한 최고급 강철 코일 위에 두꺼운 가죽 패드를 덧댄 것으로 덮여 있었다. 물이 빠져나가는 파이프는 이 가죽 패드 밑에 완전히 가려져 있었다.

포탄은 바깥지름이 3미터에 높이가 4미터였다. 소정의 무게를 초과하지 않기 위해 외벽의 두께를 조금 줄였고, 면화약의 폭발로 생긴 강력한 가스 압력을 견뎌야 하는 밑바닥은 더욱 보강되었다. 이것이 원통원뿔형 포탄의 제조법이다. 항상 바닥이 옆면보다 두꺼워야 한다.

하지만 그냥 달에 가는 것만으로는 충분치 않았다. 가는 길에 밖을 볼 수 있어야 한다. 이 문제는 쉽게 해결되었다. 가죽 패드 밑에 두꺼운 광학유리를 끼운 현창이 네 개 있었다. 두 개는 포탄의 둥근 벽에 뚫려 있었고, 하나는 바닥에, 또 하나는 원뿔형 앞머리에 뚫려 있어서, 승객들은 멀어져

가는 지구와 다가오는 달, 별들이 가득한 우주 공간을 내다 볼 수 있었다.

포탄 속에는 식량과 물을 넣은 용기들이 단단히 부착되어 있었다. 꼭지를 틀기만 하면, 몇 기압의 압력으로 특제 용기에 저장된 가스가 그 쾌적한 탈것에 엿새 동안 열과 빛을 충분히 공급해 주었다. 생명 유지는 물론 쾌적한 생활을 하는 데에도 무엇 하나 부족한 게 없었다. 그리고 미셸 아르당의 예술적 취향 덕분에 즐거움과 실용성이 예술품의 형태로 결합했다.

식량과 조명 문제는 해결되었지만, 아직 공기 문제가 남아 있었다. 포탄 내부의 공기가 세 사람이 나흘 동안 호흡하기에 부족할 것은 불 보듯 뻔했다. 한 사람이 100리터의 공기 속에 들어 있는 산소를 한 시간 만에 모두 소비해 버린다. 바비케인과 두 동료, 그들이 데려갈 개 두 마리가 24시간 동안 소비할산소는 약 2,400리터, 무게로 따지면 약 3킬로그램이 될 것이다. 따라서 포탄 내부의 공기를 재생할 수밖에 없다. 어떻게? 아주 간단한 방법이 있다.

다 알고 있다시피 공기는 21퍼센트의 산소와 79퍼센트의 질소로 이루어져 있다. 우리는 공기 속에서 생명 유지에 필요한산소만 흡수하고 질소는 그대로 내보낸다. 날숨은 산소의 5퍼센트를 잃고 거의 같은 양의 이산화탄소를 포함하고 있다. 이산화탄소는 흡수된 산소가 혈액의 구성 성분을 연소시켜 생긴 결과물이다. 따라서 밀폐된 공간에서는 일정한 시간이 지나면 공기 속의 산소가 모두 본질적으로 유독 가스인 이산화탄소로 대치될 것이다.

요컨대 문제는 이러했다. 질소는 그대로 보존되니까, 어떻게 하면 소비된 산소를 보충하고 몸에서 배출된 이산화탄소를 없앨 수 있는가? 염소산칼륨과 가성알칼리를 이용하면 아주 간단하다.

염소산칼륨은 하얀색의 얇은 조각 형태로 존재하는 소금이다. 섭씨 400도 이상으로 가열하면 염화칼륨으로 바뀌고, 그 안에 들어 있던 산소는 완전히 방출된다. 염소산칼륨 8킬로그램에서 3킬로그램의 산소가 나온다. 승객들—여행자 세 명과 개 두 마리—이 24시간 동안 필요로 하는 산소가 이것으로 충당된다. 산소를 보충하는 문제도 해결되었다.

가성알칼리는 공기 속의 이산화탄소와 강한 친화력을 가지고 있다. 조금 흔들어 주기만 하면 이산화탄소와 결합하여 중탄산칼륨이 된다. 이산화탄소를 흡수하는 문제도 이것으로 해결되었다.

이 두 과정을 결합하면 날숨에 원래의 생명 유지 기능을 모두 되돌려 줄 수 있었다. 하지만 지금까지는 동물 실험만 이루어졌고, 과학적으로 아무리 엄밀한 실험이라 해도 그것이 인간에게 미치는 영향은 아직 알려지지 않은 상태였다.

이것은 미셸 아르당이 중대한 문제들을 검토한 회합에서

지적한 사실이었다. 그는 인간도 그 인공 공기로 살 수 있다는 것을 의심할 여지 없이 입증하고 싶어서, 떠나기 전에 자기가 직접 시험해 보겠다고 제의했다. 하지만 매스턴이 실험 대상이 되는 영광을 달라고 강력하게 요구하고 나섰다.

"나는 여러분과 함께 가지 않을 테니까, 하다못해 일주일쯤 포탄 속에서 살게 해 줄 수는 있잖습니까?"

이 요구마저 거절하는 것은 너무 가혹한 처사였다. 그래서 바비케인과 아르당은 매스턴의 요청을 받아들였다. 8일 동안 필요한 식량과 물, 염소산칼륨과 가성알칼리가 포탄에 실렸다. 11월 12일 오전 6시, 매스턴은 친구들과 악수를 하고 11월 20일 저녁 6시까지 감옥을 열지 말라고 당부한 뒤 포탄 속으로 들어갔다. 곧이어 출입구 덮개가 안쪽에서 밀폐되었다.

그 8일 동안 포탄 내부에서 어떤 일이 일어났을까? 그것은 알 수 없었다. 벽이 두꺼워서 어떤 소리도 밖으로 새어 나오지 않았기 때문이다.

11월 20일 오후 6시 정각, 입구에서 덮개가 벗겨졌다. 매스턴의 친구들은 좀 걱정이 되었지만, 유쾌한 목소리가 "만세!" 하고 외치는 것을 듣고 곧 안심했다.

곧이어 매스턴이 의기양양한 태도로 원뿔 꼭대기에 나타났다. 그는 몸무게가 불어 있었다!

16장

남은 작업들

지난해 10월 20일에 기부금 접수가 마감된 뒤, 바비케인은 거대한 망원경을 제작하는 데 필요한 돈을 케임브리지 천문대에 보냈다. 이 망원경은 반사망원경이든 굴절망원경이든 달 표면에 있는 3미터 크기의 물체도 확인할 수 있을 만큼 강력해야 했다.

굴절망원경과 반사망원경은 중요한 차이점이 하나 있다. 여기서 그 점을 짚고 넘어가는 게 좋을 듯싶다. 굴절망원경은 하나의 경통으로 이루어져 있고, 위쪽 끝에는 대물렌즈라고 불리는 볼록렌즈가, 아래쪽 끝에는 관측자가 눈을 대는 접안렌즈가 달려 있다. 멀리 있는 물체에서 나온 빛은 대물렌즈를 통과하면서 굴절하여 초점에 거꾸로 뒤집힌 상을 맺는다. 관측자는 확대경 구실을 하는 접안렌즈를 통해 크게 확대된 이 상을 보게 된다. 따라서 굴절망원경의 경통은 양쪽 끝이 대물렌즈와 접안렌즈로 막혀 있다.

반면에 반사망원경은 위쪽 끝이 열려 있다. 물체에서 나온 빛은 자유롭게 경통을 지나 오목한 반사경에 부딪힌다. 빛은 거기서 작은 평면경에 의해 직각으로 꺾인 뒤, 상을 확대하는 구실을 하는 접안경으로 보내진다.

따라서 굴절망원경에서는 굴절작용이 중요한 역할을 하는 반면, 반사망원경에서는 반사작용이 중요한 역할을 한다. 굴절망원경과 반사망원경이라는 명칭은 여기서 유래했다. 망원경을 만들 때의 어려움은 거의 전적으로 대물렌즈에 있다. 렌즈든 거울이든 대물렌즈는 만들기가 까다롭다.

지름 3미터에 길이가 4미터인 대포 클럽의 포탄을 관찰하기 위해서는 달을 8킬로미터 이내의 거리로 끌어와야 하고, 그러려면 배율이 4만 8,000배를 넘는 망원경이 필요하다. 이것이 케임브리지 천문대가 직면한 문제였다. 자금의 문제가 아니라 재료의 문제를 해결해야 했다.

무엇보다 먼저 굴절망원경으로 할 것인지 반사망원경으로 할 것인지를 결정해야 했다. 굴절망원경은 반사망원경에 비해 몇 가지 이점을 가지고 있다. 대물렌즈의 지름이 같아도 굴절망원경의 상이 훨씬 또렷하다. 렌즈를 통과할 때 손실되는 빛의 양은 빛을 거울에 한 번 되비치는 반사망원경이 더 많기 때문이다. 하지만 렌즈의 두께에는 한계가 있다. 렌즈가 너무 두꺼우면 빛이 통과하지 못한다. 게다가 그런 거대한 렌즈는 만들기도 어렵고, 만드는 기간도 몇 년씩 걸린다.

그래서 굴절망원경이 더 또렷한 상을 얻을 수 있지만, 더 빨리 만들 수 있고 상도 더 크게 확대할 수 있는 반사망원경으로 결정되었다. 빛은 지구 대기권을 통과할 때 많이 약해지기 때문에, 대포 클럽은 망원경을 미국에서 가장 높은 산봉우리에 설치하기로 결정했다. 그러면 빛이 통과해야 하는 공기의 양도 그만큼 줄어들 것이기 때문이다.

이런 결정이 내려지자 곧바로 작업이 시작되었다. 케임브리지 천문대의 계산에 따르면, 새 망원경의 길이는 85미터가 되어야 하고 반사경의 지름은 5미터에 이르러야 했다.

장소 문제는 쉽게 해결되었다. 되도록 높은 산을 골라야 했는데, 미국에는 높은 산이 별로 많지 않기 때문이다. 이 드넓은 나라에는 동쪽의 애팔래치아산맥과 서쪽의 로키산맥이 뼈대를 이루고 있지만, 로키산맥이 더 높기 때문에 자연스럽게 로키산맥의 최고봉인 롱스피크가 선정되었다. 필요한 자재와 장비가 콜로라도주의 롱스피크산 정상으로 보내졌다.

미국인 기술자들이 극복해야 했던 온갖 어려움, 그들이 대담한 용기와 기술로 이룩한 경이로운 성과는 이루 다 형언할 수가 없었다. 그것은 실로 대단한 위업이었다. 착공한 지 1년도 지나지 않은 9월 말에는 벌써 망원경의 거대한 경통이 하늘을 가리키고 있었다. 길이가 85미터인 이 원통은 거대한 철제 틀에 매달려 있었다. 이것은 관측자가 하늘의 어디든 겨눌 수 있고, 움직이는 천체를 이쪽 지평선에서 저쪽 지평선까지 추적할 수 있게 해 주는 독창적인 장치였다.

경비는 40만 달러가 넘게 들었다. 망원경이 처음으로 달을 겨누었을 때, 관측자들은 호기심과 불안감이 뒤섞인 흥분을 맛보았다. 배율 4만 8,000배인 이 망원경으로 무엇을 발견하게 될까? 외계인, 달의 동물들, 거주지, 호수, 바다? 아니, 그들은 과학이 아직 모르고 있는 것은 아무것도 보지 못했다. 하지만 그래도 달의 화산설은 정확히 확인할 수 있었다.

11월 22일이었다. 출발이 10일 앞으로 다가왔다. 이제 남은 작업은 한 가지뿐이었지만, 그것은 세심한 주의를 필요로 하는 위험하고 까다로운 작업이었다. 캡틴 니콜이 절대 성공하지 못한다는 데 세 번째 내기를 걸었던 그 문제의 작업은 바로 대포에 20만 킬로그램의 면화약을 재워 넣는 일이었다. 이 위험한 작업은 바비케인이 직접 감독을 맡아 진행시켰다.

우선 그는 모든 화약을 한꺼번에 스톤힐로 가져오지 않도록 조치했다. 화약은 밀봉된 탄약 열차에 실려 조금씩 들어

왔다. 20만 킬로그램의 면화약은 250킬로그램씩 나뉘어, 펜서콜라 최고의 장인들이 만든 800개의 자루 속에 넣어졌다. 탄약 열차가 도착할 때마다 맨발의 인부들이 자루를 내렸다. 탄약 자루는 대포 입구로 운반하여 수동식 기중기로 내렸다. 증기기관을 이용하는 기계는 모두 멀리 치워졌고, 반경 3킬로미터 이내에 있는 불은 모두 꺼 버렸다. 다만 그 많은 면화약을 햇볕의 열기에서 보호하는 것이 큰 걱정이었다. 그래서 작업은 되도록 야간에 이루어졌다.

절연체로 둘러싸인 전선은 하나의 케이블로 묶여 포탄이 놓일 자리 바로 아래의 대포벽에 뚫린 구멍을 통해 석축 속으로 들어간 다음, 석축 속에 특별히 만든 구멍을 통해 지표면으로 올라왔다. 스톤힐 꼭대기에 이른 케이블은 군데군데 세워진 기둥 위를 지나 다시 2킬로미터를 뻗어 나간 뒤, 스위치를 지나서 강력한 분젠 전지에 이르렀다. 스위치 단추를 누르기만 하면 전류가 흘러 면화약 20만 킬로미터에 불을 붙일 수 있었다. 말할 나위도 없지만, 전지는 마지막 순간까지 작동하면 안 되었다.

11월 28일까지는 800개의 탄약 자루가 대포 바닥에 모두 차곡차곡 쌓였다. 이 작업은 성공적으로 끝났다. 하지만 그동안 바비케인이 겪어야 했던 걱정과 불안과 중압감은 엄청난 것이었다. 그는 방문객이 스톤힐에 가까이 접근하지 못하게 하려고 애썼지만 소용이 없었다. 날마다 사람들은 울타리를 넘어왔다.

화약을 재워 넣는 작업은 천우신조로, 작은 폭발 한 번 없이 무사히 끝났다. 포탄을 대포 속에 높이 쌓인 면화약 위에 내려놓는 작업이 아직 남아 있었지만, 캡틴 니콜은 세 번째 내기에서도 질 위기에 놓였다.

포탄을 내리는 작업을 시작하기 전에 여행에 필요한 용품들이 포탄에 실렸다. 필요한 물품은 상당히 많았다.

도구상자 속에는 온도계와 기압계와 망원경을 넣었다.

그들은 여행하는 동안 달을 조사하고 싶어 했다. 그 새로운 세계를 좀 더 쉽게 조사하기 위해서 그들은 베어와 뫼들러의 <월면도>를 가져가기로 했다. 관찰력과 인내력의 걸작으로 평가되고 있는 이 '달지도'는 지구 쪽을 향하고 있는 부분을 아주 자세한 부분까지 꼼꼼하고 정확하게 묘사해 놓았다.

그들은 산탄총 세 자루, 작열탄을 쏠 수 있는 연발 소총 세 자루에 많은 탄약도 가져가기로 했다.

"달에서 누구를 만날지 몰라." 미셸 아르당이 말했다. "우리의 방문을 달가워하지 않을 사람이나 동물이 있을지도 모르니까 사전 대책을 세워야 해."

이 방어용 무기와 함께 곡괭이와 삽과 톱을 비롯한 필수적인 연장들도 실었고, 극지방의 추위에서 열대의 더위에 이르기까지 모든 기후에 맞는 옷도 준비했다.

미셸 아르당은 동물을 데려가고 싶어 했다.

오랜 논의 끝에 결국 캡틴 니콜의 훌륭한 사냥개와 튼튼한 뉴펀들랜드개를 데려가기로 결정했다. 필수품 중에는 유용한 씨앗 몇 상자도 들어 있었다. 미셸 아르당이 마음대로 하게 내버려 두었다면 씨를 심을 흙도 몇 자루 가져갔을 것이다. 하지만 아르당은 짚으로 조심스럽게 싼 관목 열두 그루를 벌써 포탄에 실어 놓고 있었다.

아직 식량이라는 중요한 문제가 남아 있었다. 달의 불모 지역에 착륙할 가능성을 고려해야 했기 때문이다. 바비케인은 1년 치 식량을 가져가기로 결정했다. 식량은 수압으로 부피를 최대한 줄인 고기와 채소 통조림이었다. 통조림 이외에 브랜디도 50갤런이나 실었지만, 물은 두 달 치밖에 싣지 않았다. 천문학자들이 최근에 관측한 결과, 달 표면에 꽤 많은 물이 있다는 것이 밝혀졌기 때문이다.*

다양한 물건이 포탄에 실리자, 완충재 역할을 할 물을 칸막이들 사이에 부어 넣고 가스를 용기 속에 채워 넣었다. 바비케인은 여행이 예상보다 오래 걸릴 경우에 대비하여 두 달 동안 산소를 보충하고 이산화탄소를 흡수할 수 있는 염소산칼륨과 가성알칼리를 준비했다.

망원경으로 달을 연구한 최초의 인물인 갈릴레오 갈릴레이는 1609년에 달 표면의 어두운 지역이 바다일 거라고 추정했고, 그 후 오랫동안 그렇게 믿기어 왔다. 그러나 1969년 7월 '아폴로 11호'가 달에 착륙했을 때 달 표면은 바싹 마른 땅이었다.

이제 남은 일은 포탄을 대포 속에 넣는 것이었다. 이것은 어려움과 위험으로 가득 찬 작업이었다.

거대한 포탄이 스톤힐 꼭대기로 운반되었다. 그곳에서 강력한 기중기가 포탄을 들어 올려 깊은 금속 수직갱 위에 늘어뜨렸다. 이때가 중요한 순간이었다. 엄청난 무게 때문에 쇠사슬이 끊어져 포탄이 떨어지면, 면화약은 여지없이 폭발할 것이다.

다행히 그런 불상사는 일어나지 않았고, 포신 속을 따라 천천히 내려간 포탄은 몇 시간 뒤 면화약의 쿠션 위에 자리를 잡았다. 포탄의 무게는 화약을 더 단단히 압축하는 정도의 영향밖에 미치지 않았다.

"내가 졌소." 캡틴 니콜이 바비케인에게 3,000달러를 건네면서 말했다.

바비케인은 길동무한테 돈을 받고 싶지 않았지만, 니콜의 고집에 꺾일 수밖에 없었다. 캡틴 니콜은 지구를 떠나기 전에 모든 빚을 청산하고 싶어 했다.

"당신에게 내가 바라는 것은 한 가지뿐이오." 미셸 아르당이 말했다.

"그게 뭡니까?" 니콜이 물었다.

"남은 두 가지 내기에서도 당신이 지는 것! 그렇게 되면 적어도 우리는 지구를 떠날 수 있을 테니까 말이오."

17장

발사!

12월 1일이 왔다. 운명의 날이다. 포탄이 이날 밤 10시 46분 40초에 정확히 발사되지 않으면, 달이 천정과 근지점의 조건을 동시에 충족시킬 때까지 18년이 넘는 세월을 다시 기다려야 하기 때문이다.

날씨는 더없이 좋았다. 겨울이 닥쳐오고 있었지만, 태양은 주민 세 명을 다른 세계에 보내려는 지구를 찬란하게 비추고 있었다.

가슴 졸이며 기다린 이날을 앞두고 얼마나 많은 사람들이 간밤에 잠을 설쳤던가! 모든 심장이 불안으로 고동치고 있었지만, 미셸 아르당만은 예외였다. 그는 전혀 걱정하는 기색을 보이지 않고 여느 때처럼 분주하게 돌아다녔다.

새벽부터 수많은 군중이 스톤힐 주위에 펼쳐져 있는 평야를 가득 뒤덮었다. 15분마다 열차가 구경꾼들을 실어 왔다.

지구상의 모든 나라가 이곳에 대표단을 보냈다. 세계의 모든 언어가 동시에 들렸다. 미국 사회의 다양한 계층이 평등하게 뒤섞였다. 은행가, 농부, 선원, 상인, 뱃사공, 주지사들이 팔꿈치를 맞비비며 허물없이 어울렸다. 아녀자들과 하인들도 똑같이 화려하게 차려입고 남편이나 아버지나 주인과 동행하거나 뒤따르거나 앞서거나 주위를 에워쌌다. 많은 가족에 둘러싸인 남자들은 마치 부족장 같았다.

식사 시간이 되면 그 많은 사람들이 왕성한 식욕으로 남부의 다양한 요리를 먹어 대는 광경은 참으로 인상적이었다. 개구리찜, 기름에 볶은 다음 뭉근한 불에 졸인 원숭이 볶음탕, 감자와 양파 따위를 넣은 생선 찌개, 주머니쥐 구이, 석쇠에 구운 너구리 구이는 유럽인들의 비위에 맞지 않았을 것이다.

그리고 음식의 소화를 돕기 위해 다양한 술과 음료가 등장했다. 유리잔, 머그잔, 플라스크, 마개 있는 유리병, 이상한 모양의 유리병, 설탕을 빻는 절구, 짚단으로 장식된 무도회장과 선술집에서 들려오는 외침 소리는 얼마나 사람을 흥분시키고 유혹했는지 모른다!

"박하술 나왔습니다!" 바텐더가 외쳤다.

"버건디 상그리아 한 잔!"

"진 슬링 하나!"

"브랜디 스매시!"

하지만 12월의 첫날에는 그런 외침 소리가 거의 들리지 않았다. 바텐더가 아무리 목이 쉬도록 고함을 질러도 손님을 끌지 못했다. 오늘은 먹거나 마시는 것을 생각하는 사람이 아무도 없었다.

저녁이 되자 큰 재난이 닥쳐왔을 때와 같은 조용한 흥분이 불안한 군중 속으로 퍼져 갔다. 모든 사람이 형언할 수 없는 불안, 고통스러운 마비 상태, 심장을 옥죄는 듯 답답한 느낌에 사로잡혀 있었다. 모두 실험이 빨리 끝나기를 바랐다.

하지만 7시쯤 이 무거운 침묵이 갑자기 사라졌다. 달이 지평선 위로 떠오른 것이다. 수백만 명이 만세 삼창으로 달을 환영했다.

바로 그때, 용감한 세 모험가가 나타났다. 환호성이 더욱 높아졌다. 모든 사람의 부푼 가슴에서 동시에 미국 국가가 터져 나오고, 500만 명이 합창으로 부른 '양키 두들'이 소리 폭풍처럼 대기권 끝까지 올라갔다.

저항할 수 없이 감정이 고조된 뒤, 미국 국가는 서서히 잦아들었다. 마지막까지 노래를 부르던 사람들도 차츰 입을 다물었다. 소음은 흩어졌고, 조용한 웅성거림이 깊이 감동한 군중 위를 떠돌았다. 그러는 동안 프랑스인과 두 미국인은 군중에게 둘러싸인 울타리 안으로 들어갔다. 대포 클럽 회원들과 유럽의 주요 천문대 대표들이 그들과 동행했다.

10시가 되었다. 여행자들이 포탄 속으로 들어가 자리를 잡아야 할 시간이었다. 그들을 포탄 속으로 내려보내고, 포탄 입구에 강철판을 덮어 볼트로 고정시키고, 기중기와 비계를 포구에서 제거하려면 꽤 시간이 걸릴 터였다.

전기 불꽃으로 면화약에 점화하는 역할을 맡은 머치슨은 바비케인의 시계와 자기 시계를 초까지 정확하게 맞추었다.

작별 인사를 나눌 때가 왔다. 감동적인 장면이었다. 쾌활하게 떠들던 미셸 아르당도 가슴이 뭉클해지는 것을 느꼈다. 매스턴은 메마른 눈꺼풀 밑에서 이때를 위해 남겨둔 해묵은 눈물 한 방울을 찾아냈다. 매스턴은 그 눈물을 그가 사랑하는 용감한 친구 바비케인의 이마에 떨어뜨렸다.

"나도 가면 안 됩니까? 아직 시간이 있어요!"

"불가능해, 매스턴."

잠시 후 세 여행자는 포탄 속으로 내려가 입구를 단단히 잠갔다. 장애물을 모두 제거한 포탄 입구는 하늘을 향해 열려 있었다.

캡틴 니콜과 바비케인과 미셸 아르당은 금속 탈것 속에 완전히 밀봉되었다.

그 많은 사람들의 흥분은 이제 어떤 말로도 표현할 수 없을 만큼 절정에 이르렀다.

무서운 침묵이 주위 일대를 내리 덮였다. 땅에는 바람 한

점 없었다. 어떤 가슴도 숨을 내쉬지 않았다. 심장들은 이제 감히 고동치지 못했다. 겁먹은 눈들은 모두 딱 벌어진 포문에 못 박혀 있었다.

머치슨은 시곗바늘을 지켜보고 있었다. 남은 시간은 40초. 1초 1초가 1세기처럼 길게 느껴졌다.

20초가 지나자 전율이 군중 속을 뚫고 지나갔다. 포탄 속에 있는 모험가들도 초를 헤아리고 있다는 것을 모두 알아차렸다. 여기저기서 카운트다운을 외치는 소리가 터져 나왔다.

"일곱! 여섯! 다섯! 넷! 셋! 둘! 하나! 발사!!!"

머치슨이 스위치를 눌러 전기 불꽃을 대포 바닥으로 보냈다.

그와 동시에 믿을 수 없을 만큼 무시무시한, 이 세상을 초월할 만큼 커다란 굉음이 울려 퍼졌다. 우렛소리나 화산이 터지는 소리, 지금까지 알려진 어떤 소리와도 비교할 수 없는 소리였다. 거대한 불길이 분화구에서 뿜어 나오듯 땅속에서 터져 나왔다. 땅이 솟아올랐다. 뜨겁게 빛나는 증기 구름 속에서 의기양양하게 공기를 가르며 올라가는 포탄을 한순간이라도 목격할 수 있었던 사람은 두어 명에 불과했다.

눈부시게 빛나는 불길이 엄청난 높이까지 치솟았을 때, 그 불길은 플로리다반도 전체를 환히 비추었고, 꽤 넓은 지역에서 밤이 잠깐 낮으로 바뀌었다. 거대한 불기둥은 멕시코 만

뿐만 아니라 100킬로미터 떨어진 대서양 해상에서도 볼 수 있었다. 그 거대한 유성의 출현을 항해일지에 기록한 선장이 한둘이 아니었다.

대포 발사는 진짜 지진을 일으켰다. 플로리다는 지하까지 흔들렸다. 면화약에서 나온 가스가 열기로 팽창되어 대기층을 격렬하게 밀어냈고, 자연의 허리케인보다 백 배나 빠른 이 인공 폭풍은 기괴한 돌개바람처럼 공기를 뚫고 지나갔다.

계속 서 있는 구경꾼은 한 사람도 없었다. 남녀노소 모두 폭풍에 휩쓸린 곡식처럼 땅바닥에 납작하게 쓰러졌다. 형언할 수 없는 소란이 일어났고 많은 사람이 중상을 입었다. 무분별하게 너무 앞으로 나가 있었던 매스턴은 15미터나 뒤로 내동댕이쳐졌다. 사람들은 그가 대포알처럼 머리 위를 지나가는 것을 보았다. 30만 명이 일시적으로 귀가 멀고 넋을 잃었다.

폭풍은 오두막과 판잣집들을 쓰러뜨리고, 반경 30킬로미터 이내에 있는 나무들을 뿌리 뽑고, 모든 기차를 탬파까지 도로 밀어내고, 눈사태처럼 탬파 시내를 강타하여 100채가 넘는 건물을 파괴했는데, 그중에는 성모마리아 교회와 새로 지은 증권거래소 건물도 포함되어 있었다. 특히 증권거래소는 이쪽 끝에서 저쪽 끝까지 두 동강이 나 버렸다. 항구에서는 여러 척의 배가 서로 부딪쳐 침몰했다. 나머지 배들은 닻줄이 무명실처럼 툭 끊어져서 해안으로 밀려 올라왔다.

피해 지역은 미국 국경을 넘어 더 멀리까지 뻗어 있었다. 폭발의 충격은 서풍을 타고 미국 해안에서 500킬로미터나 떨어진 대서양 해상까지 전해졌다.

최초의 충격이 가라앉자, 부상자와 귀가 먼 사람까지 포함한 모든 군중이 마비 상태를 떨치고 일어나 미친 듯이 외치기 시작했다. "아르당 만세! 바비케인 만세! 니콜 만세!" 열광적인 대합창이 하늘로 올라갔다. 수백만 명이 타박상과 뇌진탕도 잊어버리고 오로지 포탄만 생각하면서 망원경과 쌍안경으로 하늘을 쳐다보았다. 하지만 보람이 없었다. 포탄은 이제 보이지 않았다. 그들은 체념하고 롱스피크 관측소에서 전보가 오기를 기다리는 수밖에 없었다.

하지만 쉽게 예측할 수 있는데도 예기치 못했고 설령 예측했다 해도 어찌 해 볼 도리가 없는 현상이 일어나, 대중의 인내심은 곧 가혹한 시련을 겪게 되었다.

맑았던 날씨가 돌변한 것이다. 하늘은 구름에 덮여 컴컴해졌다. 20만 킬로그램의 면화약이 폭발하면서 나온 어마어마한 양의 증기가 대기층에 퍼지고, 또한 대기층이 격렬하게 요동을 쳤으니, 날씨가 흐려질 수밖에 없지 않은가. 자연의 질서가 완전히 어지럽혀진 것이다.

이튿날 지평선 위로 떠오른 태양은 짙은 구름을 무거운 짐처럼 짊어지고 있었다. 하늘과 땅 사이에 뚫고 들어갈 수 없는 두꺼운 커튼이 쳐졌다. 불행히도 그 커튼은 로키산맥까지 뻗어 있었다. 재난이었다. 지구 곳곳에서 항의하는 목소리가 합창처럼 울려 퍼졌다. 하지만 자연은 아랑곳하지 않았다. 인간이 화약을 폭발시켜 대기를 괴롭혔으니 그 결과도 감수할 수밖에 없었다.

여행자들은 12월 1일 밤 10시 46분 40초에 떠났다. 실험이 성공적이었다면 그들은 12월 5일 자정에 목적지에 도착할 것이다.

하지만 날씨는 여전히 찌푸려 있었다. 사람들은 끝없이 안달복달했다. 모습을 보이지 않는 달을 향해 큰 소리로 욕설을 퍼붓는 사람들까지 있었다. 안타깝기 짝이 없는 일이었다.

절망한 매스턴은 롱스피크로 달려갔다. 제 눈으로 직접 보고 싶었기 때문이다. 그는 친구들이 달에 무사히 도착했다고 확신했다. 포탄이 지구의 대륙이나 섬에 떨어졌다는 소식은 전혀 없었고, 매스턴은 지구 표면의 4분의 3을 덮고 있는 바다에 포탄이 떨어졌을 가능성도 인정하지 않았다.

12월 5일, 날씨는 여전했다. 유럽 쪽은 날씨가 맑았기 때문에 대형 망원경들은 계속 달을 겨누고 있었지만, 상대적으로 배율이 낮아서 유용한 관측은 하지 못했다.

12월 6일, 날씨는 여전했다. 세계의 4분의 3은 초조감에 사로잡혔다.

12월 7일, 날씨에 약간의 변화가 있었다. 저녁때에는 다시 두꺼운 구름이 하늘을 뒤덮어, 아무도 별이 빛나는 하늘을 볼 수 없었다.

문제는 이제 심각해지고 있었다. 12월 11일 아침 9시 11분에는 달이 하현달로 변할 것이다. 지구에서 보이는 달의 표면은 계속 줄어들 테고, 달은 결국 초승달이 될 것이다. 초승달이 되면 해와 함께 뜨고 질 테고, 햇빛 때문에 달을 볼 수 없을 것이다. 달은 1월 3일 밤 12시 47분에야 다시 보름달이 될 것이다. 그때까지는 관측을 재개할 수 없었다.

신문들은 이런 사실을 장황한 해설과 함께 보도했고, 대중이 천사 같은 인내심을 가져야 한다는 말을 되풀이했다.

12월 8일, 아무 변화도 없었다. 12월 9일에는 해가 미국인들을 비웃기라도 하듯 잠깐 얼굴을 내밀었다.

12월 10일, 아무 변화도 없었다. 매스턴은 미칠 지경이 되었다.

그런데 12월 12일, 거대한 열대 폭풍이 일어났다. 강한 동풍이 그토록 오랫동안 쌓인 구름을 쓸어 버렸다. 그날 저녁에 반달이 밝은 별들 사이를 당당하게 지나갔다.

18장

새로운 천체

그날 밤, 그토록 초조하게 기다린 흥미진진한 뉴스가 미국 전역에서 폭탄처럼 터진 뒤, 바다를 건너 세계의 모든 전선을 따라 순식간에 퍼져 나갔다. 롱스피크 관측소의 거대한 반사망원경 덕분에 포탄의 자태가 포착된 것이다.

다음은 케임브리지 천문대장이 작성한 보고서다. 이 보고서에는 대포 클럽의 위대한 실험에 대한 과학적 결론이 포함되어 있다.

케임브리지 천문대 직원들에게,

달이 하현 단계에 들어간 12월 12일 오후 8시 47분, J.M. 벨파스트와 J.T. 매스턴은 스톤힐에서 대포로 발사된 포탄을 관측했다.

포탄은 목적지에 도착하지 않았다. 포탄은 달 옆으로 지나갔지만, 달의 인력을 받을 만큼 가깝지는 않았다. 포탄의 직선운동은 아주 빠른 원운동으로 바뀌었다. 포탄은 이제 달의 위성이 되어 타원 궤도로 달 주위를 돌고 있다.

현재 상황에서는 두 가지 가설을 세울 수 있다.

달의 중력이 결국 포탄을 달 표면으로 끌어들여 여행자들이 목적을 달성하게 되든가,

또는, 바꿀 수 없는 자연 질서에 따라 포탄이 고정된 궤도에 붙잡힌 채 이 세상이 끝날 때까지 달 주위를 계속 돌든가.

관측을 계속하면 언젠가는 결론이 나오겠지만, 지금까지 대포 클럽의 실험이 낳은 결과는 우리 태양계에 새로운 천체 하나를 보탠 것뿐이다.

J.M. 벨파스트

새로운 위성 속에 갇힌 세 여행자는 목적지에 도달하지 못했지만, 적어도 달세계의 일부가 되었다. 그들은 달 주위를 돌고 있고, 처음으로 인간의 눈이 달의 모든 신비를 들여다볼 수 있게 되었다. 니콜과 바비케인과 아르당의 이름은 천문학사에 길이 남을 것이다. 이 대담한 탐험가들은 인간의 지식을 넓히려는 열망으로 과감하게 우주에 몸을 던졌고, 현

대의 가장 기상천외한 사업에 목숨을 걸었기 때문이다.

케임브리지 천문대의 보고서가 공표되자 전 세계가 놀라움과 두려움에 사로잡혔다. 그 용감한 지구인들을 구하러 갈 수는 없는가? 그것은 절대 불가능하다.

상황이 절망적이라는 사실을 인정하려 들지 않고 아직도 확신을 버리지 않은 사람이 하나 있었다. 그는 탐험가들의 헌신적인 친구이며 그들만큼 대담하고 결연한 사람, 바로 용감한 J.T. 매스턴이었다.

매스턴은 친구들한테서 눈을 떼지 않았다. 그의 집은 이제 롱스피크 관측소였고, 그의 눈은 거대한 망원경의 반사경이었다. 밤마다 달이 뜨자마자 그는 망원경의 눈 속에 달을 집어넣고, 하늘을 가로지르는 달을 한순간도 놓치지 않고 열심히 추적했다.

누구든 그의 말에 귀를 기울이는 사람이 있으면 매스턴은 이렇게 말하곤 했다.

"상황이 좋아지면 당장 그들과 연락할 수 있게 될 겁니다. 그쪽에서는 우리 소식을 듣고, 우리는 그쪽 소식을 듣게 될 겁니다! 나는 그들을 압니다. 그들은 천재예요. 세 사람이 함께라면, 예술과 과학과 산업의 모든 역량을 우주로 가져간 셈입니다. 그것만 있으면 원하는 일은 뭐든지 할 수 있어요! 두고 보세요. 그들은 반드시 방법을 찾아낼 겁니다."

실제로 투명한 에테르 속에 잠겨 있는 별들의 세계는 무엇과도 비길 수 없을 만큼 아름다웠다. 천구에 아로새겨진 이 보석들은 눈부신 섬광을 발하고 있었다.

2부

19장

오후 10시 20분부터 10시 47분까지

시계가 10시를 알리자 바비케인과 미셸 아르당과 캡틴 니콜은 친구들에게 작별을 고했다. 달나라에 종족을 번식시킬 임무를 띤 개 두 마리는 벌써 포탄 속에 갇혀 있었다.

세 여행자는 주철로 만든 거대한 원통에 뚫린 구멍으로 다가갔다. 그러자 기중기가 그들을 포탄의 원뿔 꼭대기에 내려놓았다. 그곳에는 특별히 그 목적을 위해 만들어진 입구가 있어서, 그곳을 통해 알루미늄 객차 안으로 들어갈 수 있었다. 밖에서 기중기의 도르래를 잡아당기자 콜럼비아드의 입구를 마지막까지 떠받치고 있던 것이 당장 떨어져 나갔다.

니콜은 일행과 함께 포탄 속으로 들어가자 튼튼한 판으로 입구를 막고 튼튼한 나사로 고정시켰다. 렌즈 같은 유리는 딱 들어맞는 판으로 덮여 있어서, 철제 감옥 속에 밀폐된 여행자들은 당장 칠흑 같은 어둠 속에 내던져졌다.

"친구들." 미셸 아르당이 말했다. "집에 있는 것처럼 편히 지내세. 나는 가정적인 남자라서 살림을 꽤 잘하는 편이지. 우리는 이 보금자리를 최대한 활용해서 되도록 편안하게 지낼 의무가 있어. 우선 주위가 조금이라도 보이게 하세. 가스는 두더지를 위해 발명된 게 아니니까."

이렇게 말하면서 아르당은 성냥불을 켰다. 그리고 소켓에 고정된 버너로 다가갔다. 버너 속에 고압으로 저장된 탄화수소는 144시간, 즉 6일 낮과 밤 동안 포탄 속에 빛과 열을 제공해 줄 터였다. 가스에 불이 붙자 주위가 환해졌다. 그러자 포탄은 벽에 두꺼운 완충재를 대고 둥근 소파가 놓여 있고 돔 모양의 둥근 지붕을 씌운 안락한 방처럼 보였다.

포탄 속에 있는 물건들—무기, 기구, 도구—은 완충재로 단단히 고정되어 있어서, 발사할 때의 충격을 무난히 견딜 수 있었다. 이 무모한 실험을 성공시키기 위해 인간이 할 수 있는 예방 조치는 모두 취해졌다.

미셸 아르당은 모든 것을 점검하고 나서 설비가 만족스럽다고 말했다.

"여긴 감옥이야. 하지만 여행하는 감옥이지. 창문에 코를 눌러 댈 권리가 있다면 백 년 동안 임대 계약을 맺어도 좋겠어. 바비케인, 자네는 웃고 있군. 무슨 속셈이라도 있나? 이 감옥이 무덤이 될지도 모른다고 생각하나? 그래, 어쩌면 그럴지도 모르지."

미셸 아르당이 말하는 동안 바비케인과 니콜은 마지막 준비를 하고 있었다.

세 여행자가 포탄 속에 완전히 밀폐되었을 때 니콜의 시계는 오후 10시 20분을 가리켰다. 이 시계는 머치슨 기사의 시계와 10분의 1초까지 정확하게 맞추어져 있었다. 바비케인은 그 시계를 들여다보았다.

"10시 20분이야. 10시 47분에 머치슨은 콜럼비아드에 장전된 화약과 연결되어 있는 도화선에 전기 스파크를 보낼 테고, 그 순간 우리는 지구를 떠나게 될 거야. 그러니까 우리는 27분 동안은 지구에 남아 있을 수 있어."

"준비는 다 끝나지 않았나?"

"물론 끝났지만, 최초의 충격을 최대한 줄이려면 아직도 몇 가지 예방 조치를 취해야 해."

"칸막이 사이에 완충재 역할을 하는 물을 넣지 않았나? 그 탄력성이 우리를 충분히 보호해 주지 않을까?"

"그러기를 바라지만, 확신할 수는 없어." 바비케인이 부드럽게 대답했다.

"말도 안 돼!" 미셸 아르당이 소리쳤다. "그러기를 바라지만 확신할 수는 없다고? 여기 처넣어질 때까지 기다렸다가 그런 한심한 고백을 하다니! 난 여기서 나갈래!"

"어떻게?"

"제기랄! 그것도 쉽지 않군. 우리는 객차 안에 갇혀 있고, 출발을 알리는 차장의 호루라기는 24분 뒤에 울려 퍼질 테고……."

"어떤 자세를 취하면 충격에 가장 잘 견딜 수 있을지를 결정해야 돼. 자세는 아무래도 좋은 문제일 수 없어. 그리고 우리는 피가 갑자기 머리로 몰리는 것을 최대한 막아야 해."

"맞아." 니콜이 말했다.

"그렇다면……" 아르당은 벌써 행동을 말에 맞출 준비를 하고 대답했다. "서커스의 광대처럼 물구나무를 서서, 머리를 밑으로 하고 발을 공중으로 들어 올리면 어떨까?"

그러자 바비케인이 말했다.

"아니, 옆으로 누워서 몸을 쭉 펴세. 그러면 충격에 더 잘 견딜 수 있을 거야. 포탄이 출발할 때, 우리가 포탄 속에 있느냐 포탄 앞에 있느냐는 별로 중요하지 않아. 안에 있든 앞에 있든 거의 마찬가지라는 걸 명심하게."

"똑같은 게 아니라 '거의 마찬가지일' 뿐이라면 기운을 내도 되겠군." 미셸 아르당이 말했다.

"내 생각에 동의하나, 니콜?" 바비케인이 물었다.

"전적으로 찬성이야." 캡틴 니콜이 대답했다. "아직 13분 30초 남았어."

포탄 속에는 튼튼하게 만들어진 침대의자 세 개가 놓여 있었다. 니콜과 바비케인은 이동식 원판 한복판에 그 침대의자들을 배치했다. 세 여행자는 떠나기 직전에 그 침대의자 위에 길게 드러누울 것이다.

잠시도 가만히 있지 못하는 아르당은 우리에 갇힌 야생동물처럼 돌아다니며 친구들과 잡담을 하고, 다이애나(달의 여신)와 새틀라이트(위성)에게 말을 걸었다. 그것은 아르당이 개들에게 지어 준 뜻있는 이름이었다.

"이봐, 다이애나! 이봐, 새틀라이트!" 아르당은 큰 소리로 개들을 놀렸다. "너희는 달에 있는 개들한테 지구의 개들이 가진 좋은 버릇을 보여 줘야 해! 그건 개과 동물의 명예가 될 거야. 우리가 다시 지구로 내려온다면, 너희와 달의 개들 사이에 태어난 잡종을 데려와서 이곳 사람들을 깜짝 놀라게 해 주자. 아마 지구에서는 대소동이 일어날 거야."

"달에 개가 있다면 그렇겠지." 바비케인이 말했다.

"있어." 아르당이 말했다. "말, 소, 당나귀, 닭도 있어. 닭은 틀림없이 찾을 수 있을 거야. 내기해도 좋아."

"아무것도 못 찾는다는 데 100달러 걸지." 캡틴 니콜이 말했다.

"좋아, 캡틴." 아르당이 니콜의 손을 꽉 잡으면서 대답했다. "하지만 당신은 우리 회장과 한 내기에서 벌써 세 번이나 졌어. 우선 이번 기획에 필요한 자금을 구했고, 주조 작업도 성공적으로 끝났고, 마지막으로 콜럼비아드가 무사히 장전을 마쳤으니까 잃은 돈을 모두 합하면 6,000달러로군."

"그래." 니콜이 대답했다. "10시 37분 6초야."

"알았어. 15분도 지나기 전에 당신은 회장한테 9,000달러를 더 지불해야 할 거야. 콜럼비아드가 폭발하지 않으면 4,000달러, 포탄이 공중으로 10킬로미터 이상 올라가면 5,000달러를 주어야 하니까."

"돈은 여기 갖고 있어." 니콜은 코트 주머니를 두드리면서 대답했다. "언제든지 달라고 말만 해."

"당신은 정말 꼼꼼한 사람이로군. 나는 절대로 그럴 수 없을 거야. 하지만 내가 이런 말을 해도 된다면, 사실 당신은 이겨도 소득이 없는 내기를 계속했어."

"왜?" 니콜이 물었다.

"첫 번째 내기에서 이기면 콜럼비아드가 폭발할 테고, 포탄도 대포와 함께 폭발할 테고, 그러면 당신한테 내깃돈을 주어야 할 바비케인은 이 세상에 없을 테니까."

"내 내깃돈은 볼티모어 은행에 예치되어 있어." 바비케인이 간단명료하게 대답했다. "돈을 받을 니콜이 이 세상에 없으면, 그 돈은 니콜의 상속인한테 돌아가겠지."

"10시 42분!" 니콜이 말했다.

"5분밖에 안 남았군." 바비케인이 받았다.

"그래, 겨우 5분!" 미셸 아르당이 대꾸했다. "그런데 우리는 30미터 길이의 대포 바닥에 있는 포탄 속에 갇혀 있어. 그리고 이 포탄 밑에는 보통 화약 80만 킬로그램과 맞먹는 20만 킬로그램의 면화약이 쟁여져 있지. 그리고 우리 친구 머치슨은 손에 시계를 들고 시곗바늘에 눈을 고정시킨 채 전기장치 위에 손가락을 올려놓고 초를 헤아리면서 우리를 우주 공간으로 쏘아 보낼 준비를 하고 있어."

"됐네, 미셸. 그만하게." 바비케인이 진지한 목소리로 말했다. "우리도 준비하자고. 이제 몇 분만 지나면 중대한 순간이 찾아올 거야. 자, 친구들, 마지막으로 악수나 하세."

"좋아." 미셸 아르당은 겉보기보다 훨씬 감동하여 소리쳤다.

대담한 세 친구는 마지막 포옹을 나누었다.

"신께서 우리를 지켜주시기를!" 신앙심이 깊은 바비케인이 말했다.

미셸 아르당과 니콜은 이동식 원판 한복판에 놓여 있는 침대의자 위에 길게 드러누웠다.

"10시 47분!" 캡틴 니콜이 중얼거렸다.

"20초 남았어!" 바비케인은 재빨리 가스등을 끄고 친구들 옆에 누웠다. 정적을 깨뜨리는 것은 시계의 초침 소리뿐이었다.

별안간 무서운 충격이 느껴졌다. 포탄은 면화약의 연소로 생겨난 60억 리터의 가스에 밀려 공중으로 솟구쳐 올랐다.

20장

최초의 30분

어떻게 됐을까? 이 무서운 충격은 어떤 결과를 낳았을까?

포탄 속은 캄캄했다. 하지만 원통원뿔형 칸막이벽은 훌륭히 버텨 냈다. 한 군데도 갈라지지 않았고 찌그러진 곳도 없었다. 이 놀라운 포탄은 화약의 강력한 폭발과 연소로 뜨거워지지도 않았고, 사람들이 걱정한 것처럼 알루미늄이 녹아서 비처럼 쏟아져 내리지도 않았다.

포탄 내부에서는 약간의 혼란만 일어났을 뿐이다. 물건 몇 개가 천장 쪽으로 내동댕이쳐졌지만, 가장 중요한 물건은 충격을 전혀 받지 않은 것 같았다. 설비는 무사했다.

칸막이가 깨지고 물이 빠져나가면서 포탄 밑바닥까지 쑥 가라앉은 이동식 원판에는 생명이 없는 것처럼 보이는 세 개의 몸뚱이가 누워 있었다. 바비케인과 캡틴 니콜과 미셸 아르당. 그들은 아직 숨을 쉬고 있을까?

포탄이 떠난 지 몇 분 뒤, 몸 하나가 움직였다. 팔을 흔들고 고개를 들더니, 마침내 무릎을 꿇고 몸을 일으키는 데 성공했다. 미셸 아르당이었다. 그는 온몸을 더듬어 보고 낭랑하게 "으흠!" 하고 헛기침을 하고 나서 말했다.

"미셸 아르당은 멀쩡해. 다른 사람들은 어떤가?"

용감한 프랑스인은 일어나려고 했지만 일어설 수가 없었다. 머리에 피가 몰려서 현기증이 났고, 눈이 먼 것처럼 아무것도 보이지 않았다. 그는 술에 취한 사람 같았다.

"포도주를 두 병 마신 것과 똑같은 효과를 내는군. 그렇게 맛은 없지만……."

이어서 그는 이마와 관자놀이를 손바닥으로 문지르면서 단호한 목소리로 불렀다.

"니콜! 바비케인!"

그는 불안한 마음으로 기다렸다. 아무 대답도 없었다. 길동무들의 심장이 아직 뛰고 있다는 것을 보여 주는 숨소리조차 들리지 않았다. 그는 다시 한번 불러 보았지만 여전히 조용했다.

아르당은 생명력이 밀물처럼 조금씩 돌아오는 것을 느꼈다. 거칠게 날뛰던 피도 차분해져 평상시의 익숙한 흐름으로 돌아갔다. 한 번 더 시도한 끝에 그는 몸의 균형을 되찾았다. 드디어 일어나는 데 성공한 그는 주머니에서 성냥을 꺼내 버너로 다가가면서 성냥불을 켰다. 버너는 조금도 손상되지 않았다. 가스도 새어 나오지 않았다.

버너에 불이 붙자 아르당은 친구들 위로 허리를 구부렸다. 그들은 생명력이 없는 덩어리처럼 겹쳐서 누워 있었다. 캡틴 니콜이 위에 있고, 바비케인은 그 밑에 깔려 있었다.

아르당은 니콜을 들어 올려 침대의자에 앉히고 몸을 문지르기 시작했다. 이 마사지가 효과를 발휘하여 니콜은 정신을 차리고 눈을 떴다. 그리고 당장 침착성을 되찾아 아르당의 손을 잡고 주위를 둘러보았다.

"그런데, 바비케인은?" 니콜이 물었다.

"한 사람씩 차례로 해야지." 아르당이 대답했다. "니콜, 당신이 위에 있었기 때문에 당신부터 시작한 거야. 이젠 바비케인을 돌보세."

아르당과 니콜은 바비케인을 들어 올려 침대의자 위에 눕혔다. 바비케인은 두 일행보다 심한 충격을 받은 모양이었다. 그는 피를 흘리고 있었지만, 그 피가 어깨에 난 작은 상처에서 나오는 것을 발견하고 니콜은 안심했다. 그것은 가벼운 찰과상이었지만, 니콜은 조심스럽게 붕대를 감았다.

두 사람이 열심히 애쓴 덕에 바비케인은 의식을 되찾았다. 그는 눈을 뜨고 일어나 앉아서 두 친구의 손을 잡고 물었다.

"니콜, 우리는 지금 움직이고 있나?"

이것이 그의 입에서 처음 나온 말이었다. 포탄은 움직이지 않는 듯이 보였고 외부와 연락할 길이 없었기 때문에, 그들은 문제를 해결할 수가 없었다. 어쩌면 포탄은 예정대로 공간을 날고 있을지도 모른다. 아니면 잠깐 공중으로 올라갔다가 땅으로 떨어졌거나 멕시코만에 가라앉았을지도 모른다.

흥분한 바비케인은 약해진 체력을 정신력으로 극복하고 벌떡 일어났다. 그러곤 귀를 기울였다. 밖은 조용했다. 두꺼운 완충재는 지구에서 나오는 모든 소리를 차단하기에 충분했다. 하지만 한 가지 상황이 바비케인의 주의를 끌었다. 그것은 포탄의 내부 온도가 이상하게 높다는 것이었다. 그는 케이스에서 온도계를 꺼내 눈금을 확인했다. 온도계는 섭씨 45도를 가리키고 있었다.

"그래." 그가 외쳤다. "우리는 지금 움직이고 있어! 포탄의 칸막이를 뚫고 들어오는 이 숨 막히는 열기는 대기층과 포탄의 마찰에서 생기는 거야. 우리는 이미 우주 공간에 떠 있으니까 열기는 곧 사라질 거야. 더위로 질식할 뻔한 뒤로는 지독한 추위를 견뎌야 할 거야."

"뭐라고?" 아르당이 말했다. "바비케인, 자네 설명에 따르면 우리는 이미 지구의 대기권 밖에 있다는 건가?"

"틀림없어. 내 말을 들어 보게. 지금 시각은 10시 55분이야. 포탄이 발사된 지 8분이 지났어. 초속도가 공기 마찰로 줄어들지 않았다면, 지구를 둘러싸고 있는 60킬로미터의 대기층을 통과하는 데 5초면 충분할 거야."

"그렇다면……" 아르당이 끼어들었다. "니콜은 벌써 두 가지 내기에 졌군. 대포가 폭발하지 않았으니까 4,000달러를 잃었고, 포탄이 10킬로미터 상공보다 더 높이 올라왔으니까 5,000달러를 잃었어. 자, 니콜, 어서 돈을 치르게."

"돈은 입증이 끝난 뒤에 치르겠네." 니콜이 말했다. "바비케인의 추론이 옳고 내가 9,000달러를 잃었을 수도 있지만, 방금 새로운 가설이 내 마음속에 떠랐는데, 그 가설이 옳다면 이 내기는 무효가 될 거야."

"그게 뭔데?" 바비케인이 재빨리 물었다.

"어떤 이유로든 화약에 불이 붙지 않아서 우리가 아직 출발하지 않았을지도 모른다는 거야."

"맙소사." 아르당이 소리쳤다. "우리는 발사의 충격으로 하마터면 죽을 뻔하지 않았나? 내가 당신을 되살려 놓지 않았던가? 회장의 어깨는 타격을 받고 아직도 피를 흘리고 있지 않나?"

"그건 인정해." 니콜이 대답했다. "하지만 한 가지 의문이 있어."

"뭔데?"

"자네는 폭발음을 들었나? 엄청나게 컸을 텐데."

"아니. 분명히 못 들었어." 아르당이 깜짝 놀라서 대답했다.

"바비케인, 당신은?"

"나도 못 들었네."

"그렇다니까." 니콜이 말했다.

"이상하군. 왜 폭발음을 못 들었을까?" 바비케인이 중얼거렸다.

세 친구는 당황한 태도로 얼굴을 마주 보았다. 그것은 설명할 수 없는 현상이었다. 포탄은 분명 출발했고, 따라서 폭발음은 틀림없이 났을 것이다.

"우선 우리가 지금 어디 있는지부터 확인해 보세." 바비케인이 말했다. "덧문을 내려 보자고."

이것은 아주 간단한 작업이라서 금방 이루어졌다.

오른쪽 현창의 바깥쪽 금속판에 볼트를 고정시킨 너트가 렌치의 압력에 굴복했다. 볼트는 밖으로 밀려 나갔고, 인도 고무로 덮인 완충장치가 볼트 구멍을 막았다. 바깥쪽 금속판은 선박의 현창처럼 경첩에 매달린 채 뒤로 떨어졌고, 현창을 막고 있는 렌즈 모양의 유리가 나타났다. 반대쪽에 있는 두꺼운 칸막이와 둥근 천장 꼭대기, 바닥 한복판에도 비슷한 현창이 있었다. 따라서 그들은 네 개의 현창으로 각기 다른 방향을 관측할 수 있었다. 가장 직접적인 옆쪽 창문으로는 하늘을 관찰하고, 포탄의 위아래 창문으로는 지구와 달을 관찰할 수 있었다.

바비케인과 두 친구는 당장 덧문이 열린 창문으로 달려갔다. 하지만 창문을 비추는 빛이 전혀 없었다. 칠흑 같은 어둠이 그들을 에워싸고 있었다. 그 깊은 어둠을 보고 바비케인이 소리쳤다.

"친구들! 우리는 지구로 다시 떨어지지도 않았고, 멕시코만에 가라앉지도 않았네. 그래, 우리는 우주로 올라가고 있어. 밤하늘에 반짝이는 저 별들을 보게. 그리고 지구와 우리 사이에 펼쳐져 있는 저 칠흑 같은 어둠을 보게."

"만세! 브라보!" 아르당과 니콜은 입을 모아 외쳤다.

실제로 이 깊은 어둠은 포탄이 지구를 떠났음을 입증해 주었다. 포탄이 지구 표면에 놓여 있다면 환한 달빛을 받은 땅이 여행자들에게 보였을 것이기 때문이다. 이 어둠은 포탄이 대기층을 통과했다는 것도 보여 주었다. 포탄이 아직 대기권에 있다면 공기 속에 확산된 빛이 포탄의 금속 외피에 반사되었을 텐데, 그 반사광이 보이지 않았기 때문이다. 반사광이 있다면 창문을 비추었을 텐데, 창문은 캄캄했다. 이제는 의심할 여지가 없었다. 여행자들은 분명히 지구를 떠난 것이다.

바비케인과 니콜은 창가로 돌아가서 별들을 바라보고 있었다. 별들은 검은 하늘에 찍혀 있는 밝은 점처럼 보였다. 하지만 그쪽에서는 달을 볼 수가 없었다. 동쪽에서 서쪽으로 운행하는 달은 천정을 향해 조금씩 올라갈 것이다. 그쪽에 달이 없는 것을 보고 아르당이 말했다.

"달이 안 보이는데, 어쩌면 우리와 못 만나는 게 아닐까?"

"안심하게." 바비케인이 말했다. "우리가 앞으로 가게 될 천체는 제자리에 있지만, 이쪽에서는 볼 수 없으니 반대쪽 창문을 열어 보세."

바비케인은 반대쪽 현창을 열기 위해 막 창가를 떠나려 할 때 반짝이는 물체가 다가오는 것을 보았다. 그것은 거대한 원반이었다. 크기가 얼마나 큰지 어림할 수도 없었다. 지구 쪽을 향하고 있는 면은 아주 밝아서, 달빛을 반사하고 있는 작은 달이라고 생각할 수도 있었을 것이다. 원반은 빠른 속도로 다가왔고, 궤도를 그리며 지구 주위를 돌고 있는 듯이 보였다. 그렇다면 원반이 그리는 궤도는 포탄의 진로와 교차할 것이다. 그 천체는 자전축을 중심으로 회전하고 있었고, 우주에 버려진 모든 천체와 똑같은 현상을 나타내고 있었다.

"아아!" 아르당이 소리쳤다. "저게 뭐지? 또 다른 포탄인가?"

바비케인은 대답하지 않았다. 그 거대한 천체의 출현은 그를 놀라움과 불안에 빠뜨렸다. 천체가 포탄과 충돌할 수도 있었고, 그러면 끔찍한 결과가 뒤따를 것이다. 포탄이 진로를 벗어날 수도 있고, 충격 때문에 추진력을 잃은 포탄이 지구로 곤두박질쳐서 떨어질지도 모른다. 아니면 그 강력한 천체의 인력에 무력하게 끌려갈 수도 있다. 바비케인은 이 세 가지 가설의 결과를 재빨리 머리에 떠올렸다. 어느 쪽이든 그들의 실험은 치명적인 실패로 끝나게 될 것이다.

"맙소사! 충돌하겠어!" 미셸 아르당이 외쳤다.

여행자들은 본능적으로 뒤로 물러섰다. 몹시 두려웠지만, 두려움은 오래가지 않았다. 그 별은 수백 미터 거리를 두고 포탄 옆을 지나 몇 초 만에 갑자기 사라져 버렸다.

"잘 가거라!" 아르당이 안도의 한숨을 내쉬면서 외쳤다. "하마터면 우리와 부딪칠 뻔한 그 엄청난 천체는 뭐지?"

"나는 알고 있네." 바비케인이 대답했다.

"아, 그래? 자네는 모르는 게 없지."

"그건 단순한 운석일세. 하지만 거대한 운석이고, 지구의 인력 때문에 위성처럼 지구 주위를 돌고 있지."

니콜이 시계를 들여다보면서 말했다.

"열한 시야. 우리가 미국 대륙을 떠난 지 11분밖에 안 됐어."

"11분밖에?" 바비케인이 말했다.

"그래." 니콜이 말했다. "포탄의 초속도인 12킬로미터가 그대로 유지되었다면, 한 시간에 1만 리그(4만 킬로미터) 가까이 갔을 텐데."

"옳은 말이긴 하지만……" 바비케인이 말했다. "해결할 수 없는 문제가 아직 남아 있다네. 우리는 왜 콜럼비아드의 폭발음을 듣지 못했을까?"

대답이 없었기 때문에 대화가 중단되었다. 바비케인은 생각에 잠긴 채 두 번째 옆쪽 창문의 덧문을 내리기 시작했다. 덧문이 내려진 유리창을 통해 달이 포탄을 환한 빛으로 가득 채웠다.

달은 놀랄 만큼 순수하게 빛났다. 지구의 흐릿한 대기권을 통과하지 않은 달빛이 유리창을 통해 들어와, 은빛 반사광으로 포탄 내부의 공기를 가득 채웠다. 하늘의 검은 장막 때문에 달빛이 더욱 밝아 보였다.

지구의 작은 위성은 알아차리지 못할 만큼 천천히 천정을 향해 움직이고 있었다. 달은 앞으로 96시간 뒤에 천정에 도달할 것이다. 달은 백금 거울처럼 빛났다. 여행자들은 발밑에서 빠르게 멀어져 가고 있는 지구에 대한 기억을 모두 잃어버렸다.

사라져 가는 지구에 관심을 되돌린 사람은 미셸 아르당이었다.

"지구에 대한 고마움은 잊지 말자고. 지구가 시야에서 완전히 사라져 버리기 전에 한 번 더 보고 싶군."

바비케인은 친구들을 만족시키기 위해 포탄 바닥에 있는 현창 덮개를 치우기 시작했다. 포탄 아래쪽을 둥글게 도려낸 지름 50센티미터 정도의 구멍이 나타났다. 걸쇠로 보강된 15센티미터 두께의 유리 덮개가 그 구멍을 단단히 틀어막고 있었다. 그 위에는 알루미늄판이 볼트로 고정되어 있었다. 나사를 풀어 볼트를 제거하고 알루미늄판을 내리자 포탄 안에서 밖을 내다볼 수 있게 되었다.

미셸 아르당이 유리창 옆에 무릎을 꿇었다. 유리창은 뿌옇고 불투명해 보였다.

"그런데 지구는?" 아르당이 소리쳤다.

"지구?" 바비케인이 되물었다. "저기 있잖아."

"뭐라고? 저 실처럼 가느다란 게? 저 은빛 초승달이 지구라고?"

"틀림없어. 나흘 뒤에 달이 보름달이 될 때, 우리가 달에 도착하는 순간 지구는 초승달일 거야. 우리 눈에는 곧 사라져 버릴 가느다란 초승달로밖에 안 보이겠지. 그리고 며칠 동안 지구는 완전한 어둠에 싸일 거야."

바비케인의 설명은 정확했다. 포탄에서 보는 지구는 그믐달 단계에 들어가 있었다. 두꺼운 대기층 때문에 푸르스름해진 지구의 빛은 초승달보다도 약했지만, 크기가 상당히 커서 하늘을 가로지르는 거대한 무지개처럼 보였다. 특히 오목한 지역에서 환한 빛을 받은 부분은 높은 산들의 존재를 보여 주었다. 하지만 그 밝은 부분은 달 표면에서는 결코 볼 수 없는 짙은 얼룩에 가려져 보이지 않을 때가 많았다. 그 얼룩들은 지구 주위에 집중적으로 배치된 구름띠였다.

이렇게 여행자들이 깊은 어둠을 꿰뚫어 보려고 애쓰는 동안, 반짝이는 별똥별 무리가 갑자기 눈앞에 나타났다. 공기와의 마찰로 불이 붙은 수백 개의 운석이 어둠 속에 빛의 줄

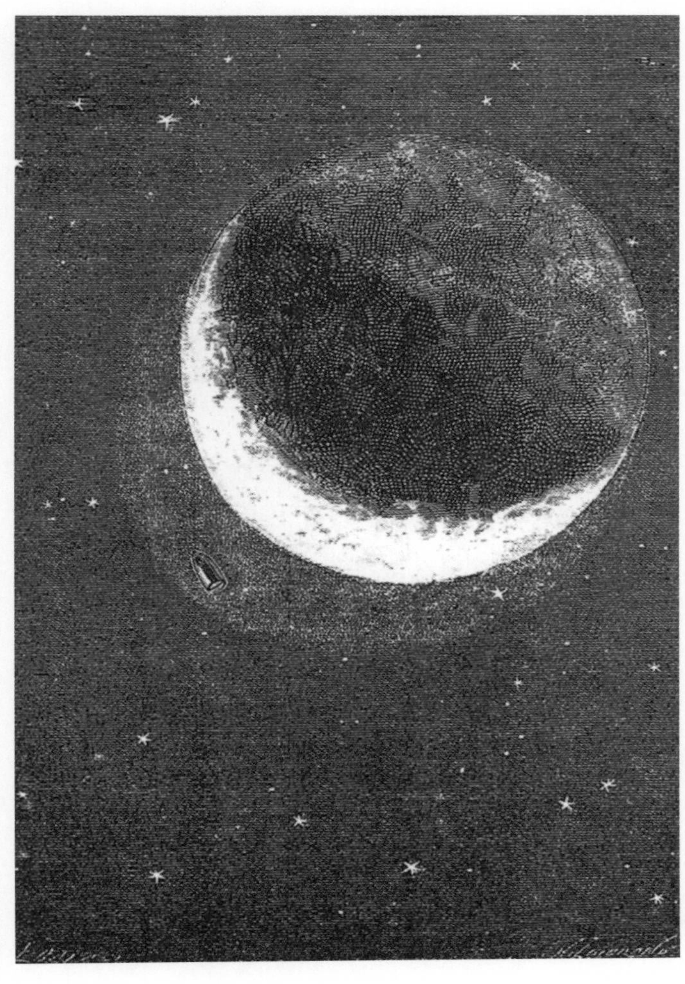

무늬를 만들고, 둥근 달 표면의 잿빛 부분에 그 불빛으로 줄무늬를 그리고 있었다.

실제로 그들이 본 지구는 이것뿐이었다. 이윽고 지구는 어둠 속으로 사라져 버렸다. 그들이 사랑해 마지않는 이 지구는 우주 공간에서 보면 덧없이 사라져 버리는 초승달일 뿐이었다.

세 친구는 오랫동안 말없이 한마음으로 지구를 바라보고 있었다. 그러는 동안 포탄은 점점 속도를 떨어뜨리면서 계속 달리고 있었다. 이윽고 저항할 수 없는 졸음이 슬며시 다가왔다.

그들은 침대의자 위에 길게 드러누워 곧 깊은 잠 속으로 빠져들었다.

하지만 15분도 지나기 전에 바비케인이 벌떡 일어나 앉아서 큰 소리로 친구들을 깨웠다.

"알아냈어!"

"뭘?" 아르당이 침대에서 뛰어나오면서 물었다.

"우리가 콜럼비아드의 폭발음을 듣지 못한 이유."

"그게 뭔데?" 니콜이 물었다.

"그건 우리 포탄이 소리보다 더 빠르게 날았기 때문이야!"

21장

그들의 보금자리

궁금증이 풀리자 세 친구는 다시 잠이 들었다. 이보다 더 조용하고 평온한 잠자리를 지구에서 찾을 수 있을까?

따라서 지구를 떠난 지 8시간 뒤인 12월 2일 아침 7시쯤 예기치 않은 소음이 세 사람을 깨우지 않았다면, 이들 세 모험가의 잠은 한없이 연장되었을지도 모른다.

이 소음은 지극히 자연스러운 개 짖는 소리였다.

"개! 개야!" 아르당이 소리쳤다.

"배가 고픈 모양이군." 니콜이 말했다.

"맙소사. 개들을 까맣게 잊고 있었어." 아르당이 받았다.

"어디 있지?" 바비케인이 물었다.

그들은 침대의자 밑에 웅크리고 있는 개 한 마리를 찾아냈다. 개는 포탄이 발사될 때의 충격에 겁을 먹고 놀라서, 배고픔 때문에 목소리가 돌아올 때까지 구석에 박혀 있었던 것이다. 짖은 개는 붙임성 있는 다이애나였다. 다이애나는 여전히 혼란에 빠져 있었지만, 아르당이 한참 어르고 달래 주자 겨우 피난처에서 기어 나왔다.

"이리 온, 다이애나. 어서 나와. 네 운명은 개과의 역사에 길이 남을 거야. 우주 공간에 널리 퍼질 네 후손의 시조 할머니가 될 테니까. 이리 온, 다이애나. 이리 와."

다이애나는 이 아첨에 우쭐해졌든 아니든, 애처로운 울음소리를 내면서 조금씩 앞으로 기어 나왔다. 다이애나는 청승맞은 울음을 그치려 하지 않았다. 몸을 살펴보아도 멍들거나 다친 데는 없었다. 그래서 파이를 하나 주자 다이애나는 당장 불평을 그만두었다.

그러나 새틀라이트는 나타나지 않았다. 종적을 감춘 것 같았다. 오랫동안 찾아다닌 뒤에야 포탄의 위쪽 구석에서 새틀라이트를 발견했는데, 설명할 수 없는 충격이 녀석을 그쪽으로 격렬하게 내던진 게 분명했다. 가엾은 개는 중상을 입고 보기에도 애처로운 상태였다.

그들은 불운한 개를 조심스럽게 아래로 데려왔다. 개는 머리가 천장에 부딪혀 두개골이 깨져 있었다. 그런 충격에서 회복될 가망은 없어 보였다. 방석 위에 편안히 눕히자 개는 한숨을 내쉬었다.

"우리가 돌봐줄게." 아르당이 말했다. "네 목숨은 우리 책임이야. 가엾은 너의 앞발 하나를 잃느니 차라리 내 팔을 하나 잃는 게 나아."

이렇게 말하면서 아르당은 다친 개에게 물을 조금 주었다. 개는 걸신들린 듯이 물을 삼켰다.

여행자들은 개들을 보살핀 뒤 지구와 달을 주의 깊게 관찰했다. 지구는 이제 흐릿한 원반으로밖에 보이지 않고, 어젯밤보다 더 가늘게 오그라든 초승달 모양이 주위를 둘러싸고 있었다. 지구는 달에 비해 여전히 거대했지만, 달은 이제 점점 완벽한 동그라미가 되어 가고 있었다.

"약 88시간 남았군." 니콜이 말했다.

"그게 무슨 뜻인가?" 아르당이 물었다.

"지금이 여덟 시 반이라는 뜻일세." 니콜이 대답했다.

"좋아. 그렇다면 아침을 먹지 말아야 할 이유는 조금도 찾을 수 없겠군."

미셸 아르당은 프랑스인으로서 주방장을 맡겠다고 선언했고, 그 중요한 직책에 경쟁자로 나선 사람은 아무도 없었다.

아침 식사는 맛있는 수프 세 그릇으로 시작되었다. 그 수프는 남아메리카의 대초원인 팜파스에 사는 반추동물의 고기 중에서 제일 맛있는 부위로 만든 추출물을 뜨거운 물에 녹인 것이었다. 수프에 이어 부드럽고 즙이 많은 비프스테이

크가 나왔다.

고기 다음에는 보존 처리된 채소 샐러드가 나왔고, 다음에는 미국식으로 버터 바른 빵을 곁들인 차가 나왔다. 그 차는 러시아 황제가 여행자들에게 몇 상자 선물한 최고급 찻잎을 우려낸 것이어서 맛이 뛰어났다.

식사의 대미를 장식하기 위해 아르당은 식료품 상자에서 부르고뉴산 포도주 한 병을 꺼냈다. 세 친구는 지구와 위성의 결합을 위해 건배했다.

그 순간 포탄은 지구가 던진 원뿔 모양의 그림자에서 빠져나왔고, 달의 궤도가 지구의 궤도와 이루는 각도 때문에 생겨난 포탄의 아래쪽 원반에 눈부신 햇빛이 직접 닿은 것이다.

“태양이다!” 아르당이 외쳤다.

“그래. 나는 벌써 예상하고 있었어.” 바비케인이 대답했다.

“하지만 지구가 우주 공간에 던지는 원뿔형 그림자는 달 너머까지 뻗어 있나?” 아르당이 말했다.

“공기의 굴절을 고려하지 않는다면 그보다 훨씬 멀리까지 뻗어 있지.” 바비케인이 대답했다. “하지만 달이 이 그림자 속에 완전히 들어오는 건 태양과 지구와 달이라는 세 천체의 중심이 모두 하나의 직선 위에 있기 때문이야. 그렇게 월식이 일어났을 때 출발했다면 우리는 줄곧 그림자 속을 통과했을 테고, 그건 정말 유감스러운 일이었을 거야.”

"왜?"

"우리는 우주 공간에 떠 있지만, 우리가 탄 포탄은 태양의 빛과 열을 받을 테니까. 그러면 가스가 절약되는데, 그건 모든 면에서 훌륭한 절약이 되지."

실제로 햇빛을 받은 포탄은 겨울에서 갑자기 여름으로 넘어온 것처럼 따뜻하고 밝아졌다. 위에 있는 달과 밑에 있는 태양은 포탄을 열기로 가득 채우고 있었다.

"여기는 정말 쾌적하군." 니콜이 말했다.

"내 생각도 그래." 아르당이 대꾸했다. "하지만 이렇게 뜨거우면 포탄의 외피가 녹아 버리지 않을까, 그게 걱정이군."

"안심하게, 친구." 바비케인이 받았다. "포탄은 대기층을 통과할 때 이보다 훨씬 높은 온도도 견뎌 냈으니까."

"하지만 그렇다면 J.T. 매스턴은 우리가 통째로 구워졌다고 생각하겠군?"

"나는 우리가 구워지지 않았다는 게 놀라워." 바비케인이 말했다. "그건 우리가 전혀 대비하지 않은 위험이었지."

"나는 그걸 걱정했다네." 니콜이 짤막하게 말했다.

"그런데 한마디도 하지 않았군." 아르당이 친구의 손을 잡으면서 외쳤다.

이제 바비케인은 포탄을 영원히 떠나지 않을 것처럼 포탄 속에 자리를 잡기 시작했다. 이 포탄 객차는 바닥 면적이 5제곱미터이고, 천장까지의 높이는 약 3.5미터였다. 내부는 주의 깊게 설계되어 있고, 기계와 도구 같은 물건들은 거치적거리지 않도록 정해진 자리에 놓여 있었기 때문에 세 여행자는 상당히 자유롭게 움직일 수 있었다. 바닥에 끼워진 두꺼운 유리창은 어떤 무게도 견딜 수 있었기 때문에, 바비케인과 친구들은 단단한 널빤지 위를 걷는 것처럼 마음 놓고 유리판 위를 걸어 다녔다.

그들은 우선 물과 식료품 재고량을 조사했다. 충격을 완화하기 위해 세심한 조치를 취한 덕에 물도 식료품도 손실되지 않았다. 식료품은 세 여행자가 1년이 넘게 버틸 수 있을 만큼 충분했다.

이제 포탄 속의 공기에 대해 살펴보자. 이 점에서도 그들은 안전했다. 산소를 생산하는 공기 정화기는 두 달 분량의 염소산칼륨을 공급받았다. 이 기구는 400도가 넘는 온도에서 산소를 생산해야 하기 때문에 필연적으로 상당량의 가스를 소비했다. 하지만 이 점에서도 그들은 안전했다. 정화기는 거의 손을 볼 필요가 없이 자동적으로 움직였다.

하지만 산소를 재생하는 것만으로는 충분치 않았고, 호흡으로 생겨난 이산화탄소를 흡수해야 했다. 이 기체가 지난 12시간 동안 포탄 내부의 공기 속에 늘어나 있었다. 니콜은 다이애나가 고통스럽게 헐떡이는 것을 보고 공기의 상태를 알아차렸다. 하지만 니콜은 가성알칼리가 들어 있는 용기를 잠시 흔든 다음 바닥에 놓는 간단한 방법으로 이 상태를 서둘러 바로잡았다. 이산화탄소를 탐내는 가성알칼리는 곧 이산화탄소를 완전히 흡수하여 공기를 정화했다.

이어서 기자재 조사가 시작되었다. 온도계와 기압계는 유리가 깨진 최저온도계 하나만 빼고는 모두 무사했다.

바비케인은 나침반도 몇 개 가져왔는데, 모두 무사했다. 현재 상황에서는 나침반 바늘이 '일정한' 방향을 가리키지 않고 '아무렇게나' 굴고 있는 것을 이해해야 한다. 지구에서 이렇게 멀리 떨어져 있으면 지구의 자기극도 나침반에 작용할 수 없을 것이다.

달에서 산들의 높이를 재기 위한 측고계, 태양의 높이를 재기 위한 육분의, 망원경 따위를 점검해 보니, 격심한 충격에도 불구하고 모두 무사했다.

니콜이 특별히 골라서 가져온 곡괭이를 비롯한 각종 연장들, 아르당이 달나라 땅에 옮겨 심고 싶어한 각종 씨앗과 묘목이 들어 있는 자루는 포탄 위쪽에 실려 있었다. 그곳에는 기발한 프랑스인이 수북이 쌓아 놓은 물건으로 가득 찬 일종의 창고가 만들어져 있었다. 그게 무엇이지는 아무도 몰랐고, 아르당도 설명하려고 하지 않았다. 이따금 그는 벽에 대갈못으로 고정된 꺾쇠를 타고 창고로 올라가서 직접 물건을 점검했다. 그곳에 쌓여 있는 수수께끼의 상자를 정리하고 다시 배열하고 상자 속에 재빨리 손을 쑤셔 넣기도 하면서, 그 상황에 활기를 불어넣으려고 프랑스 민요를 가락도 맞지 않게 불러 댔다.

바비케인은 총을 비롯한 무기가 손상되지 않았는지를 주의 깊게 점검했다. 무기는 아주 중요했다. 총알이 잔뜩 장전된 무기는 포탄이 달의 인력에 이끌려 달 표면으로 떨어질 때 낙하 속도를 줄이는 데 도움이 될 터였다.

점검은 대체로 만족스럽게 끝났다. 세 사람은 측면의 현창과 바닥 유리창을 통해 우주 공간을 내다보려고 돌아왔다.

창밖의 풍경은 여전했다. 천구는 놀랄 만큼 순수한 별과 성운으로 가득 차 있었다. 천문학자가 보면 넋이 나갈 정도였다. 한쪽에는 태양이 검은 하늘을 배경으로 떠올라 있었다. 해무리도 없이 눈부시게 빛나는 원반 같은 태양은 불 켜진 화덕의 입구처럼 보였다. 반대쪽에서 햇빛을 반사하고 있는 달은 겉보기에는 별이 가득한 하늘 한복판에 꼼짝도 않고 멈춰 서 있는 듯했다. 그리고 은빛 끈으로 둘러싸여 하늘에 못 박혀 있는 듯이 보이는 커다란 점 하나. 그것이 지구였다! 여기저기에 커다란 눈송이 같은 성운들이 보였다. 천정에서 밑바닥까지 뻗어 있는 거대한 고리, 손으로 만질 수 없는 작은 티끌 같은 별들이 수없이 모여서 이루어진 그 고리가 은하수였다.

바비케인은 첫인상이 사라지기 전에 여행기를 쓰고 싶었다. 그래서 모험 초기에 일어난 모든 사건을 매시간 꼼꼼히 기록했다. 그는 크고 네모난 글씨를 사무적인 문체로 조용히

써 나갔다.

그동안 니콜은 포탄의 진로를 자세히 조사하여 아무도 흉내 낼 수 없을 만큼 교묘하게 숫자를 계산해 냈다. 아르당은 처음에는 바비케인에게 말을 걸었지만 바비케인이 대꾸도 하지 않자, 다음에는 니콜에게 말을 걸었지만 니콜도 그의 말을 못 들은 척했다. 그러자 다음에는 그의 이론을 전혀 이해하지 못하는 다이애나에게 말을 걸었고, 마지막에는 자신에게 말을 걸어 혼자 묻고 대답하고 오락가락하면서 온갖 자잘한 일을 처리하느라 바빴다. 때로는 바닥 유리창 위로 허리를 구부려 아래를 내려다보기도 하고, 때로는 포탄 위쪽에 올라가기도 하면서 줄곧 노래를 흥얼거렸다.

그들의 자신감을 흔들어 놓을 만한 사고는 아직 일어나지 않았다. 그래서 벌써 성공을 확신한 그들은 희망에 가득 차서 평화롭게 잠이 들었다. 그동안 포탄은 점점 속력을 줄이면서 하늘을 가로지르고 있었다.

22장
간단한 계산

그날 밤은 무사히 지나갔다. 하지만 '밤'이라는 낱말은 부적당하다.

태양에 대한 포탄의 위치는 변하지 않았다. 천문학적으로 말하면 포탄의 아래쪽은 낮이고 위쪽은 밤이었다. 따라서 이 설명에 나오는 낮과 밤이라는 낱말은 지구에서의 해돋이와 해넘이 사이의 시간을 나타낸다.

여행자들의 잠은 포탄의 빠른 속도 때문에 더욱 평화로워졌다. 너무 빨라서 오히려 전혀 움직이지 않는 것처럼 느껴졌기 때문이다. 우주 공간을 위쪽으로 올라가고 있다는 것을 알려 주는 움직임은 하나도 없었다. 속도가 아무리 빨라도 진공 속을 나아가거나 포탄 속에 들어 있는 공기가 포탄과 함께 회전하면, 빠른 속도는 인체가 감지할 수 있는 영향을 전혀 미치지 못한다.

12월 3일 아침, 그들은 유쾌하지만 생각지도 않은 소리에 눈을 떴다. 포탄 내부에 닭 울음소리가 울려 퍼진 것이다.

맨 먼저 일어난 미셸 아르당은 포탄 위쪽으로 기어 올라가 반쯤 열린 상자를 닫으면서 낮은 소리로 말했다.

"조용히 해! 내 계획을 망칠 셈이야?"

하지만 니콜과 바비케인은 이미 깨어 있었다.

"수탉!" 니콜이 말했다.

"아니야. 목가적인 소리로 자네들을 깨우고 싶어서 내가 지른 소리라네." 아르당이 얼른 대답했다. 그러고는 "꼬끼오!" 하고 멋지게 울어 보였다. 그 소리는 닭장에서 가장 오만한 수탉한테도 어울렸을 것이다.

그런 다음 아르당은 화제를 바꾸었다.

"바비케인, 내가 밤새도록 무슨 생각을 했는지 아나?"

"무슨 생각을 했는데?" 바비케인이 되물었다.

"케임브리지 천문대에 있는 친구들을 생각했다네. 자네도 이미 말했듯이, 나는 수학을 전혀 몰라서 천문대의 유식한 학자들이 포탄의 초속도를 어떻게 계산할 수 있었는지 통 모르겠어. 포탄이 달에 도달하려면 어느 정도의 속도로 콜럼비아드를 떠나야 하는지……."

"그러니까…… 지구의 인력과 달의 인력이 똑같아지는 그 중립점에 도달하기 위한 초속도를 말하는 거겠지. 전체 노정의 10분의 9에 해당하는 그 중립점을 지나면, 포탄은 자체의 무게 때문에 달 표면으로 떨어질 테니까."

"그래. 하지만 한 번 더 묻겠는데, 학자들은 초속도를 어떻게 계산할 수 있었지?"

"그보다 더 쉬운 일은 없을걸."

"그럼 자네는 그 계산을 어떻게 하는지 알고 있나?"

"당연히 알고 있지. 천문대가 수고를 덜어 주지 않았다면 내가 직접 계산했을 거야. 문제의 모든 요소, 그러니까 지구의 중심에서 달의 중심까지의 거리, 지구의 반지름과 질량, 달의 질량을 고려해서 포탄의 초속도가 얼마나 되어야 하는지를 간단한 공식으로 정확히 계산할 수 있다네."

"어디 보여 줘 봐."

"그래, 당장 보여 주지. 종이 한 장과 연필 한 자루만 있으면 30분 안에 필요한 공식을 찾을 수 있을 거야."

이렇게 말하고 바비케인은 그 문제에 몰두하기 시작했다. 한편 니콜은 점심 준비를 친구에게 맡기고 우주 공간을 계속 관찰하고 있었다.

30분도 지나기 전에 바비케인이 고개를 들고 숫자와 기호로 뒤덮인 종이를 미셸 아르당에게 보여 주었다. 그 쪽지에는 문제 해결을 위한 공식이 적혀 있었다.

"이게 무슨 뜻이지?" 아르당이 물었다.

"이 공식을 이용해서 포탄의 중간 속도도 언제든지 알 수 있다네." 니콜이 말했다.

"정말?"

"정말이고말고. 이제 포탄이 대기층을 떠날 때의 속도를 알아내려면 이걸 계산만 하면 돼."

니콜이 말하고는 숙달된 전문가로서 놀랄 만큼 빠른 속도로 계산하기 시작했다. 곱셈과 나눗셈이 그의 손가락 밑에 차례로 나타났다. 숫자가 하얀 종이 위에 빗발치듯 떨어졌다.

"됐나?" 몇 분 동안 침묵을 지킨 뒤, 바비케인이 물었다.

"됐어!" 니콜이 대답했다. "계산은 다 끝났어. 포탄이 인력의 중립점에 도달할 수 있으려면 대기권을 벗어날 때의 속도는……."

"그래, 얼마지?" 바비케인이 물었다.

"최초의 1초 동안 1만 1,051미터."

"뭐라고?" 바비케인이 놀라서 소리쳤다. "자네 지금 뭐라고 했나?"

"1만 1,051미터."

"이런, 제기랄!" 바비케인이 절망한 몸짓을 하면서 소리쳤다.

"왜 그래? 뭐가 문제야?" 아르당이 깜짝 놀라서 물었다.

"뭐가 문제냐고? 지금 이 순간 우리가 공기 마찰로 벌써 속도의 3분의 1을 잃었다면, 초속도는……."

"1만 6,576미터." 니콜이 대답했다.

"그런데 케임브리지 천문대는 포탄을 발사할 때의 초속도가 12킬로미터면 충분하다고 장담했고, 포탄은 그 속도로 발사됐어."

"그런데?" 니콜이 물었다.

"그걸로는 불충분해."

"맙소사!"

"우리는 중립점에 도달하지 못할 거야."

"그럼 어떡하지?"

"절반도 못 갈 거야."

"이럴 수가!" 아르당은 벌써 포탄이 지구에 떨어지기라도 하는 것처럼 펄쩍 뛰면서 소리쳤다. "우리는 다시 지구로 떨어질 거야."

이 뜻밖의 사실은 마른하늘에 날벼락 같았다. 그런 계산 착오를 누가 예상이나 할 수 있었겠는가? 바비케인은 믿으려 하지 않았다. 니콜은 계산을 다시 해 보았지만, 계산은 정확했다.

세 친구는 말없이 서로 얼굴을 마주 보았다. 아침을 먹을 생각은 전혀 없었다. 바비케인은 이를 악물고 미간을 찌푸리고 주먹을 움켜쥔 채 창밖을 내다보고 있었다. 니콜은 팔짱을 끼고 계산을 다시 검토하고 있었다. 아르당은 혼잣말처럼 중얼거렸다.

"학자란 자들이란 게 그러면 그렇지, 별수 있나? 우리가 케임브리지 천문대 위에 떨어져서 천문대를 박살 낼 수 있다면, 그리고 거기서 숫자를 가지고 장난치는 놈들을 모두 뭉개 버릴 수 있다면 금화 20냥을 주겠어."

그때 문득 니콜의 머리에 어떤 생각이 떠올랐다. 니콜은 그 생각을 당장 바비케인에게 전했다.

"아침 일곱 시로군. 지구를 떠난 지 벌써 32시간이 지났어. 그렇다면 노정의 절반 이상을 온 셈인데, 우리는 지구로 떨어지고 있지 않아. 그건 분명히 알 수 있어."

바비케인은 대꾸하지 않았지만, 니콜에게 재빠른 눈길을 던진 다음 나침반 두 개로 지구의 각거리*를 측정했다. 니콜은 바비케인이 지구의 지름에서 포탄과 지구의 거리를 빼고 있는 것을 알아차리고 걱정스러운 눈으로 지켜보았다.

잠시 후 바비케인이 외쳤다.

"그래. 떨어지고 있지 않아! 우리는 벌써 지구에서 20만 킬로미터나 떨어져 있어. 출발할 때 속도가 12킬로미터밖에 안 되었다면 포탄은 벌써 멈춰 버렸을 텐데, 우리는 그 지점을 이미 통과해서 아직도 계속 올라가고 있어."

"그건 분명해." 니콜이 받았다. "그러면 우리의 초속도는 20만 킬로그램이나 되는 면화약의 위력 덕분에 애초에 필요

각거리 관측자로부터 두 물체를 이르는 직선이 이루는 각도.

한 12킬로미터를 훨씬 초과했다고 결론지을 수밖에 없겠군."

"이 설명이 더욱 그럴듯해지는 건, 포탄이 칸막이 사이에 갇혀 있던 물을 버려서 상당한 무게를 줄였기 때문이야." 바비케인이 덧붙였다.

"정말 그렇군." 니콜이 말했다.

"아아, 니콜, 우리는 살았어!"

"좋아. 그렇다면……" 아르당이 조용히 말했다. "우리는 이제 안전하니까 아침을 먹는 게 어때?"

니콜이 옳았다. 초속도는 다행히도 케임브리지 천문대가 계산한 속도를 훨씬 넘어섰다. 케임브리지 천문대가 틀린 것이다.

이 잘못된 경보로 놀란 가슴을 진정시킨 여행자들은 즐겁게 아침을 먹었다. 음식도 많이 먹었지만 이야기는 더 많이 했다.

"우리가 성공하지 말란 법이 어디 있나?" 아르당이 말했다. "우리가 무사히 도착하면 안 될 이유라도 있나? 우리 포탄도 목적을 이루지 못할 이유는 없지 않나?"

"틀림없이 목적지에 도착할 거야." 바비케인이 말했다.

"불안이 사라졌으니 우리는 어떻게 될까? 굉장히 따분해질 거야." 아르당이 말했다.

바비케인과 니콜은 그렇지 않다는 몸짓을 했다.

"하지만 나는 만일의 사태에 대비해 두었지." 아르당이 말을 이었다. "나한테 말만 하면 체스와 카드와 도미노를 언제든지 대령하겠네. 없는 건 당구대뿐이야."

"뭐라고?" 바비케인이 소리쳤다. "그런 쓸데없는 물건을 가져왔단 말이야?"

"물론이지. 우리의 심심풀이를 위해서만이 아니라 달나라의 끽연실에 비치해 놓으려는 훌륭한 의도에서 가져온 거야."

"여보게, 친구." 바비케인이 말했다. "달에 주민이 살고 있다면, 달나라 사람은 지구인보다 수천 년이나 먼저 출현했을 거야. 그들의 두뇌가 인간의 두뇌와 같은 구조를 갖고 있다면 우리가 이미 발명한 것만이 아니라 미래에 발명할 것까지도 벌써 다 발명했을 걸세. 달나라 사람들은 '우리'한테 배울 게 아무것도 없어. 오히려 우리가 '그들'한테 모든 걸 배워야 할 거야."

"그럼 달나라 사람들이 우리만큼 강하다면, 아니 우리보다 더 강하다면, 왜 지금까지 지구와 연락하려고 애쓰지 않았을까? 왜 우리 지구에 달나라 포탄을 발사하지 않았을까?"

"사실 말해서……" 니콜이 말했다. "우리보다 달나라 사람들이 포탄을 발사하기가 훨씬 쉬웠을 거야. 그 이유는 두 가지야. 첫째, 달 표면의 인력은 지구의 6분의 1밖에 안 되니까 포탄이 더 쉽게 올라갈 테고, 둘째로는 포탄을 발사하는 데 필요한 힘이 지구의 10분의 1만 되어도 충분하기 때문이지."

"그렇다면……" 아르당이 말을 이었다. "되풀이 말하지만, 왜 달나라 사람들은 포탄을 안 보냈지?"

"이보게, 친구." 바비케인이 대답했다. "지구 표면의 6분의 5는 바다로 덮여 있어. 따라서 달나라 포탄이 정말로 발사되었다면, 지금 대서양이나 태평양 바닥에 가라앉아 있다고 생각해도 좋을 거야. 지구의 지각이 아직 딱딱하게 굳어지지 않은 그 시기에 달나라 포탄이 지표면의 갈라진 틈으로 들어가 땅속에 묻혀 버리지 않았다면 말이지."

그 순간 다이애나가 낭랑하게 짖는 소리로 대화에 끼어들었다. 다이애나는 아침밥을 달라고 재촉하고 있었다.

"토론에 정신을 파느라 다이애나와 새틀라이트를 깜박 잊고 있었군." 아르당이 말했다.

아르당은 큼직한 파이 하나를 개에게 주었다. 개는 게걸스럽게 파이를 삼켰다.

아르당은 누워 있는 새틀라이트 위에 허리를 구부리고 있다가 몸을 일으키면서 말했다.

"새틀라이트는 이제 아프지 않아."

"아, 그래?" 니콜이 말했다.

"죽었어." 아르당은 슬픈 목소리로 덧붙였다.

불운한 새틀라이트는 상처를 이겨내지 못하고 죽어 버렸다. 아르당은 침울한 표정으로 친구들을 바라보았다.

"한 가지 문제가 있는데……" 바비케인이 말했다. "앞으로

48시간 동안 이 녀석 시체를 여기 놓아둘 수는 없어."

"물론이지. 그건 절대 안 돼." 니콜이 받았다. "하지만 우리 현창은 경첩으로 고정되어 있으니까 열 수 있어. 현창 하나를 열고 개를 밖으로 내던지면 돼."

바비케인은 잠시 생각하다가 말했다.

"그래. 그게 좋겠어. 하지만 철저한 예방 조치를 취해야 돼."

"왜?" 아르당이 물었다.

"두 가지 이유가 있지. 첫 번째 이유는 포탄 속에 갇혀 있는 공기와 관계가 있는데, 이 공기를 너무 많이 잃으면 안 돼."

"하지만 우리는 공기를 만들고 있지 않나?"

"일부만 만들 뿐이야. 그것도 공기의 성분 중에서 산소만 만들지. 하지만 질소는 만들지 않아. 그래도 현창을 열면 질소가 빠른 속도로 빠져나갈 거야."

"가엾은 새틀라이트를 던지는 동안?" 아르당이 말했다.

"그래. 하지만 재빨리 처리해야 해."

"그럼 두 번째 이유는 뭐지?" 아르당이 물었다.

"두 번째 이유는 바깥의 추위를 안으로 들여보내면 안 돼. 지독한 냉기가 포탄에 침투하면 우리는 얼어 죽을 거야."

"하지만 태양이 있지 않나?"

"태양은 햇빛을 흡수하는 우리 포탄을 덥혀 주지만, 지금이 순간 우리가 떠 있는 진공은 덥혀 주지 않아. 공기가 없는 곳에는 산란된 빛도 없고 열기도 없다네. 어둠도 마찬가지야. 햇빛이 직접 닿지 않는 곳은 몹시 춥지. 그 온도는 항성들이 발산하는 빛과 열이 만들어 낸 온도일 뿐이야. 그것은 태양이 어느 날 갑자기 사라지면 지구가 겪게 될 온도지."

그들은 새틀라이트를 매장하기 시작했다. 선원들이 시체를 바다에 던지듯 우주 공간에 새틀라이트를 떨어뜨리기만 하면 되었다. 하지만 바비케인이 말했듯이 공기를 잃지 않도록 재빨리 처리해야 했다.

지름이 30센티미터쯤 되는 오른쪽 현창의 볼트를 조심스럽게 푸는 동안, 아르당은 새틀라이트를 우주로 내보낼 준비를 했다. 포탄 내부의 공기가 벽을 누르는 압력을 이길 수 있을 만큼 강력한 핸들로 유리창을 들어 올리자 경첩이 회전했다.

아르당은 개의 시체를 잽싸게 밖으로 내던졌다. 공기는 거의 밖으로 빠져나가지 못했을 것이다. 작업이 워낙 성공적이었기 때문에, 나중에 바비케인은 포탄 안에 쌓인 쓰레기도 같은 방법으로 처리했다.

23장
질의응답

12월 4일, 54시간의 여행 뒤에 여행자들이 눈을 떴을 때 시계는 지구 시각으로 오전 5시를 가리키고 있었다. 시간으로는 포탄 속에서 보낼 시간의 절반을 4시간 40분 초과했을 뿐이지만, 거리로는 10분의 7을 주파했다. 이것은 속력이 꾸준히 줄어들고 있었기 때문이다.

이제 아래쪽 유리창으로 지구를 보면, 햇빛 속에 잠긴 검은 점으로밖에 보이지 않았다. 이제 초승달 모양도 없고 흐릿한 빛도 없었다. 이튿날 자정이면 지구는 다시 초승달 모양이 될 테고, 그 순간 달은 완전히 둥근 보름달이 될 것이다. 머리 위의 달은 포탄이 따라가고 있는 선에 점점 가까워지고 있었다. 그대로 가면 정해진 시각에 포탄과 만날 수 있을 것이다.

그들은 달에 관한 이야기를 나누면서 시간을 보냈다. 바비케인과 니콜은 항상 진지했고, 미셰 아르당은 늘 열정적이었다. 포탄과 현재 상황, 포탄의 방향, 일어날지도 모르는 사건들, 달에 떨어질 때 필요한 사전 조치…… 이 모든 것이 무궁무진한 추측과 상상의 대상이 되었다.

아침을 먹고 있을 때 아르당이 바비케인에게 물었다.

"궁금한 게 있는데 말이야, 포탄이 엄청나게 빠른 초속도를 유지하고 있을 때 갑자기 정지시키면 어떤 결과가 일어날까?"

"글쎄, 포탄을 어떻게 정지시킬 수 있는지 모르겠군." 바비케인이 받았다.

"그냥 정지시켰다고 가정하세." 아르당이 말했다.

"그건 불가능한 가정이야. 추진력이 작용하지 않게 된다면 또 모를까." 실제적인 바비케인이 고집스럽게 말했다.

"우주 공간에서 어떤 천체와 부딪쳤다면?"

"어떤 천체?"

"우리가 만난 그 거대한 운석이라도 좋겠지."

그러자 니콜이 끼어들었다.

"그럼 포탄은 산산조각이 났을 것이고, 우리도 포탄과 같은 꼴이 되었겠지."

"그 정도가 아니야. 우리는 불에 타 죽었을 거야." 바비케인이 말했다.

“불에 탄다고?” 아르당이 소리쳤다. “제기랄! 그런 일이 일어나지 않아서 유감이군. 시험 삼아 실제로 일어났더라면 좋았을걸.”

“자네라면 시험 삼아 실제로 해 보았을지도 모르지.” 바비케인이 대꾸했다. “열은 운동의 한 변형일 뿐이야. 물이 데워지면, 다시 말해서 물에 열이 가해지면, 물의 분자들이 움직이게 돼.”

“그건 독창적인 이론이군!” 아르당이 받았다.

“그리고 옳은 이론이기도 하지. 열의 모든 현상을 설명해 주니까. 열은 원자의 운동일 뿐이고, 물질을 이루는 입자들의 단순한 진동일 뿐이야. 기차에 브레이크를 걸면 기차는 정지하지만, 그때까지 기차를 움직이고 있었던 운동은 어떻게 되었을까? 운동은 열로 변하고, 그래서 브레이크가 뜨거워지지. 사람들은 왜 바퀴축에 기름을 칠할까? 그건 바퀴축이 뜨거워지는 것을 막기 위해서야. 운동이 열로 바뀌면 운동은 사라지고 대신 열이 생길 테니까.”

“그럼 지구의 운행이 갑자기 멈추면 무슨 일이 일어날까?” 니콜이 물었다.

“지구의 온도가 너무 높아져서 지구는 당장 기체로 변하겠지.” 바비케인이 대답했다.

“그건 지구를 아주 간단하게 끝장내는 방법이군.” 아르당이 말했다.

"지구가 태양과 부딪치면?" 니콜이 물었다.

"계산에 따르면, 그때 발생하는 열은 지구와 같은 부피의 석탄 덩어리 1,600개가 만들어 내는 열과 맞먹는 것으로 되어 있어."

"그럼 태양이 더욱 뜨거워지겠군." 아르당이 대꾸했다.

"그러니까 갑자기 중지된 모든 운동은 열을 만들어 내지." 바비케인이 말했다. 그러고는 침착하게 말을 이었다. "계산에 따르면 운석 하나가 태양에 주는 충격은 같은 부피의 석탄 덩어리 4,000개와 맞먹는 열을 낸다는군."

"그럼 태양열은 얼마나 되지?" 아르당이 물었다.

"그건 27킬로미터 깊이의 석탄층이 태양을 둘러싸고 있다고 치고, 그 석탄층의 석탄이 타면서 내는 열과 맞먹어."

"그러면 그 열은……."

"29억 세제곱미터의 물을 한 시간 동안 끓일 수 있겠지."

"그런데도 우리는 용케 구워지지 않는군!" 아르당이 소리쳤다.

"그래. 지구의 대기층이 태양열의 10분의 4를 흡수하기 때문이지."

"대기층이 아주 유익한 발명품이라는 건 알겠어." 아르당이 말했다. "대기는 우리가 숨 쉴 수 있게 해 줄 뿐만 아니라 태양열에 구워지는 것도 막아 주니까 말이야."

“그래!” 니콜이 말했다. “하지만 불행히도 달에서는 그렇지 않을 거야.”

미셸은 일어나서, 참을 수 없을 만큼 눈부시게 빛나는 달을 보러 갔다.

“저런!” 아르당이 말했다. “달은 무척 덥겠는걸!”

“달에서는 낮이 360시간 동안이나 지속돼.” 니콜이 말했다.

그러자 바비케인이 말했다.

“그걸 상쇄하기 위해 밤도 360시간 동안 지속되지. 그리고 달의 열은 복사작용으로 회복되니까, 달의 온도는 행성간 공간의 온도밖에 안 돼.”

“아름다운 나라야!” 아르당이 외쳤다. “문제없어. 나는 빨리 달나라에 가고 싶어. 아아, 친구들! 지구를 우리의 달로 삼는 것, 지평선에 떠오르는 지구를 보는 것, 대륙의 모양을 보면서 ‘저건 아메리카, 저건 유럽’이라고 중얼거리고, 햇빛 속으로 막 사라지려는 지구를 지켜보는 건 아주 색다르고 묘한 기분일 거야. 그건 그렇고, 달나라 사람한테도 일식이 보일까?”

“달에도 일식은 있어.” 바비케인이 대답했다. “지구를 가운데 두고 세 천체가 일직선을 이루면 달에서 일식이 일어나지. 하지만 그건 금환일식이야. 지구가 태양 앞쪽에 가리개처럼 놓여서 태양의 대부분이 보일 테니까.”

"개기일식은 왜 없지?" 니콜이 물었다. "지구의 그림자는 달보다 멀리까지 미치지 않나?"

"그건 그렇지만, 그건 지구의 대기층에서 일어나는 굴절작용을 고려하지 않았을 경우이고, 굴절을 고려하면 그렇게는 안 돼."

"좀 더 쉽게 설명해 줄 수 없나?" 아르당이 말했다.

"달과 지구 사이의 평균 거리는 지구 반지름의 60배이고, 그림자의 길이는 굴절 때문에 반지름의 42배보다 작아. 그래서 일식의 경우, 달은 순수한 지구 그림자 밖에 있고, 태양은 제 주변의 빛만이 아니라 중심의 빛까지도 달에 쏘아 보내게 되지."

"그렇다면……" 아르당이 놀리는 듯한 어조로 말했다. "일식 같은 건 없을 텐데, 어떻게 일식이 일어나나?"

"햇빛이 굴절작용으로 약해지기 때문이지. 빛은 대기층을 통과할 때 대부분 소멸되어 버리니까."

"설명을 들으니 이치는 충분히 알겠어." 아르당이 말했다. "그리고 달에 가면 실제로 볼 수 있을 테니까. 그런데 바비케인, 자네는 달이 원래 혜성이었다고 생각하나?"

"기발한 생각도 다 있군."

"그래." 미셸 아르당은 으스대면서도 붙임성 있는 태도로 대꾸했다. "나는 그 밖에도 그런 종류의 기발한 생각을 몇 개 갖고 있지."

“하지만 그 생각은 미셸한테서 나온 게 아니야.” 니콜이 말했다.

“그럼 나는 표절자인 셈이군.”

“그건 의심할 여지가 없어. 오랜전부터 일부 과학자들은 달이 원래는 혜성이었는데 어느 날 혜성의 궤도가 지구에 너무 가까워졌기 때문에 지구의 인력에 붙잡혀 위성이 되어 버렸다고 생각했지.”

“그 가설에 조금이라도 타당성이 있나?” 아르당이 물었다.

“전혀.” 바비케인이 대답했다. “혜성은 언제나 가스층으로 덮여 있는데, 달에는 가스층의 흔적이 전혀 남아 있지 않다는 게 그 증거야. 그런데 지금 몇 시지?”

“세 시.” 니콜이 대답했다.

“학술적인 대화를 나누면 시간이 쏜살같이 지나가는구나! 내가 아주 유식해진 기분이 들어. 훌륭한 학자가 되어 가고 있는 느낌이야.”

이렇게 말하면서 아르당은 포탄 천장으로 올라갔다. ‘달을 좀 더 잘 관찰하기 위해서’라고 말했다. 그동안 친구들은 바닥의 유리창을 통해 아래쪽을 지켜보고 있었다. 특기할 만한 것은 전혀 없었다.

아르당은 아래로 내려오자 옆쪽 현창으로 다가갔다. 그리고 별안간 놀라서 소리를 질렀다.

“무슨 일이야?” 바비케인이 물었다.

현창으로 다가간 바비케인은 포탄에서 몇 미터 떨어진 곳에 납작해진 자루가 하나 떠 있는 것을 보았다. 그 자루는 포탄과 마찬가지로 정지해 있는 듯이 보였다. 따라서 그것은 포탄과 같은 속도로 상승하고 있는 게 분명했다.

"저게 뭐지?" 아르당이 말했다. "우리 포탄의 인력 범위 안에 들어온 천체인가? 달까지 우리를 계속 따라올까?"

"놀라운 것은……" 니콜이 말했다. "저 천체의 비중이 포탄보다 가벼운 게 확실한데, 그 무게로 우리 포탄과 완전히 같은 고도를 유지하고 있다는 거야."

"니콜." 바비케인은 잠시 생각한 뒤에 대답했다. "저 물체가 뭔지는 나도 모르겠지만, 왜 우리와 같은 고도를 유지하는지는 알고 있네."

"왜지?"

"그건 우리가 진공 속에 떠 있기 때문이야. 진공 속에서 물체는 무게나 형태에 관계 없이 모두 같은 속도로 떨어지거나 움직이지. 무게 차이가 생기는 것은 공기 저항 때문이라네. 튜브 속을 진공 상태로 만들면, 튜브를 통과하는 물체는 가벼운 티끌도 무거운 납덩어리도 모두 같은 속도로 떨어져. 여기 우주 공간에서도 같은 원인으로 같은 결과가 나타나지."

"맞아!" 니콜이 말했다. "우리가 포탄 밖으로 내던지는 물건은 포탄이 달에 도착할 때까지 모두 우리와 동행하겠군."

"아아! 우리는 정말 바보야!" 아르당이 소리쳤다.

"왜 그런 말을 하나?" 바비케인이 물었다.

"포탄을 책이니 기구니 연장 같은 유용한 물건으로 가득 채울 수도 있었을 텐데. 그걸 다 포탄 밖에 내던져두면 달까지 우리를 따라왔을 텐데. 하지만 유쾌한 생각이 있어! 우리도 운석처럼 밖에 나가서 걸어 다니는 게 어때? 현창을 통해 우주 공간으로 나가면 되지 않을까? 에테르(옛날, 대기권 밖의 공간을 채우고 있다고 가정되었던 물질) 속에 떠 있으면 기분이 얼마나 즐거울까. 공중에 떠 있으려면 계속 날개를 퍼덕여야 하는 새들보다 훨씬 유리하지."

"그건 그래." 바비케인이 말했다. "하지만 저 바깥엔 공기가 없으니까……."

그때 아르당이 큰 소리로 외쳤다.

"아니, 세상에!"

"왜 그래?" 니콜이 물었다.

"저 물체가 뭔지 알겠어. 아니, 짐작하겠어! 우리와 동행하고 있는 저건 소행성이 아니야. 운석도 아니고 폭발한 유성 조각도 아니야!"

"그럼 뭐지?" 바비케인이 물었다.

"우리의 불쌍한 개야! 다이애나의 남편!"

알아볼 수 없을 만큼 변형된 그 물체는 정말로 새틀라이트의 시체였다. 공기를 빼낸 튜브처럼 납작하게 찌그러진 새틀라이트는 계속 위로 올라가고 있었다!

24장

도취의 순간

이처럼 불가사의하지만 논리적이고 기묘하긴 하지만 설명할 수 있는 현상이 이런 특이한 상황에서 일어나고 있었다.

포탄에서 내던져진 물건은 모두 포탄과 같은 경로를 따라갈 테고, 포탄이 멈추기 전에는 결코 멈추지 않을 것이다. 밤새도록 이야기해도 끝나지 않을 화젯거리가 생겼다.

이튿날인 12월 5일 오전 5시, 세 사람은 모두 일어나 있었다. 계산이 정확하다면 이날은 여행의 마지막 날이 될 터였다. 앞으로 19시간 뒤인 그날 밤 12시, 달이 보름달이 되는 바로 그 순간, 그들은 눈부시게 빛나는 둥근 달에 도착할 것이다. 다가오는 자정에는 역사를 통틀어 가장 놀라운 여행도 막을 내리게 될 것이다. 그래서 꼭두새벽부터 그들은 달빛을 받아 은빛이 된 현창을 통해 자신만만하고 즐거운 환호성으로 달에게 인사를 보냈다.

달은 별이 가득한 하늘을 지나 당당하게 다가오고 있었다. 조금만 더 전진하면 포탄과 만나는 합류점에 정확히 도달할 것이다.

하지만 바비케인은 한 가지 생각에 골몰해 있었다. 그는 친구들을 불안하게 하고 싶지 않아서 그 문제에 대해서는 아무 말도 하지 않았다.

달의 북반구를 향해 나아가고 있는 포탄의 방향은 진로가 조금 달라진 것을 보여 주었다. 원래 포탄은 수학적인 계산에 따라 달 한복판에 착륙하도록 발사되었다. 그런데 한복판에 착륙하지 않는다면 원래 진로에서 벗어난 게 분명했다. 무엇 때문일까? 바비케인은 원인을 상상할 수도 없었고, 기준점이 없었기 때문에 그 일탈이 얼마나 중요한 의미를 갖는지 판단할 수도 없었다.

바비케인은 친구들에게 자신의 걱정거리를 털어놓지 않은 채, 포탄의 진로가 바뀌는지를 확인하려고 계속 달을 관찰하는 것으로 만족했다. 포탄이 목표에 도달하지 못하고 달을 지나 우주 공간으로 나가 버리면 끔찍한 상황이 벌어질 것이기 때문이다.

그 순간 달은 원반처럼 납작해 보이지 않고 공처럼 볼록

해 보였다. 햇빛이 비스듬히 닿으면, 분명히 서로 분리되어 있는 높은 산들이 그림자 때문에 또렷이 보였을 것이다. 입을 딱 벌리고 있는 분화구의 심연을 들여다볼 수 있었을지도 모른다. 드넓은 평원을 구불구불 지나는 변덕스러운 골짜기를 눈으로 더듬어 갈 수도 있었을 것이다. 하지만 그 모든 기복이 지금은 햇빛 속에서 평준화되어, 그저 평탄하게 보일 뿐이었다.

여행이 막바지에 이르자 세 사람은 그 새로운 세계를 끊임없이 관찰하고 있었다. 그들은 미지의 달나라를 돌아다니며 가장 높은 봉우리에 올라가고 가장 낮은 골짜기로 내려가는 자신들의 모습을 상상했다. 공기가 희박해서 물이 거의 없는 드넓은 바다, 산에서 흘러내리는 지류의 물줄기가 여기저기 보이는 듯했다. 그들은 깊은 심연 위로 허리를 숙이고, 진공의 고독 속에서 영원한 침묵을 지키고 있는 그 천체의 소리를 포착하려고 했다. 그 마지막 날은 가슴 설레는 추억을 그들에게 남겼다.

그들은 아주 사소한 세부까지도 모두 기록해 두었다. 목적지가 다가오자 막연한 불안이 그들을 사로잡았다. 포탄의 속도가 얼마나 줄어들었는지를 느꼈다면 이 불안은 더욱 커졌을 것이다. 그 속도로는 목적지에 도착할 수 없을 것처럼 여겨졌을 것이다. 그것은 그때 포탄의 무게가 거의 '없었기' 때문이다. 포탄의 무게는 계속 줄어들고 있었고, 달과 지구의 인력이 서로 상쇄되는 중립선에 이르면 포탄의 무게는 완전히 사라질 것이다.

미셸 아르당은 막연한 불안에 사로잡혀 있으면서도 여느 때처럼 시간에 맞춰 아침 식사를 준비하는 것을 잊지 않았다. 그들은 왕성한 식욕으로 식사를 마쳤다.

공기 정화기 덕분에 포탄 속의 공기는 더없이 맑은 상태를 유지하고 있었다. 아르당은 아침마다 공기 조절 장치로 가서 마개를 점검하고, 고온계로 가스의 열을 조절했다. 그때까지는 만사가 순조로웠다.

현창으로 밖을 내다보던 바비케인은 죽은 개의 시체와 포탄에서 내던진 잡동사니들이 줄기차게 따라오고 있는 것을 보았다. 다이애나는 새틀라이트의 시체를 보고 청승맞게 컹컹 짖어 댔다. 새틀라이트는 단단한 땅바닥에 누워 있는 것처럼 움직임이 없어 보였다.

“이보게, 친구들.” 아르당이 말했다. “우리들 가운데 누군가가 출발 때의 충격으로 죽었다면 그의 시신을 땅에 매장하려고 무진 애를 써야 했겠지? 아니, 여기서는 에테르가 흙을 대신하고 있으니까 ‘에테르로 처리한다’고 말해야겠군. 그러지 않으면 시신은 우리를 비난하듯 깊은 회한처럼 우리를 따라왔을 거야.”

“그건 비참하군.” 니콜이 말했다.

“아아! 나는 밖을 산책할 수 없는 게 유감이야.” 아르당이 말을 이었다. "이 빛나는 에테르 속에 떠서 에테르에 몸을 담그고 순수한 햇빛에 싸여 있으면 얼마나 유쾌할까. 바비케인이 잠수복과 공기통을 가져올 생각만 했다면, 나는 용감하게 밖으로 나가 포탄 위에서 신화 속의 괴물들을 흉내낼 수 있었을 텐데."

대화는 잠시도 멈추지 않고 다른 화제로 넘어갔다. 세 친구는 봄이 오면 새싹이 돋아나듯 머릿속에서 생각이 돋아나는 것 같다고 생각했다. 그들은 어리둥절했다. 질문과 답변이 한창 교차하고 있을 때, 니콜이 당장 해답을 찾을 수 없는 질문 하나를 던졌다.

"달에 가는 건 좋지만, 어떻게 지구로 돌아가지?"

그의 질문을 받고 두 사람은 놀란 표정을 지었다. 다른 사람이 보았다면, 이 의문이 지금 처음으로 그들의 머리에 떠오른 줄 알았을 것이다.

"니콜, 그게 무슨 뜻인가?" 바비케인이 엄숙하게 물었다.

"아직 목적지에도 도착하지 않았는데 거기서 떠날 방법을 묻는 건 조금 부적절한 것 같군." 아르당이 말했다.

"돌아가고 싶어서 그런 말을 한 건 아니야." 니콜이 대답했다. "하지만 다시 한번 묻겠는데, 어떻게 지구로 돌아가지?"

"거기에 대해서는 아무것도 몰라." 바비케인이 대답했다.

"돌아가는 방법을 알았다면 나는 아예 지구를 떠나지도 않았을 거야." 아르당이 말했다.

"훌륭한 대답이군!" 니콜이 소리쳤다.

"나는 미셸의 말에 전적으로 동의하네." 바비케인이 말했다. "그리고 자네의 질문은 지금 이 시점에서는 별로 의미가 없어. 나중에라도 돌아가는 게 좋겠다는 생각이 들면, 그때 가서 의논해 보자고. 달에는 콜럼비아드가 없지만 포탄은 있을 거야."

"이제 됐어." 아르당이 활기차게 말했다. "지구로 돌아가는 문제는 더 이상 거론하지 말기로 하세. 지구에 있는 동료들과 연락하는 건 어렵지 않을 거야."

"어떻게?"

"달의 화산에서 나오는 운석을 이용하면 돼."

"그거 좋은 생각이야." 바비케인이 말했다. "시몽 라플라스(프랑스의 천문학자)의 계산에 따르면, 우리 대포보다 다섯 배의 힘이 있으면 운석을 달에서 지구까지 보낼 수 있다고 했어. 화산이라면 당연히 그만한 추진력을 갖고 있을 거야."

"브라보!" 아르당이 외쳤다. "운석들은 편리한 우편 배달부이고, 비용도 전혀 안 들어. 우리는 우편 행정을 실컷 비웃을 수 있겠지. 하지만 지금 문득 생각이 났는데……."

"무슨 생각?"

"멋진 생각이야. 왜 우리 포탄에 전선을 한 가닥 묶어 두지 않았을까? 그랬다면 지구와 전신을 주고받을 수 있었을 텐데."

"말도 안 돼!" 니콜이 대꾸했다. "자네는 34만 킬로미터 길이의 전선 무게가 아무것도 아니라고 생각하나?"

"아무것도 아니지. 콜럼비아드에 장전하는 화약을 세 배로 늘리면 돼. 아니 네 배, 다섯 배로 늘려도 돼!" 아르당이 소리쳤다. '세 배, 네 배, 다섯 배'를 발음할 때마다 억양이 점점 높아졌다.

"자네 계획을 실행하는 데에는 한 가지 문제가 있어." 바비케인이 받았다. "지구가 자전운동을 하면, 전선이 지구에 둘둘 감겨서 우리를 다시 지구로 끌어당겼을 거야."

"오늘 나는 실현할 수 없는 생각만 하는군. 매스턴에게나 어울리는 비현실적인 생각이야. 그런데, 우리가 지구로 돌아가지 않으면 매스턴이 우리한테 올 수 있을 거라는 생각이 들어."

"그래. 매스턴은 올 거야." 바비케인이 받았다. "어려운 일도 아니지. 콜럼비아드는 아직도 플로리다의 땅속에 묻혀 있으니까. 달이 또다시 플로리다 상공을 지나지 않는 것도 아니잖아? 18년 뒤에는 달이 오늘과 똑같은 위치에 올 테니까."

이런 대화를 나누는 동안 포탄 객차의 승객들 사이에는 뭔지 모를 열기가 고조되고 있었다. 이 흥분은 어디에서 온 것일까? 그들이 술에 취한 것도 아니었다 그들의 얼굴은 화덕에서 이글거리는 불길에 노출된 것처럼 불그레한 색을 띠고 있었다. 목소리는 우렁차게 울려 퍼졌고, 그들의 말은 탄산 가스에 밀려난 샴페인 병의 코르크 마개처럼 입에서 튀어나왔다. 그들의 몸짓은 짜증스러워졌고, 동작이 커져서 많은 공간이 필요해졌다. 이상하게도 그들은 이런 긴장 상태를 전혀 알아차리지 못했다.

"그런데……" 니콜이 퉁명스러운 어조로 말했다. "지구로 돌아가게 될지 어떨지 모르니까, 달에서 뭘 할 건지 알고 싶군."

"달에서 뭘 할 거냐고?" 바비케인이 펜싱이라도 하는 것처럼 발을 구르면서 되물었다. "그건 나도 몰라."

"모른다고?" 아르당이 고함을 지르자, 포탄 내부에 그 소리가 쩌렁쩌렁 울려 퍼졌다.

"그래. 그건 생각해 본 적도 없어." 바비케인도 똑같이 큰 소리로 대꾸했다.

"나는 알아." 아르당이 대답했다.

"그럼 말해 봐." 니콜은 이제 흥분을 억누르지 못하고 으르렁거리는 목소리로 외쳤다.

"그건 미국의 이름으로 달을 점유하기 위해서지. 미국에 서른여덟 번째 주를 추가하기 위해서, 달나라를 식민지로 삼기 위해서, 달나라를 개척하기 위해서, 달나라에 사람을 정착시키기 위해서, 예술과 과학과 산업의 놀라운 산물을 달나라에 보내기 위해서, 달나라 문명이 우리 지구만큼 발달하지 않았다면 달나라 사람들을 문명화하기 위해서, 그리고 달나라에 아직 공화국이 없다면 공화국을 수립하기 위해서지!"

"달나라에 사람이 없다면?" 설명할 수 없는 이 도취의 영향으로 반항적이 된 니콜이 반박했다.

"달나라에 사람이 없다고 누가 그래?" 아르당이 위협적인 어조로 소리쳤다.

"내가." 니콜이 고함치듯 말했다.

"이봐, 니콜." 아르당이 말을 받았다. "그런 건방진 말은 두 번 다시 하지 마. 또 그러면 자네 이빨을 목구멍 속으로 보내 버릴 테니까."

두 사람은 서로 상대에게 덤벼들려고 했다. 지리멸렬한 토론이 주먹싸움으로 바뀌려 할 때, 바비케인이 펄쩍 뛰어 그들 사이에 끼어들었다.

"그만해!" 바비케인이 두 사람을 떼어놓으면서 말했다. "달나라에 사람이 없으면 없는 대로 해 나가면 돼."

"그래." 까다롭지 않은 아르당이 소리쳤다. "달나라에 사람이 없어도 괜찮아! 달나라 사람을 만들면 돼. 달나라 사람 따위는 꺼져 버려라!"

"달나라 제국은 우리 거야." 니콜이 말했다. "우리 셋이서 공화국을 만드는 거야."

"나는 하원." 아르당이 소리쳤다.

"그럼 나는 상원." 니콜이 받았다.

"그리고 바비케인은 대통령." 아르당이 소리쳤다.

"국민이 임명하는 대통령은 없어." 바비케인이 대꾸했다.

"괜찮아. 자네는 의회가 임명한 대통령이야." 아르당이 소리쳤다. "나는 의회니까, 자네는 만장일치로 임명됐어."

"만세! 만세! 바비케인 대통령 만세!" 니콜이 소리쳤다.

"우아! 우아! 우아!" 아르당도 소리를 질렀다.

그러자 대통령과 상원은 우렁찬 목소리로 '양키 두들'이라는 노래를 불렀고, 하원의 입에서는 '마르세예즈'(프랑스 국가)의 씩씩한 가락이 울려 퍼졌다.

이어서 그들은 열광적인 몸짓으로 광란의 춤을 추기 시작했다. 바보처럼 발을 구르고 서커스단의 광대처럼 공중제비를 돌기도 했다. 다이애나도 춤판에 끼어들어, 소리를 길게 뽑아 청승맞게 짖으면서 천장까지 펄쩍펄쩍 뛰어올랐다.

바로 그때 기묘한 수탉 울음소리와 함께 설명할 수 없는 날갯소리가 들려왔다. 암탉 대여섯 마리가 박쥐처럼 날개를 퍼덕이면서 벽에 부딪혔다.

바로 그때 도취의 힘을 뛰어넘는 야릇한 영향력이 세 여행자에게 작용했다. 공기가 그들의 호흡기에 불을 붙인 것처럼 타는 듯한 감각이 느껴졌고, 그들은 포탄 바닥에 쓰러져 꼼짝도 못하게 되었다.

25장

31만 킬로미터 떨어진 곳에서

몇 분 동안 혼수상태가 이어진 뒤, 니콜이 가장 먼저 의식을 되찾아 흩어진 정신을 수습했다. 그는 겨우 두 시간 전에 아침을 먹었는데, 며칠 동안 아무것도 먹지 않은 것처럼 배가 고팠다. 위장과 머리만이 아니라 몸속의 모든 것이 극도로 흥분해 있었다. 그는 일어나서 아르당에게 간식을 달라고 부탁했다. 아르당은 축 늘어져서 대답도 하지 않았다.

그래서 니콜은 수십 개의 샌드위치를 삼키기 위해 손수 차를 준비하려고 했다. 우선 불을 붙이려고 성냥을 켜자, 성냥대가리의 유황에 불이 확 붙었다. 똑바로 볼 수가 없을 만큼 눈부신 그 빛을 보고 그는 깜짝 놀랐다. 그가 불을 붙인 가스버너에서는 전깃불과 맞먹는 불길이 솟아올랐다.

니콜의 머리에 계시가 떠올랐다. 그 강렬한 빛, 그의 몸속에서 일어난 생리적 장애, 정신과 감정에 관련된 모든 기능의 지나친 흥분—그는 이 모든 것을 이해했다.

"산소다!" 그는 소리쳤다.

공기 조절 장치를 들여다보니 마개가 열려서 무색무취의 기체가 제멋대로 빠져나오고 있었다.산소는 생명 유지에 꼭 필요한 기체지만, 순수한 상태에서는 신체에 중대한 장애를 일으킨다. 아르당이 공기 조절 장치의 마개를 실수로 열어 둔 것이다.

니콜은 서둘러 마개를 닫았다. 공기 속에산소가 포화 상태에 이르렀다면 여행자들은 질식 때문이 아니라 산화 때문에 죽었을 것이다. 한 시간 뒤 공기에서 산소가 줄어들자 그들의 폐는 정상적인 상태로 돌아갔다. 세 친구는 중독 상태에서 조금씩 회복되었지만, 주정뱅이가 잠을 자면서 술을 깨듯 산소 중독에서 깨어나기 위해 잠을 자야 했다.

아르당은 이 사고가 자기 책임이라는 것을 알고도 별로 당황하지 않았다.

"나는 그 자극적인 기체를 조금 맛본 게 조금도 유감스럽지 않아. 자네들은 산소실이 있는 건물을 지을 수도 있다고 생각지 않나? 신체 기능이 약해진 사람은 산소실에서 몇 시간 동안 활기찬 생활을 할 수 있어. 사람을 들뜨게 만드는 이 기체가 가득한 방에서 열리는 모임을 상상해 보게. 극장에서 산소를 고압으로 유지하면 배우와 관객들의 영혼에 어떤 열정과 흥분을 불러일으킬 수 있을까. 뜨거운 정열! 뜨거운 열광! 작은 집회가 아니라 국민 전체를 산소로 포화시킬 수만 있다면, 국가 기능은 얼마나 활발해지고 생기를 얼마나 많이 얻을 수 있을까. 그러면 피폐한 나라도 강대국이 될 수 있을 거야. 유럽 대륙에는 건강을 위해 산소의 '지배'를 받아야 할 나라가 많이 있지!"

아르당은 공기 조절 장치의 마개가 아직도 너무 많이 열려 있는 게 아닌가 싶을 만큼 활기차게 말했다. 하지만 바비케인의 몇 마디에 아르당의 열정은 곧 사라지고 말았다.

"그건 다 좋은데, 우리 연주회에 참여한 저 닭들이 어디서 왔는지 좀 가르쳐 주겠나?"

암탉 여섯 마리와 수탉 한 마리가 날개를 푸드득거리고 꼬꼬댁 소리를 내면서 걸어 다니고 있었다.

"아아, 성가신 녀석들!" 아르당이 소리쳤다. "산소 때문에 반란을 일으킨 거야."

"하지만 저 닭들을 어떻게 하려는 거지?" 바비케인이 물었다.

"달에 적응시키려고."

"그런데 왜 숨겨 두었나?"

"장난이야. 단순한 장난이라고. 나는 아무 말도 하지 않고 닭들을 달나라에 풀어놓고 싶었어. 달나라 들판에서 지구의 날짐승이 모이를 쪼아 먹는 걸 보았다면 자네들은 얼마나 놀랐겠나!"

"이 개구쟁이. 자네는 정말 못 말리는 개구쟁이야." 바비케인이 대꾸했다.

세 친구는 포탄 내부의 질서를 회복하기 시작했다. 암탉과 수탉은 둥우리로 복귀했다. 그런데 이 작업을 진행하면서 바비케인과 두 친구는 한 가지 새로운 현상을 알아차렸다. 지구를 떠난 순간부터 그들 자신의 무게와 포탄의 무게, 포탄 속에 갇혀 있는 물건들의 무게가 점점 줄어들고 있었던 것이다.

알다시피 '중량'이라고도 부르는 인력은 밀도에 비례하고 거리의 제곱에 반비례한다. 지구가 우주 공간에 혼자 떠 있었다면, 그리고 다른 천체가 갑자기 모두 사라져 버렸다면, 포탄은 중력의 법칙에 따라 지구에서 멀어질수록 무게가 줄어들 것이다.

하지만 실제로는 영향력을 '0'으로 볼 수 없는 다른 천체들을 고려하면, 포탄이 더 이상 중력의 법칙에 따르지 않는 순간이 반드시 오게 마련이다. 포탄이 지구에서 멀어질수록 지구의 인력은 줄어들었지만, 달의 인력은 같은 비율로 증가했다. 이윽고 두 인력이 상쇄되는 순간이 오면 포탄은 더 이상 무게를 갖지 않게 될 것이다. 하지만 두 천체의 밀도가 다른 것을 고려하면, 이 중립점이 지구에서 약 31만 킬로미터 떨어진 곳에 있다는 것을 쉽게 산출할 수 있다. 속도나 이동의 원동력을 자체적으로 갖지 못한 물체가 이 중립점에 이르면, 두 천체의 인력이 똑같이 작용하기 때문에 어느 쪽으로도 끌려가지 않고 영원히 그 자리에 머물러 있게 될 것이다.

그런데 포탄의 추진력을 올바로 계산했다면, 포탄 안에 있는 물체만이 아니라 포탄 자체도 무게를 모두 잃어버리고 속도도 없이 이 중립점에 다다를 것이다.

그러면 무슨 일이 일어날까? 세 가지 가설이 제시되었다.

첫째, 포탄이 약간의 운동량을 보유하고 있어서, 지구와 달의 인력이 같아지는 중립점을 통과할 경우. 그러면 지구보다 달의 인력이 강해지기 때문에 포탄은 달로 떨어질 것이다.

둘째, 포탄의 속도가 떨어져, 지구와 달의 인력이 같아지는 중립점에 도달하지 못할 경우. 그러면 달보다 지구의 인력이 강해지기 때문에 포탄은 다시 지구로 떨어질 것이다.

셋째, 포탄이 중립점에 도달할 수는 있지만 중립점을 통과할 만한 속도는 유지하지 못할 경우. 그러면 포탄은 그 중립점에 영원히 떠 있을 것이다.

그들이 놓인 상황은 그러했다. 바비케인은 이 결과를 두 친구에게 분명히 설명했고, 두 사람은 거기에 큰 흥미를 보였다.

지금까지 여행자들은 중력의 작용이 꾸준히 줄어들고 있

는 것을 인정하면서도, 중력이 완전히 사라진 무중력 상태는 아직 감지하지 못했다.

하지만 그날 오전 11시쯤 우연히 니콜의 손에서 미끄러진 유리잔이 바닥으로 떨어지지 않고 허공에 떠 있었다.

“야, 이거 참 재미있는 물리학 실험이군!” 아르당이 외쳤다.

그러고는 당장 다양한 물건과 화기와 술병들을 허공에 던졌다. 그 물건들은 마법에라도 걸린 것처럼 허공에 둥둥 떠 있었다. 아르당은 다이애나도 허공에 띄워 놓았다.

세 모험가는 그 이유를 과학적으로 추론할 수는 있었지만, 그래도 놀라서 망연자실했다. 그들은 이상한 나라에 끌려 들어가고 있는 듯한 기분을 느꼈다. 몸이 정말로 ‘무게’를 잃은 듯한 느낌이 들었다.

갑자기 아르당이 펄쩍 뛰어올랐다. 그러자 그의 몸은 바닥을 떠나 공중에 떠 있었다.

두 친구도 당장 그를 따랐다. 세 사람은 포탄 객차 한복판에서 기적적인 공중 부양의 대형을 이루었다.

“믿을 수 있어? 이게 도대체 있을 법한 일이야? 가능한 일이야?” 아르당이 소리쳤다.

“하지만 공중 부양은 오래 지속될 수 없어.” 바비케인이 받았다. “포탄이 중립점을 지나면 달의 인력이 우리를 그쪽으로 끌어당길 거야. 그리고 지구와 달의 인력이 같아지는 중

립점을 지나면, 더 무거운 포탄의 바닥이 달을 향해 수직으로 포탄을 끌고 갈 거야. 하지만 이 현상이 일어나기 위해서는 중립점을 통과해야 해."

"중립점을 통과한다고?" 아르당이 소리쳤다. "그러면 우리도 선원들이 적도를 통과할 때처럼 축배를 드세."

이런 무중력 상태는 한 시간도 지속되지 않았다. 여행자들은 감지할 수 없을 만큼 천천히 바닥 쪽으로 내려가는 것을 느꼈다. 원뿔형 포탄의 끝은 달을 향하고 있는 것이 정상인데, 바비케인은 그것이 방향을 조금씩 바꾸고 있다고 생각했다. 반대로 포탄 바닥이 먼저 달에 접근하고 있었다. 달의 인력이 지구의 인력을 이기고 있었다.

포탄은 달을 향해 떨어지기 시작했다. 아직은 거의 감지할 수 없을 정도지만, 달의 인력은 조금씩 더 강해질 것이고, 낙하는 더욱 분명해질 것이고, 바닥을 달 쪽으로 돌린 포탄은 원뿔 끝을 지구 쪽으로 돌린 채 달 표면을 향해 점점 빠른 속도로 떨어질 것이다. 그러면 그들은 목적지에 도달할 것이다. 이제 그들의 계획이 성공할 것은 분명했다. 어떤 것도 성공을 막을 수는 없을 것이다. 니콜과 미셸도 바비케인과 기쁨을 함께 나누었다.

그 후 세 사람은 그들을 놀라게 한 현상에 대해 이야기를 나누었다. 특히 중력의 법칙이 무효화한 것은 놀라웠다. 언제나 열정적인 아르당은 기상천외한 결론을 끌어냈다.

"친구들, 지구에서 우리를 묶어 놓고 있는 중력의 일부를 떨쳐 버릴 수 있다면 얼마나 큰 진보를 이룰 수 있을까."

"그래." 니콜이 빙긋 웃으면서 말했다. "마취제로 통증을 억제하듯 중력을 억제할 수만 있다면 근대 사회의 얼굴이 달라지겠지."

"중력을 타도하라!" 아르당은 제 이야기에 열중하여 소리쳤다. "그러면 무거운 물건이 사라지고, 따라서 기중기도 권양기도 핸들도 사라질 거야. 존재 이유가 없으니까."

"하지만 낙심하지는 말게." 바비케인이 받았다. "모든 중력의 법칙이 사라지는 천체는 존재하지 않는다 해도, 지구보다 중력이 훨씬 적은 천체를 이제 곧 방문하게 될 테니까."

"달 말인가?"

"그래. 달 표면에서는 물체의 무게가 지구의 6분의 1밖에 안 돼. 이것은 쉽게 증명할 수 있는 현상이지."

"우리가 그 현상을 느낄 수 있을까?"

"틀림없어. 200킬로그램의 물체가 달 표면에서는 30킬로그램밖에 안 되니까."

"그런데 우리 근력은 줄어들지 않을까?"

"전혀 줄어들지 않아. 달 표면에서 뛰어오르면 자네는 1미터가 아니라 6미터 높이까지 올라갈 거야."

"그럼 달에서는 우리가 헤라클레스 같은 천하장사겠군."

"물론이지. 달나라 사람들의 키가 달의 밀도에 비례한다면

30센티미터밖에 안 될 테니까."

"그럼 소인국에 간 걸리버가 되겠군. 그럼 태양에서는?"

"태양은 밀도가 지구의 4분의 1이라 해도 부피는 132만 4천 배나 돼. 따라서 인력은 지구 표면 인력의 27배나 되지. 그런 곳에서 모든 것이 균형을 이루고 있다면, 태양의 주민들은 키가 적어도 50미터는 될 게 분명해."

"맙소사!" 아르당이 소리쳤다. "거기에 가면 나는 난쟁이에 불과하겠군!"

"거인국에 간 걸리버지."

"그러면 우리 자신을 지키려고 대포를 몇 문 가져가도 쓸모가 없겠구먼."

"그래. 포탄은 태양에 아무 영향도 주지 못할 거야. 태양에서는 포탄을 쏘자마자 겨우 몇 미터 앞에 떨어지고 말 테니까."

"제기랄!" 아르당이 말했다. "그럼 휴대용 기중기가 필요하겠군. 하지만 지금은 달로 만족하기로 하세. 달에서는 적어도 우리가 거인일 테니까 말이야."

26장
방향 전환의 결과

바비케인은 이제 여행의 결과에 대해, 적어도 포탄의 추진력에 대해서는 아무런 불안도 품지 않았다. 포탄은 자체의 속력으로 중립점을 넘어설 것이다. 포탄은 절대 지구로 돌아가지 않을 것이고, 지구와 달의 인력이 상쇄되는 중립점에 꼼짝없이 머물러 있지도 않을 것이다. 그렇다면 실현될 가능성이 있는 가설은 이제 하나밖에 남지 않았다. 달의 인력이 포탄에 작용하여 포탄이 목적지에 도달한다는 가설이었다.

실제로 그것은 약 3만 3,200킬로미터의 거리를 낙하하는 것이었다. 비록 달의 중력이 지구의 6분의 1밖에 안 된다 해도 그것은 만만찮은 낙하였고, 따라서 지금 당장 모든 예방 조치를 취할 필요가 있었다.

예방 조치는 두 가지였다. 포탄이 달 표면에 닿는 순간의 충격을 줄이는 조치와 낙하 속도를 늦추어 결과적으로 낙하를 좀 더 부드럽게 만드는 조치였다.

포탄이 발사될 때의 충격을 효과적으로 약화시킨 것은 완충재 구실을 한 물과 칸막이였지만, 유감스럽게도 바비케인은 이제 그 수단을 쓸 수가 없었다.

칸막이는 아직 있었지만 물이 없었다. 저장되어 있는 물을 그 용도로 쓸 수는 없었다. 그래서 낙하의 충격을 줄여 주는 이 수단은 포기할 수밖에 없었다. 다행히 바비케인은 물을 사용하는 것만으로 만족하지 않고 수평 칸막이가 깨진 뒤 바닥에 대한 충격을 줄이기 위해 강력한 용수철 마개를 이동식 원판에 달아 두었다. 그 마개는 아직 남아 있었다. 그것을 다시 조정하여 이동식 원판을 제자리에 돌려놓기만 하면 되었다. 이동식 원판은 다루기 쉽고 이제 무게도 거의 느껴지지 않아서 금방 설치할 수 있었다.

원판을 이렇게 다시 돌려놓는 데 적어도 한 시간은 걸렸다. 모든 준비가 끝났을 때는 12시가 지나 있었다. 바비케인은 포탄의 기울기를 다시 관측했지만, 달로 낙하하기에 충분할 만큼 방향이 뒤집히지 않은 것을 알고 당황했다. 포탄은 달 표면과 평행한 곡선을 그리고 있는 것 같았다.

이런 상황에 그들은 불안해지기 시작했다.

"과연 목적지에 도착할까?" 니콜이 물었다.

“이제 곧 도착한다고 보고 대비하세.” 바비케인이 대답했다.

“자네들은 회의적이군.” 아르당이 말했다. “우리는 틀림없이 도착할 거야. 그것도 우리가 바라는 것보다 더 빨리.”

이 대답을 듣고 바비케인은 다시 착륙 준비를 시작했다. 그는 낙하 속도를 늦추기 위한 장치를 설치하는 일에 몰두했다.

강력한 폭탄을 포탄 바닥에서 발사하여 포탄 밖에서 폭발시키면 반동이 일어나 포탄의 낙하 속도를 어느 정도 줄일 수 있을 것이다.

그래서 바비케인은 포탄 바닥에 나사로 고정시킬 수 있는 작은 강철 대포들 속에 폭탄을 장전해 두었다. 이 대포들은 포탄 안쪽에서 보면 바닥면과 같은 높이였고, 포탄 바깥쪽으로는 15센티미터쯤 튀어나와 있었다. 그런 대포가 20개 있었다. 원판에 뚫린 구멍으로 각 대포의 도화선에 불을 붙일 수 있었다.

이 새로운 작업은 3시쯤 끝났다. 이런 예방 조치가 모두 끝나자 이제 기다리는 일만 남았다. 포탄은 눈에 띄게 달과 가까워지고 있었다. 그리고 분명 달의 영향력에 어느 정도 굴복하고 있었다. 하지만 포탄 자체의 속력은 비스듬한 방향으로 포탄에 작용하고 있었다.

포탄이 중력의 작용에 저항하는 것을 보고 바비케인의 불안은 더욱 커졌다. 그것은 행성간 공간 너머에 있는 미지의 세계였다. 바비케인은 실현될 가능성이 있는 가설은 세 가지뿐이고, 그 세 가지 가설을 모두 예견했다고 생각했다. 첫째는 지구로 돌아가는 것, 둘째는 달로 떨어지는 것, 셋째는 중립점에 영원히 정지하는 것. 그런데 뜻밖에도 네 번째 가설이 무한한 공간에 대한 공포와 함께 불쑥 떠올랐다.

이 문제를 놓고 대화가 시작되었다.

"그러니까 우리가 항로를 벗어났군." 아르당이 말했다. "하지만 왜 그랬을까?"

"모든 예방 조치를 취했는데도 콜럼비아드의 조준이 정확하지 않았던 것 같아." 니콜이 대답했다. "아무리 작은 오차라도 우리를 달의 인력권 밖으로 내던지기에는 충분하니까."

"그럼 조준이 잘못됐군?" 아르당이 물었다.

"나는 그렇게 생각지 않네." 바비케인이 대답했다. "대포는 정확히 수직이었어. 그 지점의 천정을 향하고 있었던 것은 분명해. 우리는 달이 천정을 지나는 보름달일 때 달에 도착해야 해."

"우리가 너무 늦게 도착한 건 아니겠지?" 니콜이 물었다.

"너무 늦게?" 바비케인이 되물었다.

"그래." 니콜이 말을 이었다. "케임브리지 천문대의 편지에는 97시간 13분 20초에 여행이 끝나야 한다고 적혀 있어. 우리가 그보다 빠르면 달은 정해진 위치에 아직 오지 않았을 테고, 그보다 늦으면 달은 그 위치를 벌써 지나쳤을 거라는 뜻이지."

"맞아." 바비케인이 받았다. "하지만 우리는 12월 1일 밤 10시 46분 35초에 출발했어. 그리고 5일 밤 12시, 보름달이 되는 순간에 달에 도착할 예정이야. 오늘은 12월 5일. 지금 시각은 오후 3시 반. 앞으로 여덟 시간 반 뒤에는 목적지에 도착해야 해. 그런데 왜 도착하지 않을까?"

"속도가 너무 빨랐던 건 아닐까?" 니콜이 되받았다.

"아니! 그건 절대 아니야!" 바비케인이 대답했다. "포탄의 방향이 옳았다면, 속도가 너무 빨라도 달에 도착할 수 있었을 거야. 아니, 포탄이 항로를 이탈한 게 분명해. 진로에서 벗어났어."

"누구 때문에? 무엇 때문에?" 니콜이 물었다.

"그건 나도 모르지." 바비케인이 대답했다.

"아무려면 어때? 우리는 우주 공간을 날아가고 있으니까, 언젠가는 어떤 천체의 인력권에 들어가 착륙하겠지." 아르당이 초연한 태도로 말했다.

그러는 동안에도 포탄은 밖에 내던진 물건들을 거느린 채 여전히 달을 향해 비스듬히 날아가고 있었다. 바비케인은 이제 8,000킬로미터밖에 떨어져 있지 않은 달에서 기준점 구실을 하는 산을 보고, 포탄의 속도가 점점 일정해지고 있는 것을 확인할 수 있었다. 이것은 포탄이 달로 낙하하지 않는다는 새로운 증거였다.

그들은 밤 8시까지 옆 창문을 통해 그런 식으로 관측을 계속했다. 8시쯤 되자 달이 너무 커져서 하늘의 절반을 가득 메웠다. 한쪽에서는 태양, 반대쪽에서는 달이 포탄 속을 빛으로 가득 채웠다.

그 순간, 바비케인은 목적지와의 거리가 기껏해야 2,800킬로미터밖에 떨어지지 않았다고 추산할 수 있었다.

바비케인은 아직도 풀리지 않는 문제의 해답을 찾고 있었다. 몇 시간이 아무 성과도 없이 지나갔다. 포탄은 분명 달에 '가까워지고' 있었지만, 달에 영원히 '도착하지' 않으리라는 것도 분명했다. 포탄이 달에 얼마나 가까이 다가갈 것인지는 포탄의 운동에 영향을 미치는 달의 인력과 척력*에 달려 있었다.

"내가 바라는 건 한 가지뿐이야." 아르당이 말했다. "달의 비밀을 꿰뚫어볼 수 있을 만큼 달에 가까이 지나가는 것."

"우리 포탄을 항로에서 벗어나게 만든 것은 저주를 받아라!" 니콜이 소리쳤다.

그때 마음속에 갑자기 한 줄기 빛이 비쳐 들어온 것처럼 바비케인이 대답했다.

"그러면 우리 진로를 가로지른 그 운석이 저주를 받겠군."

인력과 척력 인력은 두 물체가 서로 끌어당기는 힘. 척력은 두 물체가 서로를 떨쳐 버리려고 밀어내는 힘.

"뭐라고?" 아르당이 되물었다.

"그게 무슨 소리지?" 니콜이 소리쳤다.

"내 말은……" 바비케인이 단호한 어조로 말했다. "우리 포탄이 진로에서 벗어난 것은 그 못된 녀석을 만난 탓이라는 뜻이야."

"하지만 그 운석은 지나가면서 우리를 스치지도 않았어." 아르당이 말했다.

"그게 무슨 상관이야? 그 운석의 질량은 우리 포탄에 비하면 엄청났고, 따라서 운석의 인력은 우리 진로에 충분히 영향을 미칠 수 있었어."

"영향을 미쳐 봤자 아주 조금이야." 니콜이 소리쳤다.

"그래." 바비케인이 대꾸했다. "하지만 방향이 아무리 조금 틀어졌어도, 거리가 30만 킬로미터나 되면 충분히 과녁을 벗어날 수 있지."

바비케인이 항로 이탈의 원인을 알아낸 것은 분명했다. 운석의 영향이 아무리 작았다 해도 포탄의 진로를 바꾸기에는 충분했다. 불운한 재난이었다. 특별한 사건이라도 일어나지 않는 한, 그들은 이제 달에 착륙할 수 없게 되었다.

그때 포탄과 달의 거리는 약 800킬로미터로 추산되었다. 이런 상황에서는 여행자들보다 지구에서 성능 좋은 망원경으로 달을 관찰하는 사람들이 달의 세부를 더 잘 볼 수 있었다. 그런 관점에서 보면 여행자들이 지구의 주민들보다 달에서 훨씬 멀리 떨어져 있었다.

달과 포탄 사이의 거리는 급속히 줄어들었다. 포탄의 속도는 이제 초속도보다 훨씬 줄어들었지만, 그래도 지구의 급행열차보다 8배 내지 9배나 빨랐다. 포탄의 진로가 비스듬히 기울었기 때문에 아르당은 포탄이 어딘가에서 달과 부딪칠지도 모른다고 기대했다. 포탄이 달에 영원히 도착하지 못할 거라고는 생각할 수 없었다. 아니! 믿을 수가 없었다.

포탄은 달의 북반구를 향해 다가가고 있었다. <월면도>에서는 아래쪽에 놓이는 부분이다. 월면도는 대개 망원경으로 보이는 윤곽에 따라 그려지고, 누구나 알고 있듯이 망원경으로 보면 물체가 거꾸로 보이기 때문이다.

달은 자정에 보름달이 되었다. 공교롭게도 그 운석이 포탄의 진로를 바꿔 놓지 않았다면, 바로 그 순간 여행자들은 달에 착륙했어야 한다. 달은 케임브리지 천문대가 측정한 상태와 정확히 일치했다. 달은 태양과 가장 가까운 근일점에 있었고, 지구의 북위 28도선 위에 해당하는 천정에 있었다.

12월 5일에서 6일로 넘어가는 밤중에 여행자들은 잠시도 쉬지 않았다. 새로운 세계가 그렇게 가까이 있는데 눈을 감을 수 있을까?

바비케인이 기록한 관측 결과는 엄밀하게 확인되었다. 관측할 때는 망원경을 사용했고, 그 결과를 수정할 때는 지도를 이용했다.

또한 그들이 사용하고 있는 광학기구는 이 여행을 위해 특별 제작된 훌륭한 해상용 쌍안경이었다. 이것은 대상을 100배로 확대해 주었기 때문에, 지상에서 이것을 사용하면 달을 4,000킬로미터 정도까지 접근시켜 보여 주었을 것이다. 하지만 오전에 세 시간 동안은 달과 포탄의 거리가 120킬로미터를 넘지 않고, 게다가 공기의 방해가 전혀 없는 진공 속이었기 때문에, 그런 광학기구는 달 표면과 포탄의 거리를 1,500미터 이내로 줄일 수 있을 터였다.

27장

달나라 풍경

포탄은 앞에서도 말했듯이 달의 북반구를 향해 날아가고 있었다. 돌이킬 수 없는 방향 전환이 일어나지 않았다면 당연히 도착해야 할 중심점에서 점점 멀리 벗어나고 있었다.

오전 0시 30분. 바비케인은 달까지의 거리를 1,400킬로미터로 추산했다. 이것은 달의 반지름보다 조금 길고, 북극을 향해 나아갈수록 이 거리는 줄어들 터였다. 그때 포탄은 적도 상공이 아니라 북위 10도선에 직각으로 나아가고 있었다.

"이보게, 친구들." 바비케인이 진지한 목소리로 말했다. "우리가 어디로 갈지는 아무도 몰라. 지구로 다시 돌아갈 수 있을 것인지도 나는 몰라. 하지만 이 일이 언젠가는 인류에게 도움이 되리라 믿고 행동하세. 모든 걱정을 떨쳐 버리자고. 우리는 천문학자이고, 이 포탄은 케임브리지 천문대의 방 하나를 우주 공간으로 가져온 거야. 자, 어서 관측하세!"

이 말이 끝나기가 무섭게 정밀한 관측이 시작되어, 시시각각 변하는 달과 포탄 사이의 거리에 따라 달의 다양한 모습이 충실하게 기록되었다.

포탄은 북위 10도선 상공에서 동경 20도선을 따라 나아가고 있는 듯했다. <월면도> 덕분에 여행자들은 망원경 시야에 포착된 부분이 어디인지를 당장 알아볼 수 있었다.

"지금 우리가 보고 있는 게 뭐지?" 아르당이 물었다.

"'구름의 바다' 북쪽 부분이야." 바비케인이 대답했다. "아직 거리가 너무 멀어서 그 성질을 확인할 수는 없어. 저 평원은 일부 천문학자들이 주장하듯이 메마른 모래로 이루어져 있을까? 아니면 거대한 숲에 불과할까?"

지도에 그려진 '구름의 바다'의 경계선은 매우 의심스러운 것이었다. 이 바다 오른쪽 부분에 인접해 있는 화산에서 뿜어져 나온 용암 덩어리가 이 광대한 평원에 흩어져 있다고 사람들은 생각한다. 하지만 포탄이 가까이 다가가자 이윽고 이 바다의 북쪽을 막고 있는산들의 정상이 나타났다. 앞쪽에 아름답게 빛나는산 하나가 우뚝 솟아 있었다. 그 봉우리는 비스듬히 비치는 햇빛 속으로 사라진 것처럼 보였다.

"저건 뭐지?" 아르당이 물었다.

"코페르니쿠스산이야." 바비케인이 대답했다.

북위 9도·동경 20도에 위치해 있는 이 산은 달의 수평면에서 3,438미터 높이로 우뚝 솟아 있다. 지구에서도 잘 보이기 때문에 천문학자들은 이 산을 충분히 연구할 수 있었다. 특히 하현달과 초승달 사이에는 산 그림자가 동쪽에서 서쪽으로 길게 뻗어 있어서 산의 높이를 측정할 수 있었다.

코페르니쿠스산은 달에서 남반구에 있는 티코산 다음으로 중요한 부채꼴 산맥을 이루고 있다. '폭풍의 바다'와 '구름의 바다'가 만나는 경계에 거대한 등대처럼 외따로 솟아 있는 이 산은 눈부신 빛으로 두 개의 넓은 바다를 비추고 있었다. 보름달일 때 눈부신 빛줄기가 길게 뻗어 나와 인접한 산맥을 넘어 '비의 바다'에서 사라지는 광경은 비할 데 없이 아름다웠다. 지구 시각으로 오전 1시, 포탄은 공중에 떠 있는 기구처럼 이 웅장한 산을 내려다보고 있었다.

망원경으로 보면, 잇달아 일어난 분화로 생긴 층리(지층의 줄무늬)가 보였다. 그 주위에는 분화에 따른 파편들이 흩어져 있고, 일부는 아직도 분화구를 메우고 있었다.

바비케인이 말했다.

"달 표면에는 몇 종류의 분화구가 있다네. 거리가 좀 더 가까웠다면 사발처럼 우묵한 분화구를 볼 수 있었을 텐데. 달 표면에 예외 없이 나타나는 기묘한 지형은 분화구 내부가 지구의 분화구와는 반대로 바깥 평원보다 낮다는 거야. 그래서 이런 분화구 바닥의 둘레를 합한 것은 달보다 지름이 작은 구체가 되지."

"그런데 왜 그런 특수한 지형이 생기지?" 니콜이 물었다.

"그건 아직 몰라." 바비케인이 대답했다.

"정말 멋지군! 이보다 더 아름다운 장관은 보기 힘들 거야." 아르당이 말했다.

이 순간 포탄은 분화구 바로 위에 떠 있었다. 코페르니쿠스산 분화구의 테두리는 거의 완벽한 동그라미를 이루고, 그 깎아지른 외곽이 또렷이 떠올라 있었다. 이중 고리를 이룬 벼랑까지도 식별할 수 있었다. 그 바깥 주위에는 황량한 회색 평원이 펼쳐져 있고, 기복은 노란색으로 떠올라 보였다. 보석 상자처럼 닫혀 있는 분화구 바닥에 눈부시게 빛나는 거대한 보석 같은 원뿔형 분출물 두세 개가 반짝거리고 있었다. 북쪽은 외곽이 함몰되어 낮아져 있었다. 그곳을 통해 분화구 안으로 들어갈 수 있을 것이다.

주위에 펼쳐진 평원 위를 지나는 동안, 바비케인은 별로 중요하지 않은 산들을 여럿 기록할 수 있었다.

"이 높이에서 내려다보는 저 평원이 무언가와 비슷하다고 생각지 않나?" 아르당이 물었다.

"글쎄." 니콜이 대답했다.

"물렛가락처럼 용암 덩어리가 늘어서 있는 모양은 마구잡이로 내던져진 막대 놀이 기구와 비슷하지 않나? 막대기를 하나씩 치우는 데 필요한 갈고리가 없을 뿐이지."

"좀 진지해지게." 바비케인이 말했다.

"좋아. 그럼 진지해지자고." 아르당이 조용히 대꾸했다. "막대기 대신 해골이라고 하세. 이 평원은 거대한 묘지일 뿐이야. 절멸해 버린 태곳적 세대의 유해가 잠들어 있는 곳. 자네는 과장된 인상을 주는 이 비교가 더 마음에 드나?"

"마찬가지야." 바비케인이 대꾸했다.

"쳇! 까다로운 사람이군." 아르당이 받았다.

그러는 동안에도 포탄은 달 표면을 따라 거의 일정한 속도로 나아가고 있었다. 짐작할 수 있겠지만, 여행자들은 잠시도 휴식을 취할 생각을 하지 않았다. 눈 아래를 지나가는 풍경은 시시각각 달라졌다. 오전 1시 30분경, 여행자들은 또 다른 산꼭대기를 희미하게 보았다. <월면도>와 비교해 본 바비케인은 그 산을 에라토스테네스산으로 확인했다. 그 산은 4,500미터 높이의 방패형 화산으로, 달에 수없이 많은 분화구 가운데 하나였다.

오전 2시경, 북위 20도선 상공, 높이가 1,559미터인 피티아스산에서 그리 멀지 않은 곳에 포탄이 있다는 것을 바비케인은 알았다. 포탄과 달의 거리는 이제 1,200킬로미터에 불과하고, 망원경으로 보면 달은 10킬로미터 거리까지 다가와 있었다.

바비케인은 포탄이 달 표면에 꾸준히 접근해 가는 것을 보고, 비록 달에 도착할 수는 없다 해도 최소한 달의 형성에 얽

힌 비밀을 포착할 수는 있을지 모른다는 희망을 버리지 않았다.

오전 2시 30분, 포탄은 북위 30도선을 가로지르고 있었다. 달까지의 실제 거리는 1,000킬로미터, 망원경으로 보면 그 거리는 10킬로미터로 단축되었다. 달의 어느 지점에 도착하는 것은 여전히 불가능한 일로 여겨졌다. 비교적 느린 이동 속도는 바비케인도 설명할 수 없었다. 달과의 거리가 이 정도면, 달의 인력에 맞서서 포탄을 지탱하기 위해서는 속도가 상당히 빨라야 할 터였다. 이유를 알 수 없는 현상이었다. 하지만 이유를 찾고 있을 시간은 없었다.

기복을 이룬 지형이 차례로 눈 아래를 지나갔고, 세 사람은 아무리 사소한 점도 놓치지 않으려고 했다.

바비케인은 안쪽에 우묵한 구덩이가 없는 커다란 분화구들이 방금 광택을 낸 강철판의 반사광처럼 푸르스름한 색조를 띠고 있는 것도 알아차렸다. 일부 천문학자들은 그런 색채가 망원경의 대물렌즈에 결함이 있거나 지구 대기층의 간섭 때문에 생긴다고 말하지만, 사실은 달 표면에 정말로 존재하는 색깔들이다. 여기에 관해서는 바비케인도 전혀 의심하지 않았다. 그 초록색은 가까운 곳에 모여 있는 밀도 높은 공기 속에서 열대식물이 자라고 있는 탓일까? 아직은 확실한 의견을 말할 수 없었다.

더 먼 곳에 붉은색이 또렷이 눈에 띄는 것을 바비케인은 알아차렸다. 달 가장자리의 외딴 분화구 바닥에서도 바비케인은 이미 그와 비슷한 색채를 발견했다. 하지만 그 색채의 성질을 확인할 수는 없었다.

바비케인 옆에서 관측을 하고 있던 아르당은 태양의 직사광선을 받아 눈부시게 빛나는 하얗고 기다란 선을 보았다. 코페르니쿠스산에서 보았던 부채꼴 빛줄기와는 전혀 다르다. 마치 빛나는 밭고랑이 이어져 있는 듯했다.

아르당은 여전히 침착성을 잃지는 않았지만 서둘러 소리를 지르는 것도 잊지 않았다.

"저것 봐! 밭이 아닐까!"

"밭이라고?" 니콜이 어깨를 으쓱하면서 받았다.

"어쨌든 경작되어 있어." 아르당이 말했다. "달나라 사람들은 정말 대단한 일꾼이군! 저런 밭을 갈려면 엄청나게 큰 황소를 쟁기에 묶어야 할 거야."

"저건 밭이 아니라 홈이야." 바비케인이 말했다.

"홈? 그게 뭐지?" 아르당이 되물었다.

바비케인은 달의 홈에 대해 알고 있는 것을 모두 친구에게 알려 주었다. 그것은 달 표면에서 산악지대를 제외하고는 어디에서나 볼 수 있는 골짜기라는 것, 대개 외따로 떨어져 있는 그 홈들은 길이가 1,500킬로미터 내지 2,000킬로미터에 이른다는 것, 폭은 1킬로미터에서 2킬로미터까지 다양하고, 경계는 정확한 평행선이라는 것을 바비케인은 알고 있었다.

하지만 그 홈들의 형성 과정이나 성질에 대해서는 알지 못했다.

바비케인은 망원경을 통해 그 홈들을 주의 깊게 관찰했다. 그 홈들의 가장자리가 갑자기 비탈져 있는 것을 알아차렸다. 상상력을 발휘하면 달의 토목기사들이 쌓은 요새의 진지라고 생각할 수도 있었다.

이런 홈들 가운데 일부는 먹줄로 그은 것처럼 똑바른 직선이었다. 나머지는 완만한 곡선을 그리고 있었지만, 양쪽 가장자리는 평행을 유지하고 있었다.

자연히 생긴 이 기복은 필연적으로 천문학자들의 상상력을 자극했다. 현재 그 수는 70개에 이른다. 하지만 수는 헤아렸을지 몰라도 그 성질은 아직 확정되지 않았다. 요새가 아닌 것은 확실하다. 말라 버린 강바닥도 아니다. 달 표면에 조금밖에 없는 물이 이렇게 깊은 도랑을 팔 수는 없었을 것이고, 그것이 높은 산의 분화구를 가로지르는 경우가 많기 때문이다.

"이 설명할 수 없는 광경은 단순히 식물의 작용이 아닐까?" 아르당이 말했다.

"그게 무슨 소리야?" 바비케인이 물었다.

"둑을 이루고 있는 저 검은 선은 줄지어 심긴 나무가 아닐까?"

"그럼 자네는 아직도 식물 가설을 고집하고 있나?" 바비케인이 물었다.

“나는 자네 같은 학자들이 설명하지 않는 것을 설명하고 싶네!” 아르당이 대꾸했다. “적어도 내 가설은 저 홈들이 왜 규칙적으로 사라지는지, 또는 사라지는 것처럼 보이는지를 알려주는 이점이 있어.”

“무슨 이유로?”

“나뭇잎이 다 떨어졌을 때는 보이지 않게 되고, 잎이 무성해지면 다시 보이게 되는 거지.”

“훌륭한 설명이군. 하지만 그 설명은 인정할 수 없어.”

“왜?”

“달 표면에는 이른바 계절이라는 게 없기 때문이지. 따라서 자네가 말하는 식물 현상은 일어날 수 없어.”

사실 달의 지축은 조금도 기울어져 있지 않기 때문에, 달 표면에서는 어느 위도에서나 태양의 높이가 일정하다. 그래서 지축이 궤도에 대해 조금도 기울어져 있지 않은 목성과 마찬가지로 달에서는 곳에 따라 봄이나 여름이나 가을이나 겨울이 영원히 계속된다.

그러는 동안 포탄은 북위 40도선 상공에 이르렀고, 달까지의 거리는 800킬로미터를 넘지 않았던 게 분명하다. 달 표면의 물체들은 망원경의 시야 속에서는 8킬로미터 거리에 있는 것처럼 보였다.

바비케인은 지금 롱스픽스 관측소의 망원경처럼 가장 정

교한 망원경을 통해 달을 보았을 때보다 훨씬 달과 가까운 거리에 와 있었다. 따라서 달에 사람이 살 수 있는가 하는 문제를 해결하기에는 더없이 좋은 조건이었다. 하지만 바비케인은 아직 그 문제를 해결할 수 없었다. 그의 눈은 넓고 황량한 평원밖에 분간할 수 없었다. 북쪽에 메마른산들이 보였다. 조금이라도 인간의 손길이 닿은 흔적을 보여 주는 증거는 하나도 없었다. 인간이 그곳을 지나갔다는 증거인 폐허도 없었다. 하등생물이라도 생명체가 살 수 있다는 것을 알려 주는 동물 집단도 보이지 않는다. 움직이는 것은 어디에도 없었다. 식물의 흔적도 없다.

"이거야 정말!" 아르당이 낭패한 얼굴로 말했다. "그럼 아무도 안 보이나?"

"그래." 니콜이 대답했다. "지금까지 사람도 동물도 나무도 전혀 보지 못했어! 결국 구덩이 바닥이나 분화구 안, 또는 달 반대쪽에 공기가 모여 있는지 어떤지는 판단할 수 없어."

"게다가 아무리 눈이 좋아도 7킬로미터 이상 떨어져 있는 사람을 식별할 수는 없어." 바비케인이 덧붙였다. "그러니까 달나라에 사람이 있다 해도, 그들은 우리 포탄을 볼 수 있지만 우리는 그들을 볼 수 없지."

오전 4시경, 포탄은 북위 50도선 상공에 떠 있었고, 달까지의 거리는 600킬로미터로 줄어들었다. 왼쪽에는 산들이 한 줄로 이어져 있었다. 변덕스러운 모양의 산들은 강렬한 빛 속에 또렷이 떠올라 있었다. 반대로 오른쪽에는 검은 구덩이가 있었다. 그것은 깊이를 헤아릴 수 없는 컴컴하고 거대한 우물과 비슷했다.

이 구덩이가 '검은 호수'였고, 하현달과 초승달 사이에 그림자가 서쪽에서 동쪽으로 뻗어 지구에서 편리하게 연구할 수 있는 것이 이 플라톤산이라는 깊은 분화구였다.

오전 5시경, 포탄은 마침내 '비의 바다'의 북쪽 경계를 지났다. 북위 60도선에서 시작되는 달 표면의 이 부분에서는 산이 많아지고 있었다. 망원경으로 보면 달까지의 거리는 4킬로미터로 좁혀져 있었다.

이 정도 거리에서 보면 달 표면은 아주 기묘한 양상을 띠고 있었다. 그 풍경은 지구에서 바라보는 풍경과는 사뭇 달랐고, 보기가 괴롭다고 해도 좋을 정도였다.

달에는 공기라는 기체 상태의 덮개가 없기 때문에 앞에서 말한 결과가 일어난다. 어스름이 전혀 없고, 깊은 암흑 속에서 켜졌다 꺼졌다 하는 등불처럼 밤은 갑자기 낮이 되고 낮은 밤이 된다. 또한 추위와 더위의 중간 과정도 없고, 타는 듯이 뜨거운 온도가 순식간에 얼음처럼 차가워진다.

지구에서 공기 때문에 일어나는 빛의 산란은 밤과 낮의 중간 상태인 황혼과 새벽을 만들고, 짙은 그림자와 옅은 그림자, 빛과 그늘의 온갖 마술을 만들어 낸다. 하지만 그런 빛을 내는 물질이 달에는 존재하지 않는다. 그래서 흑과 백이라는 두 가지 색의 극단적인 대조가 생겨난다.

오전 5시에 포탄이 상공 50킬로미터, 망원경으로 보면 500미터 거리에 있는 것처럼 보이는 곳을 통과할 때에도 이 광경은 여전히 달라지지 않았다. 달은 손에 닿을 것처럼 가까워 보였다. 포탄이 달에 착륙하지 못하는 일은 결코 없을 것으로 여겨졌다. 검은 하늘을 배경으로 또렷이 보이는 눈부신 아치 모양의 북극에 착륙한다 해도, 어쨌든 착륙할 것은 분명해 보였다.

6시에 달의 북극이 자태를 드러냈다. 여행자들의 눈에는 눈부시게 빛나는 달의 반쪽밖에 보이지 않았다. 나머지 반쪽은 어둠 속으로 사라져 버렸다. 갑자기 포탄은 강렬한 빛과 완전한 어둠 사이의 경계를 지나 깊은 어둠 속으로 급속히 가라앉았다.

28장

354시간 30분 동안의 밤

이 현상이 갑자기 일어난 그때, 포탄은 북극에서 50킬로미터도 채 떨어지지 않은 곳을 통과했다. 그리고 불과 몇 초 사이에 캄캄한 어둠 속으로 들어갔다. 변화는 빛이 점점 사라지거나 약해지는 중간 단계를 거치지 않고 눈 깜짝할 사이에 일어났기 때문에, 거센 바람이 달빛을 훅 꺼 버린 듯 느껴졌다.

"달이 녹아서 사라져 버렸어!" 아르당이 깜짝 놀라 소리쳤다.

실제로 조금 전까지 찬란하게 빛나던 달은 흔적도 보이지 않았다. 거기에 있는 것은 완전한 어둠뿐이었다. 별빛 때문에 그 어둠이 더욱 깊게 느껴졌다. 이 '어둠'은 달의 위치 때문에 354시간 30분 동안이나 계속되는 달나라의 밤, 달의 공전 주기와 자전 주기가 같기 때문에 생겨나는 기나긴 밤이었다. 달의 그림자 속에 들어간 포탄은 이제 햇빛의 작용을 전혀 받을 수 없었다.

포탄 내부도 캄캄했다. 아무것도 보이지 않았다. 그래서 이 어둠을 몰아낼 필요가 있었다. 바비케인은 저장량이 한정되어 있는 가스를 쓰고 싶지 않았지만, 햇빛이 차단되면 값비싼 인공 불빛에 의존할 수밖에 없었다.

"태양이 공짜로 빛을 보내 주지 않으니까 가스를 써야 하잖아!" 아르당이 소리쳤다.

"태양을 탓하면 안 돼." 니콜이 대답했다. "태양의 책임이 아니야. 책임은 달에 있어. 태양과 우리 사이에 방해물처럼 끼어든 달이 나빠."

"아니야. 태양이 나빠!"

"아니야. 달이 나빠!"

무익한 논쟁은 끝이 없기 때문에 바비케인은 이런 말로 결말을 지었다.

"그건 태양의 책임도 아니고 달의 책임도 아니야. 예정된 진로를 따라가지 않고 거기서 벗어나 버린 포탄의 책임이지. 좀 더 공정하게 말하면 우리 포탄의 방향을 바꾸어 버린 그 못된 운석 탓이야."

"알았네." 아르당이 말했다. "문제가 해결되었으니 밥이나 먹자고. 밤새도록 달을 관찰했으니까 조금은 쉬어야지."

아르당의 제안에 아무도 이의를 제기하지 않았다. 아르당은 몇 분 만에 식사를 준비했다. 하지만 그들은 단지 먹기 위해 먹었고, 건배도 없이 술을 마셨다. 이 용감한 여행자들도 햇빛의 보호를 받지 못하고 어둠 속에 끌려 들어왔기 때문에 한 가닥 불안을 느끼지 않을 수 없었다.

"정말 이상한 일이지만, 달의 각 반구는 15일 동안 햇빛을 받지 않는다네. 지금 우리가 방황하고 있는 달의 표면은 그 기나긴 밤 동안 아름답게 빛나는 지구를 볼 수 없어. 한마디로 말해서 달의 반쪽에는 지구가 존재하지 않아." 바비케인이 말했다. "달나라에서는, 지구에서 잘 보이는 앞쪽의 주민이 보이지 않는 뒤쪽 주민의 희생으로 자연의 혜택을 누리며 살고 있지. 한쪽에서는 354시간 동안 밤이 계속되는데, 다른 한쪽에서는 반대로 15일 동안 태양이 내리쬐이고, 해가 지평선으로 가라앉으면 반대쪽 지평선에서 빛나는 천체가 떠오르는 것을 볼 수 있지. 따라서 앞쪽은 아주 살기 좋은 곳이야. 보름달일 때는 태양이 보이고 초승달일 때는 지구가 보이니까."

"하지만 빛과 함께 견디기 어려운 더위가 찾아올 테니까 살기 좋다고만 할 수도 없어." 니콜이 말했다.

"그건 그래. 실은 양쪽 다 불편해. 지구의 반사광은 분명 열이 없고, 뒷면은 앞면보다 훨씬 강한 열을 느끼지."

"그런 건 아무래도 좋아. 앞으로 우리가 달나라에 살게 되면 지구에서 보이는 앞쪽에 살면 돼. 나는 빛이 좋아!" 아르당이 말했다.

"하지만 일부 천문학자들이 주장하듯 뒤쪽에는 공기가 농축되어 있을지도 몰라." 니콜이 받았다.

"그건 한번 고려해 볼 문제군." 아르당이 무뚝뚝하게 말했다.

곧 식사가 끝나고, 관찰자들은 각자의 자리로 돌아갔다. 그들은 포탄 내부의 불을 끄고 어두운 현창으로 밖을 내다보려고 했다. 하지만 그 어둠을 뚫고 나가는 빛은 하나도 보이지 않았다.

해결되지 않은 의문 하나가 바비케인을 괴롭혔다. 그것은 포탄이 달에서 50킬로미터밖에 안 되는 거리를 지나면서도 왜 달로 낙하하지 않았는가 하는 의문이었다. 포탄의 속력이 빨랐다면 낙하하지 않은 이유를 이해할 수도 있었을 것이다. 하지만 속력이 그리 빠르지도 않은데 달의 인력에 저항한 이유를 알 수가 없었다. 포탄은 외부의 영향을 받고 있을까? 어떤 천체가 포탄을 에테르 속에 떠받치고 있을까? 이제 포탄은 달의 어디에도 도착하지 않을 터였다. 그렇다면 포탄은 어디로 갈까? 달에서 멀어질까? 아니면 가까워질까? 이 깊은 어둠을 뚫고 무한한 허공으로 날아가는 것은 아닐까? 이런 문제를 생각하자 바비케인은 불안해졌다. 게다가 그 문제를 해결할 수도 없었다.

그들의 눈에 보이지 않는 달의 뒤쪽 반구야말로 미지의 세계였다. 보름 전이나 보름 뒤에 왔다면 찬란한 햇빛을 받고 있었을 그 반구가 지금은 캄캄한 어둠 속에 묻혀 있었다.

<월면도>에 따르면, 보이지 않는 뒤쪽 반구는 앞쪽 반구와 비슷한 구조를 가진 것으로 되어 있다. 사람들은 달의 뒷면도 앞면과 마찬가지로 메마른 불모지라고 생각한다. 하지만 공기가 그쪽으로 피난한 건 아닐까? 동물이 그쪽 대륙과 바다에 살고 있는 건 아닐까? 생명이 존재할 수 있는 이런 조건 아래에서 인간이 살고 있는 건 아닐까? 달의 뒤쪽 반구를 볼 수 있다면 얼마나 많은 결론을 얻을 수 있을까! 아직까지 인간의 눈길이 닿은 적이 없는 세계에 눈길을 던지는 것은 얼마나 유쾌한 일인가!

따라서 이런 어둠 속에서 여행자들이 얼마나 낙심했을지는 짐작할 만하다. 달의 뒷면을 관측하는 것은 절대로 불가능했다. 그들이 볼 수 있는 것은 별뿐이었다.

실제로 투명한 에테르 속에 잠겨 있는 별들의 세계는 무엇과도 비길 수 없을 만큼 아름다웠다. 천구에 아로새겨진 이 보석들은 눈부신 섬광을 발하고 있었다. 여행자들은 별들이 아로새겨진 허공을 오랫동안 바라보았다. 달은 장막처럼 그 허공에 거대한 검은 구멍을 만들고 있었다. 하지만 그들은 이윽고 관찰을 그만둘 수밖에 없었다. 추위가 심해서 현창

안쪽에 두꺼운 성에가 끼기 시작했기 때문이다. 태양은 이제 직사광선으로 포탄을 덥혀 주지 않았다. 포탄도 외벽 사이에 축적한 열을 조금씩 잃고 있었다.

니콜이 온도계로 재 보니 섭씨 영하 17도였다. 그래서 어떻게든 가스를 절약해야 하지만, 바비케인은 빛에 이어 열도 가스에 의존할 수밖에 없었다. 포탄 내부의 온도도 더는 견디기 어려울 만큼 내려가 있었다. 이대로 가면 탑승자들은 얼어 죽었을 것이다.

"여행이 단조롭다고 불평할 수는 없겠군." 아르당이 말했다. "적어도 온도에서는 변화무쌍해. 남미의 인디오들처럼 햇빛에 눈이 부시고 더위로 몸을 태우는가 했더니, 지금은 북극의 에스키모처럼 혹한 속에서 깊은 어둠에 잠겨 있으니 말이야."

"그런데 바깥 온도는 어느 정도일까?" 니콜이 물었다.

"우주 공간의 온도겠지." 바비케인이 대답했다.

"그럼 우리가 햇빛 속에 잠겨 있었을 때 감히 시도해 보지 못한 실험을 하기에 마침 좋은 기회가 아닐까?" 아르당이 물었다.

"지금이야말로 절호의 기회야!" 바비케인이 받았다.

"어쨌든 춥군." 아르당이 말했다. "저것 봐! 내부의 습기가 현창에 엉겨 붙고 있어. 이대로 온도가 계속 떨어지면, 우리가 내쉬는 입김이 눈으로 변해서 우리 주위에 떨어질 거야."

"온도계를 준비하세." 바비케인이 말했다.

"바깥 온도를 어떻게 재지?" 니콜이 물었다.

"그거야 어렵지 않지." 절대 당황하는 법이 없는 아르당이 대답했다. "재빨리 현창을 열고 온도계를 밖으로 내던지면 얌전히 포탄을 따라올 테니까, 15분 뒤에 다시 끌어들이면……"

"손으로?" 바비케인이 물었다.

"그럼, 손으로." 아르당이 대답했다.

"그러면 큰일나." 바비케인이 말했다. "손을 밖에 내놓으면 지독한 추위 때문에 꽁꽁 얼어서 떨어져 나가고, 보기 흉하게 뭉툭한 부분만 남게 될 테니까."

"정말?"

"손에 심한 화상을 입은 것처럼 느껴질 거야. 게다가 우리가 포탄 밖에 내던진 물건들이 아직까지 우리를 따라오고 있는지도 확실치 않아."

"왜?" 니콜이 물었다.

"우리가 대기권을 통과하고 있다면, 대기의 밀도가 그리 높지 않더라도 포탄 밖의 물체는 속도가 느려질 테니까. 그리고 밖은 캄캄하니까 그 물체들이 우리 주위에 떠 있는지 어떤지 확인할 수도 없어. 그러니까 온도계를 잃고 싶지 않으면 온도계를 끈으로 묶어서 안으로 쉽게 끌어들일 수 있도록 해야 돼."

그들은 바비케인의 제안에 따르기로 했다. 재빨리 현창을 열고 니콜이 온도계를 던졌다. 금방 끌어당길 수 있도록 짧은 끈으로 온도계를 묶었다. 현창은 1초도 열리지 않았지만, 그 짧은 시간 동안 지독한 냉기가 포탄 안으로 흘러들었다.

"정말 지독하군! 북극곰도 얼어 버리겠어!" 아르당이 외쳤다.

바비케인은 30분이 지날 때까지 기다렸다. 30분이면 온도계의 눈금이 우주 공간의 온도 수준까지 내려갈 수 있었다. 이윽고 시간이 되었기 때문에 온도계를 재빨리 끌어당겼다.

바비케인은 온도계 아래쪽의 작은 유리병 속으로 흘러든 알코올의 높이를 조사했다.

"섭씨 영하 140도."

29장

쌍곡선이냐 포물선이냐

지구 시간으로 12월 6일 오전 8시인 지금, 세 명의 여행자들은 정확히 어디에 있었을까? 확실한 것은 허공에 거대한 장막처럼 쳐진 달 바로 옆이라는 것뿐이었다. 그 검은 장막에서 얼마나 떨어져 있는지는 알 수 없었다. 포탄은 설명하기 어려운 힘으로 달의 인력에 저항하면서, 50킬로미터도 채 안 되는 거리를 두고 달의 북극을 스쳐 지나갔다. 하지만 달의 그늘 속에 들어온 지 두 시간이 지난 지금, 포탄은 달에서 멀어졌을까 아니면 더 가까워졌을까.

여전히 수다스러운 아르당은 포탄이 달의 인력에 끌려 운석이 지구에 떨어지듯 달에 떨어질 거라고 주장했다. 여기에 대해 바비케인은 이렇게 대꾸했다.

"우선 모든 운석이 반드시 지구에 떨어진다고는 할 수 없어. 떨어지는 것은 극소수에 불과해. 따라서 우리가 운석과 같은 상태에 있다 해도 반드시 달 표면에 도달한다고는 할 수 없지."

"달에 아주 가까이 가 있어도?" 아르당이 물었다.

"그건 아니야. 자네는 수천 개의 유성이 하늘에 줄무늬를 그리면서 날아가는 것을 본 적이 있겠지?"

"물론."

"그런 유성이나 입자는 대기층 위를 미끄러지면서 뜨거워졌을 때에만 빛을 낸다네. 그런 유성들은 지구에서 최소한 64킬로미터 떨어진 거리를 달리고, 지구 표면에는 거의 떨어지지 않아. 우리 포탄도 마찬가지야. 포탄이 달에 아주 가까이 접근해도 달 표면에는 떨어지지 않을 거야."

"그러면 우리 포탄이 우주 공간을 어떤 식으로 방황할지 궁금하군." 아르당이 물었다.

바비케인은 잠시 생각한 뒤에 대답했다.

"두 가지 가설을 세울 수 있는데……."

"뭔데?"

"포탄은 두 가지 곡선 가운데 하나를 택할 거야. 포탄은 속력에 따라 둘 중 하나를 선택하겠지만, 아직은 어느 쪽인지 알 수 없어."

"그래. 쌍곡선이나 포물선을 그리겠지." 니콜이 말했다.

"포물선이란 게 도대체 뭐지?" 아르당이 물었다.

그러자 니콜이 대답했다.

"포물선은 원뿔을 하나의 옆면에 평행한 평면으로 자를 때 나타나는 곡선이야."

"아, 그렇군!" 아르당은 만족스러운 투로 말했다.

"그건 곡사포에서 발사된 포탄이 그리는 탄도와 아주 비슷하지." 니콜이 덧붙여 말했다.

"잘 알았네. 그럼 쌍곡선은?"

"쌍곡선은 원뿔면과 그 축에 평행한 평면의 교점으로 생기는 곡선이라네. 서로 떨어져 있는 두 개의 지선으로 이루어져 있고, 이 두 지선은 두 방향으로 무한히 뻗어 나갈 수 있지."

포탄은 어떤 곡선을 그렸을까? 이것이 문제였다. 한 사람은 쌍곡선이라고 주장했고 또 한 사람은 포물선이라고 주장했다. 이 논쟁의 격렬함은 아르당도 놀랄 정도였다. 둘 다 자기가 그은 곡선을 위해 한 걸음도 물러서지 않았다.

이 과학적인 논쟁이 너무 오래 계속되었기 때문에 아르당은 초조해지기 시작했다.

"둘 다 그만해! 이 문제에서 내가 알고 싶은 건 하나뿐이야. 우리 포탄이 자네들 말대로 쌍곡선이나 포물선 가운데 하나를 따른다고 해. 그러면 그 곡선은 우리를 어디로 데려갈까?"

"어디로도 데려가지 않아." 니콜이 대답했다.

"뭐? 어디로도 데려가지 않는다고?"

"그래." 바비케인도 말했다. "그 두 곡선은 무한히 연장되는 끝없는 곡선이니까."

"아아, 학자들이란!" 아르당이 소리쳤다. "쌍곡선이든 포물선이든 우리를 끝없는 공간으로 데려가는 건 마찬가지니까, 어느 쪽을 택하든 상관없잖아!"

바비케인과 니콜은 웃지 않을 수 없었다. 그들은 '예술을 위한 예술' 같은 일을 하고 있었던 것이다. 가장 부적당한 시기에 그런 부질없는 논쟁을 벌이다니. 진실은 포탄이 쌍곡선을 그리든 포물선을 그리든, 지구와도 달과도 결코 만나지 않는다는 것이었다.

그런데 이 용감한 여행자들은 가까운 장래에 어떻게 될까? 굶어 죽지 않아도, 목이 말라 죽지 않아도, 며칠 뒤에 가스가 바닥나면 공기가 없어져서, 추위 때문에 얼어 죽지 않는다면 질식해서 죽을 것이다.

이제는 관측을 계속하기가 무척 어려워졌다. 포탄 내부의 습기가 유리창 위에 엉겨 붙어 순식간에 두꺼운 얼음층이 생겼기 때문이다. 그래서 몇 번이나 유리창을 문질러 불투명한 성에를 제거해야 했다.

지구에서는 보이지 않는 이 달의 뒷면에 공기가 있다면, 유성이 달에 줄무늬를 그리며 달리는 것이 보이지 않을까?

포탄 자체가 달의 대기층을 지나고 있다면, 달의 메아리가 되어 들려오는 소리, 예를 들면 태풍이 휘몰아치는 소리나 눈사태 소리, 화산이 폭발하는 소리가 들려오지 않을까? 분화하는 산이 불을 내뿜고 있다면 그 빛이 보이지 않을까? 이런 사실을 확인할 수 있다면 달의 구성에 대해 불확실한 부분이 명확하게 해명될 터였다. 그래서 바비케인과 니콜은 현창에 달라붙어 참을성 있게 달을 관찰하고 있었다.

하지만 지금까지 달은 침묵을 지켰고, 빛도 보이지 않았다. 열성적인 여행자들이 던진 다양한 의문에 전혀 대답해주지 않았다. 아르당이 이런 감상을 말한 것은 당연했다.

"이 여행을 처음부터 다시 한다면, 달이 초승달일 때에 맞추는 게 좋겠군."

"옳은 말이야." 니콜이 말했다. "물론 햇빛 속에 잠겨 있는 달은 포탄이 날고 있는 동안은 보이지 않을 거야. 그 대신 보름달 모양의 지구가 보이겠지. 게다가 지금처럼 달의 인력에 끌려 달 주위를 돈다면, 적어도 우리는 지구에서 보이지 않는 이 뒷면이 햇빛을 받는 것을 볼 수 있다는 이점이 있어."

"바비케인, 자네는 어떻게 생각하나?" 아르당이 물었다.

"나는 이렇게 생각해." 바비케인이 엄숙하게 대답했다. "이 여행을 처음부터 다시 한다 해도 역시 같은 시기에 같은 조건으로 출발하게 될 거라고. 우리가 목적지에 도달했다고 가정하면, 이런 캄캄한 어둠에 잠겨 있는 것보다 밝은 햇빛을 받고 있는 달나라를 보는 편이 훨씬 나으니까. 그러니까 보름달일 때를 선택한 것은 옳은 선택이었어. 하지만 우리는 목적지에 도착했어야 하고, 목적지에 도착하기 위해서는 진로를 벗어나지 말았어야 해."

"거기에 대해서는 나도 할 말이 없어." 아르당이 대답했다. "하지만 우리가 달의 뒷면을 관측할 절호의 기회를 놓친 건 사실이야."

그러는 동안에도 포탄은 어둠 속에서 예상할 수 없는 탄도를 그리고 있었다. 기준점이 전혀 없었기 때문에 포탄의 진로를 확인할 도리가 없었다. 포탄은 달의 인력이나 다른 천체의 작용으로 방향을 바꾸었을까? 바비케인은 이 의문에 대답할 수 없었다. 하지만 포탄의 상대적 위치에 변화가 일어난 것을 바비케인은 오전 4시쯤 확인할 수 있었다.

포탄 바닥이 달 표면 쪽으로 돌려져 있었기 때문이다. 포탄은 달에 대해 수직으로 선 채 날고 있었다. 달의 인력, 즉 중력이 이런 변화를 일으켰다. 포탄에서 가장 무거운 부분이 달로 떨어지려는 것처럼 지구에서 보이지 않는 달의 뒷면 쪽으로 기울어진 것이다.

그러면 포탄은 달로 떨어질까? 여행자들은 마침내 대망의 목적을 달성할 수 있을까? 아니, 그렇지는 않았다. 기준점을 관측해 본 결과, 포탄은 달에 가까이 가지 않고 중심점이 거의 같은 곡선 궤도를 그리고 있었다.

그 기준점은 검은 원반 같은 달의 지평선 끝에서 니콜이 갑자기 발견한 밝은 점이었다. 그 빛을 별과 혼동할 수는 없었다. 조금씩 커져 가는 그 불그레한 빛은 포탄이 그쪽으로 방향을 돌리고 있지만 달 표면으로 떨어지고 있지는 않다는 것을 보여 주는 결정적인 증거였다.

“화산이다! 그것도 분출하는 활화산이야!” 니콜이 외쳤다. “달의 내부에서 불이 뿜어져 나오고 있어! 저 세계는 아직 불이 꺼지지 않았어.”

“그래. 정말로 분화로군” 바비케인이 야간용 망원경으로 그 불빛을 주의 깊게 바라보면서 말했다. “저게 화산이 아니라면 도대체 뭐겠어?”

“하지만 저렇게 계속 타기 위해서는 공기가 필요해. 따라서 공기가 달의 저 부분을 둘러싸고 있는 게 분명해.” 아르당이 말했다.

“아마 그렇겠지.” 바비케인이 받았다. “하지만 반드시 공기가 필요하다고 할 수는 없어. 화산은 어떤 물질의 분해작용으로 스스로 산소를 공급해서 공중으로 불길을 내뿜을 수도 있지. 연소되는 물질의 강렬한 밝기로 보아 저 폭발적인 연소는 순수한 산소 속에서 이루어지는 것 같아.”

그 빛은 보이기 시작한 지 30분 만에 어두운 지평선 너머로 사라져 버렸다. 하지만 이 현상을 관찰했다는 것은 달을 연구할 때 중대한 문제였다. 그것은 달 내부에서는 아직 열기가 완전히 사라지지 않았음을 말해준다. 그리고 달 내부에 아직 열이 존재한다면 식물만이 아니라 동물까지도 지금까지 온갖 파괴적인 영향력에 저항하면서 살아남았을지 모른다. 그럴 가능성이 없다고 누가 단언할 수 있겠는가?

바비케인은 이런 생각에 몰두하여, 달나라의 신비로운 운명에 대한 깊은 상념에 잠겼다. 그가 지금까지 관찰한 사실들을 종합하려 하고 있을 때 갑자기 새로운 사건이 일어나 그를 다시 현실로 데려왔다. 이 사건은 단순한 우주 현상이 아니라 심각한 재난을 초래할 수도 있는 위험한 사건이었다.

그 깊은 어둠 속, 에테르 한복판에 갑자기 거대한 덩어리가 나타난 것이다. 그것은 달과 비슷했지만 백열광을 내는 달이었다. 그 빛은 우주 공간의 무시무시한 어둠을 날카롭게 가르고 있어서 더욱 강렬해 보였다. 그 둥근 덩어리가 던진 빛이 포탄 내부를 가득 채웠다.

바비케인, 캡틴 니콜, 미셸 아르당의 얼굴은 모두 그 하얀 빛을 받아 마치 유령처럼 창백하고 흐릿해 보였다.

"맙소사!" 아르당이 소리쳤다. "우리 꼴이 소름끼치는군. 저 심술궂은 달은 도대체 뭐지?"

"운석이야." 바비케인이 대답했다.

"우주 공간에서 타고 있는 운석?"

"그래."

그 불덩어리는 정말로 운석이었다. 기껏해야 400킬로미터밖에 떨어지지 않은 어둠 속에 불쑥 나타난 유성은 바비케인이 보기에 지름이 2,000미터는 되어 보였다. 유성은 1초에 2킬로미터 정도의 속도로 다가오고 있었다. 다가올수록 유성은 어마어마하게 커졌다. 몇 분 뒤에는 포탄에 도달할 터였다.

여행자들은 용감하고 냉정하고 초연했지만, 이 위험 앞에서는 무서운 공포에 사로잡혀 팔다리가 마비되고 말았다. 그들은 그 자리에 못이 박힌 듯 옴짝달싹도 못한 채 말없이 서 있었다. 진로를 바꿀 수 없는 포탄은 입을 벌린 화덕처럼 뜨거운 불덩어리를 향해 곧장 나아가고 있었다. 까마득한 절벽에서 불구덩이로 곤두박질치고 있는 것만 같았다.

바비케인은 두 친구의 손을 잡았다. 셋 다 하얗고 뜨거운 그 유성을 반쯤 감은 눈으로 바라보고 있었다. 아직 생각할 기력이 남아 있었다면, 그들은 이제 드디어 끝장이구나 하고 체념했을 것이다.

유성이 갑자기 출현한 지 2분—그들에게는 그 2분이 고통의 200년처럼 느껴졌다—뒤, 포탄은 유성과 금방이라도 충돌할 것 같았다. 바로 그때 불덩어리가 폭탄처럼 터졌다. 하지만 우주 공간에서는 아무 소리도 나지 않았다. 소리는 공기의 진동에 불과하니까, 진공 속에서는 소리가 생기지 않기 때문이다.

니콜이 무심코 소리를 질렀다. 모두 서둘러 현창으로 달려갔다.

얼마나 놀라운 광경인가! 그것은 분화구의 폭발 같기도 하고, 큰 화재의 불길과도 비슷했다. 수많은 장작에 불이 붙어, 불길이 우주 공간에 줄무늬를 그리고 있었다. 온갖 색채와 그것이 만들어내는 음영이 보였다. 노란색·주황색·붉은색·초록색·청회색의 빛, 그것은 가지각색의 불꽃을 쏘아 올린 것 같았다. 그 거대하고 무시무시한 덩어리는 산산조각이 났고, 이번에는 그 조각들 하나하나가 운석이 되어 사방팔방으로 흩어져 날아갔다. 어떤 것은 칼날처럼 번쩍거리고, 어떤 것은 하얀 구름에 둘러싸이고, 또 어떤 것은 반짝이는 우주 먼지를 뒤에 꼬리처럼 길게 끌고 있었다.

이 백열 덩어리들은 서로 부딪쳐서 더욱 작은 파편이 되어 흩어졌다. 어떤 것은 포탄에 부딪히기도 했다. 외쪽 유리창이 격렬한 충격을 받고 금이 갔다. 포탄은 우박처럼 쏟아져 내리는 총알 속을 떠다니고 있는 듯했다. 가장 작은 총알에 맞아도 포탄은 박살이 나 버릴 것이다.

에테르 속에 가득 차 있는 빛은 점점 농도가 짙어졌다. 그것은 작은 운석들이 사방팔방으로 날아가고 있었기 때문이다. 그 빛이 너무 강렬해서, 미셸은 바비케인과 아르당을 현창으로 끌고 가면서 소리쳤다.

"지금까지 보지 못한 달의 뒷면을 마침내 볼 수 있게 됐어!"

세 사람은 몇 초 동안 지속된 빛 속에서, 인간의 눈에 최초로 드러난 그 신비로운 달의 뒷면을 언뜻 보았다.

그들은 측정할 수 없는 그 거리에서 도대체 무엇을 보았을까? 둥근 달의 가장자리를 따라 지극히 제한된 대기권 속에 만들어진 진짜 구름 덩어리가 몇 개 떠 있고, 그런 구름장 사이로 산과 기복들이 얼굴을 내밀고 있었다. 달 표면에는 높고 낮은 분화구들이 멋대로 흩어져 있었다. 나머지는 불모의 들판이 아니라 드넓은 진짜 바다였다. 끝없이 펼쳐진 해수면은 우주 공간에서 벌어지는 눈부신 불꽃놀이를 거울처럼 반사하고 있었다. 끝으로 대륙의 표면에는 급속히 달리는 빛을 받아 거대한 숲처럼 보이는 검은 덩어리가 펼쳐져 있었다.

우주 공간의 섬광은 점점 약해지고, 돌발적인 빛은 잦아들었다. 운석들은 사방팔방으로 흩어져 멀리 사라졌다. 에테르는 여느 때의 어둠을 되찾았다. 순간적으로 빛을 잃었던 별들은 다시 빛나기 시작했고, 잠깐 얼굴을 내밀었던 달의 뒷면은 또다시 깊은 어둠 속에 묻혀 버렸다.

30장

남반구

포탄은 예기치 못한 위험에서 천만다행으로 벗어났다. 이런 유성들을 만나게 될 줄이야 누가 알았겠는가? 유성은 여행자들에게 심각한 위험을 초래할 수 있었다. 그것은 에테르의 바다에 박힌 수많은 암초나 마찬가지였지만, 선원들보다 불운한 그들은 암초를 피할 수도 없었기 때문이다. 하지만 이 모험가들은 자기네 불운을 한탄하고 있을까? 아니다. 자연은 운석들이 엄청난 폭발로 눈부시게 빛나는 광경을 그들에게 보여 주었기 때문이다. 그리고 그 독특한 불꽃놀이로 몇 초 동안이나마 달의 뒷면을 볼 수 있었기 때문이다.

지금은 오후 3시 반이었다. 포탄은 곡선을 그리며 달 주위를 날고 있었다.

여행자들은 휴식을 취할 생각은 조금도 하지 않았다. 모두 천문학 연구에 새로운 빛을 던져 줄 뜻밖의 사실이 나타나기를 기다리고 있었다. 5시쯤 아르당은 저녁 식사라면서 빵과 차가운 고기를 내놓았지만, 수증기가 엉겨 붙은 현창 옆을 아무도 떠나지 않고 서둘러 음식을 삼켰다.

오후 5시 45분경, 망원경으로 밖을 관찰하고 있던 니콜이 달의 남극 저편, 포탄이 가고 있는 방향에서 빛나는 무언가가 검은 장막 같은 하늘에 떠 있는 것을 보았다. 뾰족한 점들이 길게 이어져서 바르르 떨리는 하나의 선처럼 보이는 듯했다. 그것은 아주 밝았다.

틀릴 리가 없었다. 그것은 단순한 유성이 아니었다. 그 빛나는 등성이는 색깔도 없고 움직이지도 않았다. 그것은 분출하고 있는 화산도 아니었다. 바비케인은 망설이지 않고 선언했다.

"태양이다!" 그가 소리쳤다.

"뭐! 태양이라고?" 니콜과 아르당이 되물었다.

"그래, 친구들. 저건 달의 남쪽 경계에 있는 산들의 꼭대기를 비추고 있는 태양이라네. 우리는 분명 남극에 다가가고 있어."

"그럼 우리는 북극을 지난 뒤 달을 한 바퀴 돌았군?"

"그래, 미셸."

"그럼 포탄의 진로는 쌍곡선도 포물선도 아니고, 끝없이 이어지는 무서운 곡선도 아니겠군?"

"타원이야. 포탄은 우주 공간으로 사라지지 않고 달 주위에서 타원형 궤도를 그리게 될 것 같아."

"정말이야?"

"달의 위성이 되는 거지."

"달의 달이 된다고?" 아르당이 외쳤다.

"하지만 그렇다고 해서 위험이 사라진 건 아니야."

"그래. 하지만 다른 방법으로, 훨씬 유쾌한 방법으로 죽겠지." 태평스러운 아르당은 더없이 상냥한 미소를 지으면서 대꾸했다.

바비케인의 말은 당연했다. 포탄은 달의 인력에 이끌려 타원형을 그리면서 달 주위를 영원히 돌게 될 것이다. 포탄은 태양계에 추가된 또 하나의 별이고, 주민이 셋뿐인 아주 작은 천체지만, 이제 곧 공기가 바닥나면 그들은 지구에 마지막 작별을 고하고, 이제 다시는 지구를 보지 못할 것이다. 그리고 그들의 포탄은 무력한 운석처럼 죽어 버린 덩어리가 되어 에테르 속을 계속 빙글빙글 돌 것이다. 그들에게 유일한 위안은, 드디어 헤아릴 수 없는 어둠에서 벗어나 다시 빛의 세계로 돌아가서 햇빛을 가득 받고 있는 지구를 다시 볼 수 있다는 것이었다.

오후 6시, 포탄은 남극 상공 60킬로미터 위치를 통과했다. 이 거리는 북극에 접근했을 때의 거리와 비슷했다. 따라서 포탄은 타원형 곡선을 정확하게 그리고 있었다.

그 순간 여행자들은 다시 유익한 햇빛 속으로 들어갔다. 그들은 동쪽에서 서쪽으로 천천히 움직여 가는 별들을 다시 보았다. 그들은 만세 삼창으로 태양에 인사를 보냈다. 빛과 함께 태양이 던지는 열은 곧 금속제 벽을 통해 포탄 안으로 들어왔다. 현창의 유리도 다시 여느 때의 투명함을 되찾고 있었다. 두껍게 얼어붙은 성에가 마법에라도 걸린 것처럼 녹아 버린 것이다. 그들은 절약하기 위해 곧 가스를 껐다. 공기 조절 장치만은 여느 때와 마찬가지로 가스를 소비하고 있었다.

"아! 햇빛은 정말 좋군!" 니콜이 말했다. "기나긴 밤 동안 달나라 사람들은 태양이 다시 나타나기를 얼마나 애타게 기다릴까!"

"그래." 그 빛나는 에테르를 빨아들이면서 아르당이 말했다. "빛과 열! 생명이 모두 거기에 있어!"

그때 포탄은 상당히 길쭉한 타원 궤도를 그리려는 듯 달 표면에서 멀어지려 하고 있었다. 지구가 보름달 위치에 있었다면 바비케인과 두 친구는 그 위치에서 지구와 재회할 수도 있었을 것이다. 하지만 지구는 햇빛 속에 잠겨 있어서 전혀 보이지 않았다. 달은 망원경을 사용하면 500미터 거리에 있는 것처럼 보였다. 세 사람은 이제 현창 곁을 떠나려고도 하지 않고 이 대륙의 이모저모를 세세한 점까지 모두 기록했다.

되르펠산과 라이프니츠산은 두 개의 산맥을 형성하며 남극까지 뻗어 있었다. 변덕스러운 윤곽을 그리는 이 산들의 등성이에 눈부시게 하얀 것이 나타나 있었다. 바비케인은 강한 확신을 가지고 그 하얀 것의 성질을 확인할 수 있었다.

"저건 눈이야!" 그가 외쳤다.

"눈이라고?" 니콜이 되물었다.

"그래, 니콜. 표면에서 깊숙한 곳까지 얼어 버린 눈이야. 얼마나 강하게 햇빛을 반사하는지 봐. 용암이 식은 것은 이렇게 강렬히 빛을 반사하지 않아. 그렇다면 달에는 물도 공기도 있는 거야. 양은 적겠지만, 물과 공기가 있다는 사실은 이제 부정할 수 없어!"

그렇다. 이 사실은 부정할 수 없었다. 바비케인이 다시 지구로 돌아가게 되면, 그의 공책은 달에 관한 여러 가지 관찰 기록 중에서도 가장 중요한 이 사실을 증언하게 될 것이다. 되르펠산맥과 라이프니츠산맥은 분화구와 고리 모양의 성벽으로 둘러싸인 중간 크기의 평원 속에 우뚝 솟아 있었다.

하지만 포탄은 그것들을 모두 내려다보았고, 달 표면의 기복은 강렬한 빛 속에 잠겨 보이지 않았다. 여행자들이 본 것은 흰색과 검은색뿐, 음영의 차이도 없이 그대로 드러난 달의 본래 모습이었다. 그 풍경에는 산광, 즉 산란된 빛이 없었기 때문이다. 하지만 이 황량한 세계의 풍경은 그 기괴함 자체로 강렬한 호기심을 자아냈다.

세 사람은 폭풍에 휩쓸리기라도 한 것처럼 이 혼돈 위를 헤매면서, 발아래를 차례로 지나가는 봉우리들을 바라보고, 구덩이를 찾고, 홈을 따라 내려가고, 외벽을 기어오르고, 신비로운 동굴을 탐색하고, 모든 단층을 측정했다. 하지만 식물의 흔적도 보이지 않고, 시가지를 나타내는 표시 같은 것도 보이지 않았다. 거기에 있는 것은 겹쳐진 지층과 용암류, 그리고 똑바로 볼 수 없을 만큼 눈부신 빛이었다. 광택이 있는 암석이 거대한 거울처럼 햇빛을 반사하고 있었다. 생명의 세계에 속하는 것은 하나도 없고, 모두 죽음의 세계에 속하는 것들이었다.

지금 상황에서 이 세계는 완전히 죽음의 모습이었고, 과거에도 여기에 생명이 존재했다고는 말할 수 없었다.

위도 80도·경도 30도 지점을 지날 무렵, 왼쪽에 달의 산들 중에서 가장 아름다운 분화구가 나타났다. 그것은 뉴턴산이었다. 바비케인은 <월면도>를 참고하여 그것을 쉽게 확인할 수 있었다.

뉴턴산은 사발 모양의 분화구를 이루고 있고, 그 외벽은 높이가 7,264미터여서 쉽게 넘을 수는 없을 것 같았다. 하지만 그 높이는 그 깊이에 비하면 아무것도 아니었다. 그 커다란 구덩이는 깊이를 측정할 수 없고, 햇빛조차 바닥에 닿은 적이 없는 어두운 심연을 이루고 있었다.

뉴턴산을 지난 지 몇 분 뒤, 포탄은 블랑카누스산맥의 등성이를 어느 정도 거리를 두고 따라가다가 오후 7시쯤 클라비우스산에 이르렀다.

바비케인이 말했다.

"지구의 화산은 달의 화산과 비교하면 작은 언덕에 불과해. 지구에서는 스리랑카섬의 분화구가 가장 크다고 알려져 있는데, 너비가 70킬로미터 정도지만, 지금 우리가 내려다보고 있는 클라비우스산 분화구에 비하면 약과야."

"그럼 너비가 얼마나 되는데?" 니콜이 물었다.

"230킬로미터." 바비케인이 대답했다. "사실 이 분화구는 달에서 가장 중요한 분화구지. 하지만 다른 분화구들도 너비가 200킬로미터, 150킬로미터, 100킬로미터나 돼."

"아아!" 아르당이 소리쳤다. "이 모든 분화구에 굉음이 진동하고 용암이 급류를 이루고 돌멩이가 우박처럼 쏟아지고 검은 연기가 구름처럼 피어오르고 불길이 치솟았을 때, 이 달이 어떠했을지 상상할 수 있겠나? 얼마나 놀라운 광경이었을까. 그런데 지금은 어떤 꼴이 되었지? 폭죽의 초라한 잔해일 뿐이야."

주변의 평원은 황량한 양상을 띠고 있었다. 이보다 더 지독한 불모지는 없을 것이다. 대지를 뒤덮고 있는 산들의 폐허나 봉우리들의 부스러기만큼 슬픈 것은 없다. 달은 이 지점에서 폭발한 것처럼 여겨졌다.

포탄은 여전히 전진을 계속했고, 달의 혼돈은 조금도 변하지 않았다. 벼랑과 분화구와 무너진 산이 끊임없이 이어지고 있었다. 이제 평원도 바다도 없었다. 그리고 이 균열이 최고조에 이르렀을 때, 마침내 달 표면에서 가장 눈부시게 빛나는 티코산이 나타났다. 티코는 덴마크의 천문학자로, 그 유명한 케플러의 스승이었다.

맑은 하늘에 뜬 보름달을 바라볼 때, 달의 남반구에서 빛나는 이 지점을 알아차리지 못할 사람은 아무도 없다. 아르당이 온갖 비유를 동원하여 표현한 바에 따르면, 티코산은 불이 활활 타오르는 화로이고, 빛을 토해 내는 분화구이고, 조물주가 던져서 달의 얼굴에 맞고 부서진 별이었다.

이 티코산은 지구에서 40만 킬로미터나 떨어져 있어도 망원경 없이 볼 수 있을 만큼 눈부시게 빛나는 빛의 중심을 형성하고 있다. 따라서 겨우 600킬로미터 떨어진 곳에 있는 여행자들 눈에는 그 빛이 얼마나 강렬했을지 상상해 보라!

티코산은 너비가 87킬로미터나 되는 분화구가 중심을 차지하고 있다. 모양은 타원형이고, 성벽처럼 닫혀 있는 고리 모양의 외벽은 동쪽과 서쪽에서는 5,000미터 높이로 우뚝 솟아 바깥의 평원을 내려다보고 있다. 사실 티코산이 가장 빛나는 모습을 보이는 것은 보름달일 때였다. 그때는 그림자가 없어지고 원근법에 따른 단축이 사라지기 때문에, 사진으로 찍으려 해도 인화지가 새하얗게 되어 버린다. 정말 곤란한 일이다.

티코산을 이루는 봉우리들과 여행자들 사이의 거리가 별로 멀지 않았기 때문에, 세 사람은 봉우리들의 주요 특징을 포착할 수 있었다. 티코산의 요새를 이루고 있는 둑길 위에도 내부와 외부의 비탈진 측면에 달라붙어 있는 봉우리들이 층층이 솟아 있었다. 이 천연 요새는, 지구의 어떤 진지도 견줄 수 없을 만큼 난공불락의 성채를 이루고 있었다. 아니, 접근 자체가 불가능했다. 게다가 자연은 그 분화구 바닥을 그냥 내버려 두지 않았다. 분화구 바닥에는 독특한 지형이 형성되어, 그 자체가 하나의 별세계를 이루고 있었다.

아르당이 그 광경에 감탄하여 소리쳤다.

"아아! 저산들의 고리 안에 얼마나 웅대한 도시를 세울 수 있을까! 조용한 도시, 인간의 모든 불행 너머에 있는 평화로운 피난처! 염세주의자, 인간 혐오자, 사회생활에 염증을 느끼는 자들은 모두 저곳에서 조용하고 고립된 생활을 할 수 있을 거야!"

31장

중대한 문제

포탄은 티코산 분화구를 통과했다. 바비케인과 두 친구는 이 유명한 산이 사방팔방으로 뻗고 있는 빛줄기를 면밀하게 관찰했다.

저 빛은 도대체 뭘까? 불처럼 타고 있는 머리털 같은 저 줄기는 어떤 지질학적 현상일까? 이런 의문이 당연히 바비케인의 마음을 사로잡았다.

사실 그들의 눈 아래에는 가장자리가 젖혀져 있고 한가운데가 움푹 들어가 있는 밭고랑 같은 빛줄기가 온갖 방향으로 뻗어 있었다. 어떤 것은 너비가 20킬로미터에서 50킬로미터에 달했다.

어느 정도의 높이를 가진 기복처럼 평원 위를 달리고 있는 저 눈부신 빛줄기의 원인은 무엇일까? 모든 빛줄기는 공통의 중심점인 티코산 분화구에서 나오고 있었다.

"정말 놀랍군!" 아르당이 말했다. "저 빛줄기의 기원은 아주 쉽게 설명할 수 있을 것 같은데."

"정말이야?" 바비케인이 물었다.

"물론이지. 저건 커다란 별 모양의 금이야. 두꺼운 유리에 돌멩이가 맞았을 때 생기는 균열이라고 생각하면 돼!"

"그렇군!" 바비케인이 웃으면서 말했다. "저런 충격을 줄 만큼 커다란 돌을 던질 수 있는 강력한 팔의 주인은 도대체 누구지?"

"팔이 반드시 필요한 건 아니야." 아르당이 침착하게 대답했다. "나는 돌멩이라고 말했지만, 혜성이어도 괜찮아."

"뭐! 혜성이라고?" 바비케인이 소리쳤다. "혜성을 너무 남용하지 말게. 자네 설명은 나쁘지 않지만 혜성은 아니야. 저 균열을 만든 충격은 달 내부에서 온 거야. 달의 지표면이 급격한 냉각작용으로 격렬하게 수축했을 때 거대한 균열이 생긴 것은 충분히 생각할 수 있는 일이지."

"수축이라고? 그럼 그렇다고 해 두지. 달의 복통이라는 거로군." 아르당이 대답했다.

여행자들은 질리지도 않는지, 티코산의 아름다운 광경을 언제까지나 황홀하게 바라보고 있었다. 그들이 탄 포탄은 태양과 달에서 오는 이중의 빛을 받아 백열구처럼 보였을 게 분명하다. 그들은 지독한 추위에서 단숨에 뜨거운 열기 속으로 옮아간 것이다. 이리하여 자연력은 그들의 포탄을 달의 위성으로 만들 것처럼 보였다.

달의 위성이 된다는 생각은 달에서 사람이 생존할 수 있는가 하는 문제를 불러일으켰다. 미셸 아르당은 두 친구에게 각자의 의견을 말해 보라고 요구했고, 달나라에 동물이나 인간 사회가 존재하는 것에 대해 어떻게 생각하느냐고 솔직하게 물었다.

그러자 바비케인이 대답했다.

"그 문제는 이중적이고, 따라서 이중적인 해답을 요구해. 달에 생명체가 '살 수 있는가?' 달에 지금까지 생명체가 '살았던 적이 있는가?'"

"좋아." 니콜이 받았다. "우선 달에 생명체가 살 수 있는지부터 살펴보자고."

"솔직히 말해서 나는 모르겠어." 아르당이 대답했다.

"나는 살 수 없다고 생각해." 바비케인이 말했다. "달의 현재 상태를 보면 대기층이 있기는 하지만 아주 희박하고, 대부분은 물이 없는 바다이고, 물이 충분치 않으니까 식물은 극히 한정되어 있고, 추위와 더위가 급격히 바뀌고 354시간마다 낮과 밤이 바뀌는 것도 그렇고……. 역시 달은 거주하기에 적당치 않다고 생각해. 달은 동물계가 번성하기에도 적합하지 않은 것 같고, 물론 인류의 생존에도 부적당하다는 것이 내 생각이야."

"나도 같은 생각이야!" 니콜이 소리쳤다. "그러면 우리와 다른 조직을 가진 생물이라면 생존할 수 있을까?"

"우리는 500미터 거리에서 달을 관찰했지만, 그 표면에서 움직이는 것은 전혀 없었던 것 같아. 어떤 생명체가 존재한다면, 그에 따르는 다양한 건물이나 폐허 같은 흔적으로 그 존재가 드러났을 거야. 그런데 우리가 본 것은 뭐였지? 언제 어디서나 자연이 이루어 놓은 지질학적 결과만 보았을 뿐이고 인간이 만든 것은 하나도 보지 못했어. 그렇다면 한 가지 가설밖에 남지 않아. 달에 생명체가 살고 있다면, 그 생명체는 생명의 본질인 '운동'과 관계가 없다는 가설이지."

"그건 살아 있지 않은 생물이라고 말하는 거나 마찬가지야!" 아르당이 받았다.

"그래." 바비케인이 말했다. "그건 우리한테 아무 의미도 없지."

"그럼 우리 의견을 정리할 수 있겠군?" 아르당이 물었다.

"그래." 니콜이 대답했다.

"좋아." 아르당이 말을 이었다. "대포 클럽의 포탄 속에서 열린 과학위원회는 최근 관찰한 사실을 논의한 결과, 달에 거주할 수 있는가 하는 문제에 관하여 만장일치로 결론을 내리게 되었다. '달에는 생명체가 살 수 없다'고."

바비케인 회장은 이 결정을 12월 6일자 회의록에 기록했다.

그러자 니콜이 말했다.

"그럼 첫 번째 문제를 보완해 주는 두 번째 문제로 넘어가세. 달에 생명체가 살 수 없다면, 지금까지 한 번도 생명체가 산 적이 없었을까?"

바비케인이 대답했다.

"달을 직접 관찰한 결과, 달에는 일찍이 우리와 같은 조직을 가진 인류가 한때 거주한 적이 있으며, 달은 해부학적으로 지구의 동물과 같은 형태를 가진 동물을 낳은 적이 있다고, 나는 그렇게 믿고 단언하겠어. 하지만 덧붙여 말하면, 그 인류나 동물은 전성기가 끝나고 이제 영원히 절멸하고 말았어."

"그럼 달은 지구보다 오래되었겠군?" 아르당이 물었다.

"아니야!" 바비케인이 단호하게 말했다. "달은 지구보다 더 빨리 늙은 세계야. 달 표면을 봐. 저렇게 갈라지고 뒤틀리고 폭발한 상태가 그것을 여실히 증명하고 있어. 달도 지구도 원래는 가스 덩어리에 불과했지. 그 가스가 다양한 영향력을 받아 액체 상태로 변했고, 나중에 고체 덩어리가 만들어졌어. 하지만 우리 지구가 아직 기체이거나 액체 상태였을 때 달은 벌써 냉각하여 굳어졌고 생명체가 살 수 있게 된 게 분명해."

"나도 같은 생각이야." 니콜이 말했다.

바비케인이 말을 계속했다.

"달의 현재 상태에서는 긴 밤과 긴 낮이 생명체가 견딜 수 없는 온도 변화를 낳는다 해도 과거에는 그러지 않았을 거야. 유동성이 있는 대기층이 달 표면을 껍질처럼 싸고 있었어. 수증기가 구름 형태로 남아 있었지. 그 천연 차단막이 낮에는 햇빛의 열을 조절하고 밤에는 열의 방사를 막아 주었어. 빛도 열과 마찬가지로 공중에 확산될 수 있지. 대기권이 거의 완전히 사라진 지금은 천체 사이의 그런 균형이 존재하지 않아."

"그런데 달이 처음부터 지구의 위성이었다고 누가 단언할 수 있지?" 니콜이 말했다.

"그리고 달이 지구보다 먼저 존재하지 않았다고 누가 단언할 수 있지?" 이번에는 아르당이 외쳤다.

그들의 상상력은 무한한 가설의 영역으로 그들을 데려갔다. 바비케인은 그들을 억제하려 했다.

"그건 지나친 억측이야. 모두 해결할 수 없는 문제들이야. 거기에 너무 깊이 들어가지 않도록 하자고. 처음에 지구의 인력이 충분치 않았다는 것만 인정하기로 하세. 그러면 자전 운동과 공전 운동의 주기가 일치하지 않았을 테니까, 달에서도 현재의 지구와 마찬가지로 밤낮이 바뀔 수 있었을 거야. 그런 조건이 아니면 생명체는 존재할 수 없었어."

"그래서 인류가 달에서 사라져 버렸군?" 아르당이 물었다.

"그래. 분명 수백만 세기나 끈질기게 존속한 뒤에 사라져 버렸지. 대기가 점점 희박해지면서 달은 생명체가 살 수 없게 된 거야. 지구도 냉각되면 언젠가는 그렇게 되겠지."

"냉각?"

"그건 확실해. 내부의 불이 꺼지고 백열 물질이 응집되면서 달의 지표는 차갑게 식어 버렸어. 이 현상의 결과로 동물이 서서히 사라지고 식물도 사라졌지. 곧 대기가 희박해졌어. 아마 지구의 인력에 끌려갔겠지. 그러자 호흡할 수 있는 공기가 공중으로 날아가고 물이 증발하여 사라졌어. 이 시기에 달은 생명체가 살 수 없게 되었기 때문에 생명체도 더는 살고 있지 않았지. 달은 죽은 세계였지. 지금 우리가 보고 있는 것처럼."

"그럼 지구도 그와 똑같은 운명을 겪게 된단 말인가?"

"아마 그럴 거야."

"언제?"

"지각이 차갑게 식어서 생명체가 살 수 없게 되었을 때."

"학자들은 우리 지구가 차갑게 식는 데 걸리는 시간을 계산해 봤나?"

"물론이지."

"그럼 말해 봐. 자네가 하도 뜸을 들이니까 애가 타서 내 속이 부글부글 끓는군."

"좋아, 미셸." 바비케인이 조용히 대꾸했다. "우리는 1세기

동안 지구의 온도가 얼마나 내려가는지 알고 있어. 어떤 계산에 따르면, 지구 온도가 0도까지 내려가는 데 40만 년이 걸린다는군."

"40만 년?" 아르당이 소리쳤다. "아아! 이제 안심이다. 사실은 자네 말을 듣고 겁이 났다네. 나는 우리 인류가 5만 년밖에 못 살 줄 알았지."

바비케인과 니콜은 친구의 말에 웃지 않을 수 없었다. 이어서 니콜은 결론을 내리기 위해 다시 두 번째 질문을 던졌다.

"달에 생명체가 산 적이 있을까?"

대답은 만장일치로 '그렇다'였다.

토론이 벌어지고 있는 동안에도 포탄은 여전히 빠른 속도로 달에서 멀어지고 있었다. 달의 윤곽이 점점 여행자들의 시야에서 사라져 가고, 산들은 안개가 자욱이 끼어 있는 듯이 보였다. 지구의 위성에서 본 기묘하게 신비로운 모든 것은 이제 잊을 수 없는 기억으로만 남게 되었다.

32장

불가능과의 싸움

바비케인과 친구들은 오랫동안 입을 다물고, 두 번 다시 돌아올 가망이 없는 세계가 시야에서 점점 멀어져 가는 것을 감개무량한 눈길로 바라보고 있었다. 달에 대한 포탄의 위치는 완전히 달라져서, 이제는 포탄 아래쪽이 지구를 향하고 있었다.

바비케인은 이 변화를 알아차리고 적잖이 놀랐다. 포탄이 타원형 궤도를 그리며 달 주위를 돌고 있다면, 지구 주위를 도는 달처럼 무거운 부분을 달 쪽으로 돌려야 하지 않을까? 그런데 왜 방향이 반대가 되었을까? 이것은 이해할 수 없는 수수께끼였다.

달에서 멀어져 가는 포탄의 진로를 관찰해 보니, 달에 가까이 다가가고 있을 때와 비슷한 곡선을 그리고 있었다. 아주 길게 늘어난 그 타원형 곡선은 지구와 달의 인력이 같아져서 두 천체의 영향력이 상쇄되는 중립점까지 뻗어 있을 것이다.

"그 중립점에 도착하면 우리는 어떻게 될까?" 아르당이 물었다.

"그건 모르지." 바비케인이 대답했다.

"하지만 가설은 세울 수 있겠지?"

"두 가지 가설이 있어. 포탄의 속도가 불충분하면 지구와 달의 인력이 같아지는 중립점에 영원히 붙잡혀 있을 거야."

"두 번째 가설이 뭔지는 모르지만, 그게 더 마음에 드는군." 아르당이 말했다.

"또는 속도가 충분하면 타원형 궤도를 따라 영원히 달 주위를 돌게 되겠지."

"그것도 전혀 위안이 되지 않는군." 아르당이 말했다. "지금까지 달을 지구의 시녀로 생각했는데, 그 달의 비천한 종으로 전락하다니. 그러면 그게 우리를 기다리고 있는 운명인가?"

바비케인도 니콜도 대답하지 않았다.

"대답하지 않는군?" 아르당이 초조하게 말했다.

"대답할 말이 없어." 니콜이 대답했다.

"속수무책인가?"

"그래." 바비케인이 대답했다. "불가능과 맞서 싸우자는 얘기야?"

"왜 안 되지? 프랑스인 한 명과 미국인 두 명이 '불가능'이라는 말에 겁을 먹고 지레 꽁무니를 빼다니, 이거야 원."

"그래서 어떻게 할 건데?"

"이 포탄의 움직임을 억제하는 거야."

"억제해?"

"그래." 아르당은 기세 좋게 말을 이었다. "아니면 방향이나 속도를 바꾸어서 우리의 목표를 달성하는 데 이용하는 거야."

"그건 자네들이 할 일이지. 자기가 만든 포탄을 지배하지 못하면 그건 대포인이 아니야. 포탄이 포수를 지배한다면, 포탄 대신 포수를 대포 속에 밀어 넣는 편이 나을 거야. 자네들은 정말 훌륭한 학자들이군! 나를 꾀어서 포탄에 태워 놓고 우리가 어떻게 될지도 모르다니!"

"자네를 꾀었다고?" 바비케인과 니콜이 동시에 소리쳤다. "자네를 꾀었다고? 도대체 그게 무슨 소리야?"

"비난하는 게 아니야. 불평하는 것도 아니야. 여행은 즐거웠고, 포탄도 내 기질에 맞아. 하지만 달이 아니라도 좋으니까 어딘가에 떨어질 수 있도록 인간으로서 할 수 있는 일은 모두 다 해 보자는 거야."

"나도 그러고 싶지만 방법이 없어." 바비케인이 대답했다.

"포탄의 움직임을 바꿀 수 없나?"

"없어."

"속도를 줄일 수도 없나?"

"없어."

"뱃짐이 너무 무거울 때 바닥짐을 버려서 무게를 줄이듯 포탄을 가볍게 해도 안 될까?"

"뭘 버리자는 거지?" 니콜이 물었다. "포탄에는 바닥짐이 실려 있지 않아. 그리고 포탄을 가볍게 하면 오히려 속도가 훨씬 빨라질 것 같은데?"

"더 느려질 거야."

"더 빨라져."

"느려지지도 빨라지지도 않아." 바비케인이 두 친구를 화해시키려고 말했다. "우리는 진공 속에 떠 있으니까, 물건 고유의 무게를 생각하면 안 돼."

"좋아." 아르당이 단호한 목소리로 외쳤다. "그럼 할 일은 하나밖에 없군."

"그게 뭔데?" 니콜이 물었다.

"아침 식사." 가장 난감한 상황이 닥치면 언제나 이 해결책을 들고 나오는 프랑스인이 침착하고 넉살 좋게 대답했다.

그래서 그들은 오전 2시에 아침을 먹었다. 시간은 별로 중요하지 않았다. 아르당은 여느 때와 같은 음식을 준비했고, 비밀 창고에서 꺼낸 포도주로 마지막을 장식했다.

식사가 끝나자 또 관찰이 시작되었다.

포탄 주위에는 일정한 간격을 두고 밖으로 내던진 물건들이 그 간격을 그대로 유지한 채 따라오고 있었다. 포탄은 분명 달 주위를 돌고 있었고, 어떤 대기권에도 들어가지 않았다. 대기권에 들어갔다면 각 물체의 고유한 무게가 상대적 속도에 영향을 주었을 것이기 때문이다.

지구가 있는 쪽에는 아무것도 보이지 않았다. 지구는 전날 밤 자정에 초승달 모양이 되었다. 달이 있는 쪽은 풍경이 달라졌다. 달은 헤아릴 수 없이 많은 별들 속에서 환하게 빛나고 있었다. 달의 평원은 이미 지구에서 잘 보이는 어두운 색조로 돌아가 있었고, 나머지 부분은 여전히 밝게 빛나고 있었다. 특히 티코산은 태양처럼 유난히 밝게 빛났다.

바비케인이 다양한 상황이 초래하는 결과를 검토하고 거기에서 어떤 추론을 끌어낼 수 있을지를 생각하고 있을 때, 미셸 아르당의 외침 소리가 그를 방해했다.

"맙소사!" 아르당이 외쳤다. "우리가 바보 천치라는 걸 인정해야겠군!"

"우리가 바보 천치가 아니라고는 말하지 않겠지만, 왜 그러나?" 바비케인이 물었다.

"우리가 달에서 멀어지고 있는 속도를 늦출 수 있는 아주 간단한 방법이 있는데, 그 방법을 쓰지 않다니!"

"그게 뭔데?"

"역추진 로켓을 이용하는 거야."
"그렇군!" 니콜이 말했다.
"아직 그 반동력을 이용하지 않은 건 사실이지만, 나중에 이용할 거야." 바비케인이 말했다.
"언제?" 아르당이 물었다.
"때가 오면. 지금 포탄은 달 표면에 대해 아직 비스듬한 위치에 있다네. 지금 역추진 로켓을 사용하면 포탄의 방향은 조금 바뀌겠지만, 달에 가까이 가지 않고 오히려 멀어질 수도 있어. 그런데 우리가 도달하려는 목표는 달이 아니었나?"
"그래." 아르당이 대답했다.
"그럼 기다려. 포탄은 지금 설명할 수 없는 영향력을 받아 바닥을 지구 쪽으로 돌리고 있어. 지구와 달의 인력이 균형을 이루는 중립점에 이르면 포탄은 원뿔 꼭지를 완전히 달 쪽으로 돌릴 가능성도 있지. 그 순간 포탄의 속도가 0이 되기를 기대할 수도 있어. 그때야말로 역추진 로켓의 힘을 빌려 포탄이 달 표면으로 곧장 떨어지게 할 수 있을 거야."
"그거 좋군!" 아르당이 소리쳤다. "우리가 그 중립점을 처음 지났을 때는 포탄의 속력이 너무 빨랐기 때문에 그 방법을 쓰지 못했던 거잖아."
"그럴듯한 생각이야." 니콜도 맞장구쳤다.
"느긋하게 기다리자고." 바비케인이 말했다. "기회는 우리 편이야. 한때는 완전히 절망하기도 했지만, 결국 목적지에 도달할 수 있다고 믿게 됐어."

이 결론을 듣자마자 아르당은 만세를 불렀다.

그래도 해결해야 할 문제가 하나 남아 있었다. 포탄은 지구의 중력과 달의 인력이 같아지는 중립점에 정확히 언제 도달할 것인가? 시간은 꼼꼼히 기록되어 있었기 때문에 계산하기는 쉬웠다. 바비케인은 포탄이 12월 7일에서 8일로 넘어가는 밤 1시에 그 중립점에 도달하리라는 것을 알았다. 따라서 포탄의 진행을 방해하는 것이 없다면 22시간 뒤에는 중립점에 도달할 터였다.

역추진 로켓은 원래는 포탄이 달에 떨어질 때의 속력을 줄이기 위해 사용할 예정이었지만, 이제는 정반대의 목적에 사용하려 하고 있었다. 어쨌든 로켓은 준비되어 있으니까, 이제는 로켓을 발사할 순간을 기다리기만 하면 되었다.

"달리 할 일이 없으니까 내가 한 가지 제안을 하겠네." 니콜이 말했다.

"뭔데?" 바비케인이 물었다.

"잠을 자도록 하세."

"말도 안 돼!" 아르당이 외쳤다.

"우리는 벌써 40시간 동안이나 눈을 붙이지 않았어." 니콜이 말했다. "몇 시간 잠을 자면 기력이 회복될 거야."

"절대로 안 돼." 아르당이 니콜의 말을 가로막았다.

"사람마다 취향이 다르니까. 나는 자겠어." 니콜이 말했다.

그러고는 침대의자에 길게 드러눕자마자 금세 코를 골기 시작했다.

잠시 후 바비케인은 끊임없는 베이스로 니콜의 바리톤에 반주를 넣기 시작했다.

아르당은 혼자 깨어 있는 것을 알고 중얼거렸다.

'실제적인 사람들이 때로는 가장 적절한 생각을 하지.'

그도 긴 다리를 쭉 뻗고는 팔베개를 하고 곧 잠이 들었다.

하지만 이 잠은 평화로울 수도 없고 오래 지속될 수도 없었다. 세 사람의 머리가 온갖 생각으로 가득 차 있었기 때문이다. 몇 시간 뒤인 오전 7시쯤, 세 사람은 동시에 일어났다.

포탄은 여전히 달에서 멀어지고 있었고, 원뿔 꼭지는 점점 달 쪽으로 돌아가고 있었다.

행동해야 할 순간이 오려면 아직도 17시간을 기다려야 한다.

하루가 무척 길게 느껴졌다. 아무리 대담한 사람이라 해도, 자신의 운명이 결정되는 순간을 기다리면서 가슴이 설레지 않을 수는 없었다. 여행자들은 달로 떨어질 것인가, 아니면 영원히 변치 않는 궤도를 끝도 없이 돌게 될 것인가를 판가름할 결정적인 순간이 오기를 두근거리는 가슴으로 기다리고 있었다.

그럭저럭하는 동안, 그날은 아무 사고도 없이 지나갔다. 지구에서는 한밤중인 자정이 되었다. 12월 8일이 시작되려

하고 있었다. 이제 한 시간만 지나면 포탄은 중력의 균형점에 도달할 것이다.

포탄의 원뿔 꼭지는 벌써 달 표면 쪽으로 돌아가 있었다. 역추진 로켓의 압력으로 생기는 반동을 완전히 활용할 수 있는 상태였다. 여행자들에게 드디어 기회가 왔다. 포탄의 속력이 그 중립점에서 완전히 사라진다면, 달 쪽으로 조금만 움직여도 포탄을 결정적으로 낙하시키기에 충분할 것이다.

"한 시 5분 전." 니콜이 말했다.

"준비 완료." 아르당은 성냥을 가스불 쪽으로 돌리면서 대답했다.

"기다려!" 바비케인이 시계를 손에 들고 말했다.

이윽고 무게가 전혀 느껴지지 않게 되었다. 여행자들은 제 몸이 완전히 사라져 버린 듯한 느낌을 받았다. 그들은 중립점에 아주 가까이 다가와 있었다.

"한 시!" 바비케인이 말했다.

아르당이 로켓과 연결된 도화선에 성냥으로 불을 붙였다. 포탄 안에서는 폭음이 들리지 않았다. 공기가 없었기 때문이다. 하지만 현창을 통해 바비케인은 길게 이어진 연기를 보았다. 연기를 낸 불꽃은 금방 꺼졌다.

포탄은 내부에서 분명히 느낄 수 있을 만큼 충격을 받았다.

세 사람은 말없이 숨을 몰아쉬면서 뚫어지게 밖을 내다보

고 귀를 기울였다. 그 완전한 정적 속에서는 그들의 심장 소리를 들을 수도 있었을 것이다.

"낙하하고 있나?" 마침내 아르당이 물었다.

"아니야." 니콜이 대답했다. "포탄 바닥이 달 쪽으로 돌아가고 있지 않으니까!"

그 순간 바비케인이 현창에서 물러나 두 친구를 돌아보았다. 그의 얼굴은 무서울 만큼 창백하고, 이마에는 주름이 잡혀 있고, 입술은 꽉 다물고 있었다.

"떨어지고 있어!" 바비케인이 말했다.

"달로?" 아르당이 소리쳤다.

"아니, 지구로!"

"맙소사!" 아르당이 외치고는 다시 철학적으로 덧붙였다. "우리는 이 포탄에 들어올 때, 여기서 쉽게 나갈 수 없으리라고 각오하고 있었지!"

이제 무시무시한 낙하가 시작되었다. 포탄이 유지하고 있던 속도 때문에 포탄은 중립점을 지나쳤다. 역추진 로켓을 발사했어도 포탄의 진로는 바뀌지 않았다. 달에 갈 때 포탄을 중립선 너머로 데려갔던 속력이 돌아올 때도 똑같이 작용한 것이다. 물리 법칙에 따라 포탄은 '이미 지나간 점을 모두 그대로 지나갈' 운명이었다.

그것은 31만 2,000킬로미터 높이에서 떨어지는 무시무시한 낙하였다. 어떤 반발력도 낙하를 저지할 수는 없었다. 탄도학 법칙에 따르면 포탄은 콜럼비아드에서 발사되었을 때의 속력, 즉 초속 1만 6,576미터의 속도와 같은 속력으로 지상에 충돌한 터였다.

"우리는 죽었어!" 니콜이 냉정하게 말했다.

"그래도 괜찮아!" 바비케인은 종교적 열정이 담긴 말투로 대꾸했다. "우리가 죽는다 해도 우리 여행의 놀라운 성과는 널리 퍼질 거야. 내세에서 영혼은 기계나 엔진에 대해 아무것도 알 필요가 없을 거야! 영혼은 영원한 지혜와 공명하겠지!"

아르당이 끼어들었다.

"사실 내세는 우리가 달에 도달하지 못한 것을 충분히 위로해 줄 거야!"

바비케인은 운명에 기꺼이 따르겠다는 숭고한 체념의 몸짓으로 가슴팍 위에 팔짱을 끼면서 말했다.

"하늘의 뜻이 이루어지기를!"

33장

'서스퀴해나호'의 수심 측량

"대위, 수심 측량은 어떻게 됐나?"

"작업이 거의 끝나 가고 있는 것 같습니다." 브론스필드 대위가 대답했다. "그런데 이렇게 육지와 가까운 곳에서, 게다가 미국 해안에서 400킬로미터밖에 떨어지지 않은 곳에서 이렇게 깊은 곳을 발견하게 될 줄이야 누가 생각이나 했겠습니까? 수심이 이렇게 깊으면 해저 케이블을 깔기에 적당치 않습니다."

"나도 동감일세. 그런데 지금 위치는?"

"현재 해수면에서 6,500미터 깊이까지 내려갔는데, 측연(바다의 깊이를 재는 데 쓰는 납덩이)을 매단 공은 아직도 해저에 닿지 않았습니다. 바닥에 닿았다면 저절로 올라왔을 텐데 말입니다."

"닿았다!" 그 순간 타륜이 있는 곳에서 작업을 감독하고 있던 사람들 가운데 하나가 소리쳤다.

함장과 대위는 뒷갑판으로 올라갔다.

"수심은 어느 정도인가?" 함장이 물었다.

"6,637미터입니다." 대위는 수첩에 숫자를 적어 넣으면서 대답했다.

"브론스필드." 함장이 말했다. "측량 결과는 내가 기록하겠네. 이제 측연선을 끌어당기게. 그 작업에 몇 시간은 걸릴 거야. 괜찮다면 나는 가서 눈 좀 붙이겠네."

"그러세요, 함장님." 대위는 친절하게 대답했다.

밤 10시였다. 12월 11일도 아름다운 밤 속에서 끝나려 하고 있었다.

미국 해군의 500마력짜리 호위함인 '서스쿼해나호'는 미국 서해안에서 400킬로미터쯤 떨어진 태평양에서 멕시코 해안을 따라 뻗어 내려간 반도를 따라가면서 수심을 측량하고 있었다. 이 작업은 하와이 제도와 미국 서해안을 잇는 해저 케이블을 부설하는 데 가장 적당한 지점을 찾는 것이 목적이었다.

바람은 조금씩 잔잔해졌다. 이제 대기층에는 어떤 움직임도 느껴지지 않았다. 배의 깃발은 큰 돛대 끝에 매달린 채 꼼짝도 않고 늘어져 있었다.

조너선 블룸스베리 함장은 대포 클럽의 가장 열렬한 지지자 중의 하나인 블룸스베리 대령의 사촌이었다. 그는 수심을 측량하는 작업을 끝내기에 이보다 더 좋은 날씨를 바랄 수는 없었을 것이다.

그날은 12월 11일에서 12일로 넘어가는 밤이었다. 하현달이 수평선 위로 막 떠오르고 있었다.

블룸스베리 함장이 떠난 뒤, 브론스필드 대위와 몇몇 장교들은 선미루 갑판에 함께 서 있었다. 달이 뜨자 그들의 눈과 생각은 자연히 그쪽으로 돌아갔다.

"그들이 떠난 지 열흘이 지났어. 어떻게 됐을까?" 브론스필드 대위가 말했다.

"달에 도착했을 겁니다." 젊은 해군 사관후보생이 큰 소리로 대답했다. "여행자가 낯선 나라에 도착하면 으레 그렇듯이 산책이라도 하고 있겠지요."

"자네가 그렇게 말한다면 틀림없겠지." 브론스필드 대위는 빙긋 웃으면서 말했다.

그러자 다른 장교가 말했다.

"그들이 달에 도착한 것은 의심할 수 없어. 포탄은 달이 보름달이 되는 5일 자정에 달에 도착하도록 되어 있었지. 지금은 12월 11일이니까 엿새나 지났어. 어둠도 없는 달에서 24시간이 여섯 번이면 편안히 자리를 잡을 시간은 충분했을 거야. 그 용감한 사람들이 달의 시냇가 골짜기 바닥에서 야

영하는 모습이 눈에 보이는 것 같군. 그 옆에는 포탄이 낙하할 때의 충격으로 화산재 속에 반쯤 묻혀 있겠지. 캡틴 니콜은 땅의 높낮이를 측량하는 작업을 하고 있고, 바비케인 회장은 관측 결과를 기록하고 있고, 미셸 아르당은 달의 황무지를 시가 냄새로 가득 채우고……."

"그래요! 틀림없이 그럴 겁니다!" 젊은 사관후보생이 선배 장교의 공상적인 묘사에 열광하여 외쳤다.

"나도 그렇게 믿고 싶네." 냉철한 대위가 대답했다. "하지만 불행히도 달나라에서는 아직 아무 소식도 오지 않으니."

그러자 한 장교가 말했다.

"그 여행자들이 어떻게 됐는지, 무엇을 하고 무엇을 보았는지, 우리는 무엇보다도 거기에 관심을 가져야 해. 게다가 나는 실험이 성공한 것을 믿어 의심치 않지만, 만약 성공했다면 사람들은 또다시 그걸 시도할 거야. 콜럼비아드는 아직도 플로리다 땅속에 묻혀 있으니까, 이제 화약을 넣어서 쏘기만 하면 돼. 달이 천정에 올 때마다 여행객을 태운 포탄 객차를 달로 쏘아 보낼 수 있어."

"언젠가는 J.T. 매스턴도 친구들 곁으로 가겠군." 브론스필드 대위가 받았다.

"매스턴 씨가 받아만 준다면 저는 언제든지 동행할 각오가 되어 있습니다!" 사관후보생이 외쳤다.

"지원자는 부족하지 않을 거야." 브론스필드가 대꾸했다.

"허락된다면 지구 주민의 절반은 달로 이주하고 싶어할걸!"

'서스퀴해나호' 장교들 사이에 오간 이 대화는 오전 1시까지 계속되었다. 바비케인의 시도 이후, 미국인들 마음에서는 '불가능'이라는 말이 사라졌다. 그들은 이미 학자들만이 아니라 달나라에서 식민지를 개척할 이주민으로 구성된 탐험대를 조직했고, 달나라를 정복하기 위해 보병과 포병과 기병으로 구성된 군대까지 편성해 놓았다.

오전 1시에도 측연선을 끌어당기는 작업은 아직 끝나지 않았다. 아직도 3,000미터가 넘게 남아 있었고, 그것을 다 끌어 올리려면 몇 시간이 걸릴 터였다. 함장의 명령에 따라 불이 지펴졌고, 증기압이 올라가고 있었다. '서스퀴해나호'는 당장이라도 출발할 수 있었을 것이다.

그 순간(정확히 오전 1시 17분), 브론스필드 대위가 당직을 마치고 선실로 돌아갈 준비를 하고 있을 때, 멀리서 쉿쉿거리는 소리가 그의 주의를 끌었다. 동료들과 마찬가지로 대위도 처음에는 증기가 새어 나오는 소리라고 생각했다. 그런데 고개를 들어 보니 그 소리는 높은 하늘 꼭대기에서 나고 있었다. 저게 무슨 소리냐고 서로 물어볼 사이도 없이 그 소리는 무시무시하게 커졌고, 눈부시게 빛나는 운석이 갑자기 눈앞에 나타났다. 거대한 운석은 대기층을 통과하면서 공기와의 마찰과 빠른 속도 때문에 불이 붙어 활활 타오르고 있었다.

그 불덩어리는 순식간에 커져서 우렛소리와 함께 뱃머리의 기움돛대 위에 떨어졌다. 그리고 그 돛대를 고물 가까이까지 박살 낸 뒤, 귀청이 먹먹해지는 굉음과 함께 파도 속으로 사라졌다!

몇 미터만 앞에 있었다면 '서스퀴해나호'는 모든 승조원과 함께 침몰했을 것이다.

그 순간, 블룸스베리 함장이 옷도 제대로 입지 못한 채 앞갑판으로 달려 나왔다. 다른 장교들도 모두 서둘러 나타났다.

"도대체 무슨 일인가?" 함장이 소리쳤다.

젊은 사관후보생이 외쳤다.

"함장님! '그들'이 돌아왔습니다!"

34장

J.T. 매스턴의 등장

'서스쿼해나호' 갑판에서는 대소동이 벌어졌다. 장교와 수병들은 하마터면 배가 박살 나서 파도 속으로 침몰할 뻔했던 위험도 잊어버리고, 오로지 '그 여행'이 파국으로 끝난 것밖에 생각지 않았다.

젊은 사관후보생은 "그들이 돌아왔다!"고 외쳤을 뿐인데, 모든 사람이 당장 그 말뜻을 알아차렸다. 그 운석이 대포 클럽의 포탄이라는 데 의심을 품는 사람은 아무도 없었다. 포탄 속에 있는 여행자들의 운명에 관해서는 의견이 둘로 나뉘었다.

"죽었어!" 누군가가 말했다.

"아니야. 살아 있어. 수심이 깊어서 추락의 충격이 약해졌어." 다른 사람이 반박했다.

"하지만 공기가 바닥났을 테니까 질식은 면할 수 없을 거야!" 또 다른 사람이 말했다.

"불에 타 죽었어!" 또 다른 사람이 끼어들었다. "포탄은 공중에서 떨어질 때 하얀빛을 낼 만큼 뜨겁게 달아오른 불덩어리에 불과했어!"

"살아 있든 죽었든, 어쨌든 바다에서 건져 올려야 해!"

블룸스베리 함장은 곧 장교들을 소집하여, 함장으로서 의견을 말했다. 당장 할 일을 결정해야 했다. 가장 시급한 조치는 포탄을 인양하는 것이었다. 불가능한 일은 아니지만 무척 어려운 작업이었다. 포탄을 인양하려면 고정되어 있는 강력한 기계가 필요했지만, 호위함인 '서스쿼해나호'에는 그런 기계가 없었다. 그래서 가장 가까운 항구에 들러 포탄 추락에 대한 정보를 대포 클럽에 알리기로 했다.

이 결정에는 아무도 이의가 없었다. 다음에는 어느 항구를 택할 것인가를 논의해야 했다. 가까운 북위 27도선 해안에는 배가 닻을 내릴 만한 정박지가 없었다.

거기서 좀 더 위로 올라가면 샌프란시스코만이 있었다. 그곳에서는 물론 미국 중심부와 자유롭게 통신할 수 있었다. 그 항구에 가려면 '서스쿼해나호'가 전력을 다해도 이틀 가까이 걸린다. 그래서 빨리 출발해야 했다.

출발 준비는 당장 끝났다. 측연을 매단 줄은 아직도 바닷

속에 3,600미터나 남아 있었지만, 블룸스베리 함장은 귀중한 시간을 잃고 싶지 않아서 그 밧줄을 자르기로 했다.

"줄에다 부표를 묶어 두게. 그러면 포탄이 떨어진 정확한 위치를 부표가 알려 줄 테니까." 함장이 말했다.

튼튼한 부표가 바다에 던져졌다. 밧줄 끝이 거기에 단단히 묶였다. 넘실대는 파도에 맡겨진 부표는 다른 데로 떠내려가지 않을 것이다.

그때 기관사가 함장에게 출항 준비가 되었음을 알렸다. 함장은 기관사에게 알았다고 말한 다음, 북북동으로 진로를 잡으라고 명령했다. '서스쿼해나호'는 바람을 등지고 전속력으로 샌프란시스코를 향해 달렸다. 오전 3시였다.

배는 880킬로미터를 가로질러야 했다. '서스쿼해나호' 같은 쾌속선에는 아무것도 아니었다. 배는 36시간 만에 그 거리를 주파하여, 12월 13일 오후 1시 27분에 샌프란시스코만으로 들어갔다.

군함이 기움돛대가 부러진 채 전속력으로 입항하는 것을 보고 군중은 호기심에 사로잡혀 눈을 크게 떴다. 군중은 곧 상륙하는 수병들을 맞이하기 위해 부두로 몰려들었다.

온몸이 흠뻑 젖은 블룸스베리 함장과 브론스필드 대위는 상륙용 보트에 옮겨 탔다. 여덟 개의 노를 저었기 때문에 보트는 순식간에 해안에 도착했다.

두 사람은 부두로 뛰어올랐다. 그러고는 사람들이 퍼붓는 질문에는 대꾸도 하지 않고 물었다.

"전신국이 어디요?"

몇 분 뒤 전보 네 통이 발송되었다.

첫 번째는 워싱턴의 해군장관.

두 번째는 볼티모어의 대포 클럽 부회장.

세 번째는 로키산맥 롱스피크 관측소의 J.T. 매스턴.

네 번째는 매사추세츠주 케임브리지 천문대의 부대장.

전보 내용은 다음과 같았다.

> 12월 12일 오전 1시 17분, 북위 27도 7분, 서경 41도 37분 해상에서, 콜럼비아드가 발사한 포탄이 태평양으로 추락. 지시를 보내주기 바람.
>
> '서스퀘해나호' 함장 블룸스베리

5분 뒤에는 샌프란시스코의 모든 시민이 이 소식을 알게 되었다. 저녁 6시도 되기 전에 미국의 다른 주들도 이 엄청난 참사를 알았다. 자정이 지날 무렵에는 해저 케이블을 통해 미국의 이 위대한 실험 결과가 유럽 전역에 알려졌다.

전보를 받은 해군장관은 '서스퀘해나호'에 전보를 보내, 엔진을 끄지 말고 샌프란시스코만에서 대기하라고 지시했다. 배는 밤이건 낮이건 언제라도 출항할 준비를 갖추고 있어야 했다.

케임브리지 천문대는 긴급 회의를 소집했다. 그리고 학술 단체 특유의 차분하고 냉정한 분위기 속에서 그 문제의 과학적 의미가 평화롭게 논의되었다.

대포 클럽에서는 폭발이 일어났다. 모든 대포인이 모여 있었다. 윌컴 부회장은 J.T. 매스턴이 보낸 성급한 전보를 읽고 있었다. 그 전보에서 매스턴과 벨파스트는 롱스피크 관측소의 거대한 망원경에 포탄이 방금 포착되었고, 포탄은 달의 인력에 이끌려 태양계의 하급 위성 노릇을 하고 있다고 선언했던 것이다.

그런데 매스턴의 전보와는 완전히 상충되는 블룸스베리의 전보가 도착한 것이다. 대포 클럽 안에는 두 파가 생겨났다. 한쪽은 포탄의 추락을 인정하고, 따라서 여행자들의 귀환을 인정했다. 또 한쪽은 롱스피크의 관측을 믿고, '서스쿼해나호' 함장이 실수를 저질렀다고 결론지었다.

어쨌든 대포 클럽은 블룸스베리 대령과 빌스비와 엘피스턴 소령이 당장 샌프란시스코로 가서 깊은 바다에서 포탄을 인양할 방법을 강구하기로 결정했다.

해군장관과 대포 클럽 부회장, 케임브리지 천문대 부대장이 샌프란시스코에서 보낸 전보를 받은 것과 거의 같은 순간, J.T. 매스턴은 평생 겪어 본 적이 없는 흥분에 사로잡혀 있었다. 사랑하는 대포가 폭발해서 하마터면 그의 목숨을 앗아갈 뻔한 적도 한두 번이 아니었지만, 그때도 이렇게 짜릿한 흥분은 느껴 보지 못했다.

여러분도 알고 있다시피, 이 대포 클럽 간사는 포탄이 발사되자마자 로키산맥의 롱스피크 관측소로 떠났다. 케임브리지 천문대장인 J. 벨파스트가 그와 동행했다. 그곳에 도착하자 두 친구는 당장 그곳에 진을 치고, 거대한 망원경 옆을 잠시도 떠나지 않았다.

두 학자는 망원경 위에 설치된 비좁은 받침대 위에서 생활하면서, 햇빛에 가려 달이 보이지 않는 낮을 저주하고 밤에는 고집스럽게 달을 가리는 구름을 저주했다.

며칠을 기다리다가 12월 5일 밤에 친구들을 우주 공간으로 데려가고 있는 포탄을 보았을 때 그들은 얼마나 기뻤는지 모른다. 그런데 이 기쁨에 이어 엄청난 실망이 덮쳤다. 피상적인 관측을 믿은 그들이 전 세계에 첫 번째 전보를 보내, 포탄이 달의 위성이 되어 불변의 궤도를 돌고 있다고 잘못 단언한 것이다.

그 순간부터 포탄은 한 번도 그들의 눈에 모습을 나타내지 않았다. 그때는 포탄이 지구에서 보이지 않는 달의 뒷면으로 넘어가 있었기 때문이다. 하지만 지구에서 보이는 앞면에 포탄이 다시 나타날 시간이 되었는데도 나타나지 않을 때, 매스턴과 벨파스트가 얼마나 속을 태웠을지 여러분은 짐작하고도 남을 것이다.

12월 14일에서 15일로 넘어가는 밤, 매스턴은 옆에 있는 벨파스트를 여느 때처럼 괴롭혔다. 매스턴은 자기가 방금 포탄을 보았다고 수천 번째로 주장하고, 현창으로 밖을 내다보고 있는 아르당의 얼굴까지 볼 수 있었다고 덧붙였다. 그러면서 제 주장을 강조하기 위해 격렬한 손짓을 했지만, 그의 손을 대신하는 무시무시한 갈고리 때문에 그 손짓은 몹시 위험하고 불쾌했다.

바로 그때 벨파스트의 하인이 받침대 위에 나타나(그때는 밤 10시였다) 그에게 전보 한 통을 건네주었다. 그것은 '서스쿼해나호' 함장이 보낸 전보였다.

벨파스트는 봉함을 뜯고 전보를 읽다가 소리를 질렀다.

"뭐야?" 매스턴이 물었다.

"포탄!"

"뭐라고?"

"지구로 떨어졌어!"

또 다른 외침 소리가 거기에 응답했다. 이번에는 완전히 늑대 울음소리처럼 길게 꼬리를 끄는 처량한 외침 소리였다. 벨파스트는 매스턴을 돌아보았다. 불행한 사내는 금속 경통 위로 경솔하게 몸을 기울였다가 거대한 망원경 속으로 사라져 버렸다. 80미터의 추락! 깜짝 놀란 벨파스트는 망원경의 구멍으로 달려갔다.

그는 안도의 한숨을 내쉬었다. 매스턴의 금속 갈고리가 경통 안쪽을 구획지은 여러 개의 둥근 고리 가운데 하나에 걸려 있었다. 매스턴은 그 고리에 대롱대롱 매달린 채 무서운 외침 소리를 지르고 있었다.

벨파스트는 사람을 불렀다. 도와줄 사람들이 와서 도르래를 설치하고, 경솔한 대포 클럽 간사를 간신히 끌어 올렸다.

매스턴은 상처도 입지 않고 망원경의 위쪽 구멍으로 다시 나타났다.

"아아, 다행이야! 내가 반사경을 깨뜨렸다면 어쩔 뻔했어?"

"그랬다면 변상해야겠지." 벨파스트는 엄격한 어조로 대답했다.

"그런데 그 빌어먹을 포탄이 추락했다고?" 매스턴이 물었다.

"태평양에."

"가세!"

15분 뒤, 두 학자는 로키산맥의 내리막길을 내려가고 있었다. 이틀 뒤에는 대포 클럽 동료들과 동시에 샌프란시스코에 도착했다.

엘피스턴 소령과 블룸스베리 대령과 빌스비는 그들이 도착하는 것을 보고 달려왔다.

"어떡하지?" 그들이 소리쳤다.

"포탄을 인양해야지. 빠를수록 좋아." 매스턴이 대답했다.

35장

구조 작업

포탄이 가라앉은 위치는 정확히 알고 있었다. 하지만 포탄을 잡아서 수면 위로 끌어 올릴 기계가 아직 존재하지 않았다. 우선 그 기계를 고안하여 만들어야 했다.

하지만 생각해야 할 문제는 포탄을 인양하는 것만이 아니었다. 불운한 여행자들부터 당장 구조해야 했다. 그들이 아직 살아 있다는 것을 의심하는 사람은 아무도 없었다.

매스턴이 끊임없이 그렇게 말하고 있었기 때문에, 그의 확신이 다른 사람들도 모두 그쪽으로 끌어들였다.

"아무렴. 살아 있고말고! 우리 친구들은 현명하니까 얼간이들처럼 죽었을 리가 없어요. 우리 친구들은 살아 있습니다. 멀쩡하게 살아 있어요. 하지만 살아 있는 친구들을 보고 싶으면 서둘러야 합니다. 음식과 물은 걱정 없어요. 그 정도면 충분히 버틸 수 있으니까. 문제는 공기예요, 공기! 공기는 곧 바닥날 겁니다. 그러니까 서둘러요! 빨리!"

그래서 사람들은 서둘렀다. '서스퀴해나호'는 새로운 목적에 알맞게 채비를 갖추었다. 강력한 기계가 예인용 사슬에 묶였다. 알루미늄 포탄의 무게는 8,600킬로그램 정도밖에 되지 않았다. 이것은 비슷한 상황에서 인양된 해저 케이블보다 훨씬 가벼웠다. 포탄을 인양할 때 유일한 문제는 포탄의 외벽이 너무 매끄러워서 갈고리를 걸 수 있는 곳이 전혀 없다는 것이었다. 그래서 기술자인 머치슨이 샌프란시스코로 달려와, 거대한 갈고리를 자동장치에 고정시켰다.

잠수복도 준비되었다. 잠수부들은 물과 공기를 통과시키지 않는 이 복장을 통해 바다 밑바닥을 관찰할 수 있었다. 머치슨은 교묘하게 설계된 압축공기 장치도 배에 실었다. 그 장치에는 현창이 뚫린 격실들이 마련되어 있어서, 어떤 칸에 물을 넣으면 깊은 바닷속까지 내려갈 수 있었다.

하지만 기계가 아무리 완벽하고 그것을 사용할 학자들의 창의력이 아무리 뛰어나도, 작업이 반드시 성공한다고 확신할 수는 없었다. 수심 6,000미터의 바닷속에 있는 포탄을 무사히 끌어 올릴 가능성이 얼마나 될까! 게다가 포탄을 수면 위로 끌어 올릴 수 있다 해도, 여행자들은 추락의 엄청난 충격을 견뎌 낼 수 있었을까? 6,000미터 깊이의 물도 아마 그 충격을 충분히 완화시키지는 못했을 것이다. 어쨌든 서둘러야 했다. 매스턴은 밤낮으로 인부들을 채근했다.

하지만 다양한 기계와 장비들을 부지런히 준비하고, 미국 정부가 대포 클럽에 상당한 자금을 지원해 주었는데도 모든 준비가 끝나기까지는 무려 닷새가 걸렸다. 그 5일은 500년처럼 길게 느껴졌다! 그동안 여론은 최고조로 흥분했다. 전 세계가 전선을 통해 끊임없이 전보를 주고받았다. 바비케인과 니콜과 아르당을 구조하는 것은 국제적인 사건이 되었다. 대포 클럽에 기부금을 낸 사람들은 모두 여행자들의 안녕에 직접적인 이해관계를 가지고 있었다.

마침내 예인용 사슬, 공기실, 자동 갈고리가 모두 배에 실렸다. 매스턴과 머치슨, 그리고 대포 클럽 대표단은 벌써 선실에 들어가 있었다. 이제 떠나기만 하면 되었다.

12월 21일 오후 8시, '서스퀴해나호'는 북동풍을 받으며 바다로 나가서 지독한 추위를 만났다. 부두에는 샌프란시스코 사람들이 모두 모여 있었다. 그들은 강렬한 흥분에 사로잡혀 있었지만, 만세를 부르는 것은 배가 돌아올 때로 미루고 조용히 배웅했다. '서스퀴해나호'는 증기압을 최대로 올리고 프로펠러를 돌려 샌프란시스코만을 빠져나갔다.

'서스퀴해나호'는 빠른 속도로 달려서 12월 23일 오전 8시에 목적지에 도착할 예정이었다. 하지만 배의 위치를 정확히 측량하려면 정오까지 기다려야 했다. 줄에 묶어 둔 부표는 아직 발견되지 않았다. 그래서 그 정확한 지점에 도착하도록 배의 진로를 바꾸었다.

12시 47분에 그들은 부표에 도착했다. 부표는 완전한 상태였고, 위치는 거의 바뀌지 않은 게 분명했다.

"드디어 왔군!" 매스턴이 외쳤다.

"당장 시작할까요?" 블룸스베리 함장이 물었다.

"어서요. 단 1초도 지체하지 말고."

매스턴과 블룸스베리 대령과 머치슨은 이런 위험에도 아랑곳하지 않고 공기실에 자리를 잡았다. 함장은 함교*에서 작업을 감독하고, 신호에 따라 사슬을 멈추거나 끌어 올릴 준비를 갖추었다.

해저 장비를 내리는 작업은 오후 1시 25분에 시작되었다. 물이 가득 찬 탱크가 압축공기실을 아래로 끌어 내렸다. 잠시 후 공기실은 해수면에서 사라졌다.

배에 타고 있는 장교와 수병들의 감정은 이제 포탄 속에 갇힌 사람들과 해저 장비 속에 갇힌 사람들 쪽으로 갈라졌다. 해저 장비 속에 갇힌 사람들은 현창 유리에 달라붙어 자신들이 지나가고 있는 물을 열심히 내다보고 있었다.

장비는 빠른 속도로 내려갔다. 2시 17분에 매스턴과 동료들은 태평양 바닥에 도착했다. 하지만 황량한 모래벌밖에 보

함교 함장이 항해 중에 선박을 조타하고 선원들을 지휘하기 위해 갑판 앞쪽 한가운데에 높게 만든 구조물.

이지 않았다. 그곳에는 동물도 식물도 살고 있지 않았다. 그들은 강력한 반사경이 달린 램프의 불빛으로 어두운 바닥을 꽤 멀리까지 볼 수 있었지만, 포탄은 어디에도 보이지 않았다.

"도대체 어디 있지? 어디 있는 거야?" 매스턴이 외쳤다.

매스턴은 불운한 친구들이 소리가 전달되지 않는 물을 통해 그의 목소리를 듣거나 그에게 대답할 수 있다고 생각하는 듯 니콜과 바비케인과 미셸 아르당의 이름을 소리쳐 불렀다. 수색은 오염된 공기 때문에 잠수부들이 수면 위로 올라갈 수밖에 없을 때까지 그런 상태로 계속되었다.

공기실을 수면 위로 끌어 올리는 작업은 저녁 6시쯤 시작되어 자정이 지나서야 끝났다.

"내일 또 합시다." 매스턴은 함교에 발을 내디디면서 말했다.

"물론이지요." 블룸스베리 함장이 대답했다.

"다른 지점에서?"

"그럼요."

매스턴은 성공을 의심하지 않았지만, 그의 동료들은 처음 몇 시간의 흥분이 가라앉자 이 작업의 어려움을 깨달았다. 샌프란시스코에서는 그렇게 쉬워 보였던 일이 이 넓은 바다에서는 거의 불가능하게 여겨졌다. 성공할 가능성은 빠른 속도로 줄어들었다. 포탄을 발견하려면 순전히 우연에 기대를 걸 수밖에 없었다.

이튿날인 12월 24일, 전날의 피로를 무릅쓰고 작업이 재개되었다. 그러나 아무 성과도 없이 하루가 또 지나갔다. 바다 밑바닥은 사막이나 마찬가지였다. 12월 25일에도 26일에도 성과는 없었다.

이제 절망이었다. 그들은 26일 동안이나 포탄에 갇혀 있는 그 불운한 사람들을 생각했다. 아마 그 순간 그들은 질식이 다가오는 것을 느끼고 있었을 것이다. 추락의 충격을 피할 수 있었다 해도 질식사는 면할 수 없을 것이다. 공기는 바닥났고, 공기와 함께 그들의 용기와 정신력도 바닥났을 것이다.

"공기는 바닥날지 몰라도……" 매스턴은 단호하게 말했다. "그들의 정신력은 절대로 바닥나지 않을 거요."

다시 이틀 동안 수색을 계속했지만, 12월 28일에는 모든 희망이 사라졌다. 드넓은 바다에서는 포탄이 원자 하나에 불과했다. 포탄을 찾아내는 작업은 단념할 수밖에 없었다.

하지만 매스턴은 그만 떠나자는 말을 들으려 하지 않았다. 하다못해 친구들의 무덤이라도 찾기 전에는 그곳을 떠날 수 없다고 버텼다. 하지만 블룸스베리 함장은 더 버틸 수 없었다. 그래서 대포 클럽 간사가 큰 소리로 항의하는 데도 출항 명령을 내릴 수밖에 없었다.

12월 29일 오전 9시, '서스퀘해나호'는 북동쪽으로 뱃머리를 돌리고 샌프란시스코만으로 돌아가기 시작했다.

아침 10시에 '서스쿼해나호'는 참사 현장을 떠나기가 아쉬운 듯 천천히 나아가고 있었다. 그때 주돛대의 위쪽 가로장에 걸터앉아 바다를 바라보고 있던 한 수병이 느닷없이 소리를 질렀다.

"바람 부는 쪽 전방에 부표!"

장교들은 일제히 그쪽을 보았다. 쌍안경으로 보니 그 물체는 만이나 하천의 항로를 표시할 때 쓰이는 부표처럼 보였다. 하지만 기묘하게도 수면 위로 1.5미터쯤 올라와 있는 원뿔 위에서 깃발 하나가 바람에 나부끼고 있었다. 부표는 은으로 만들어진 것처럼 햇빛을 받아 반짝반짝 빛나고 있었다. 블룸스베리 함장과 매스턴, 그리고 대포 클럽 대표단은 함교로 올라가 파도 위에 떠다니는 그 물체를 조사했다.

모두 흥분과 불안이 뒤섞인 눈으로 말없이 그것을 바라보았다. 모든 사람의 마음에 떠오른 생각을 아무도 감히 입 밖에 내지 못했다.

'서스쿼해나호'는 그 물체에 400미터 거리까지 접근했다.

모든 사람들 사이로 짜릿한 전율이 퍼져 갔다. 그 깃발은 미국 국기였다!

바로 그때, 길게 꼬리를 끌며 울부짖는 소리가 들렸다. 용감한 매스턴이 갑자기 털썩 쓰러지면서 내지른 소리였다. 한편으로는 오른손이 쇠갈고리로 바뀐 것을 깜박 잊어버리고, 또 한편으로는 뇌를 덮고 있는 것이 두개골이 아니라 고무에 불과하다는 것을 깜박 잊어버린 매스턴이 국기를 보고 경례를 하다가 쇠갈고리로 뇌를 강타한 것이다.

사람들은 서둘러 그에게 달려가 부축해서 일으키고, 다시 정신을 차리게 해 주었다. 그런데 그의 입에서 맨 처음 나온 말은 무엇이었을까?

"우리는 바보야! 남들보다 세 배, 네 배, 다섯 배, 아니 열 배나 멍청이야!"

"무슨 일인가?" 주위 사람들이 모두 놀라서 소리쳤다.

"무슨 일이냐고?"

"말해 보게."

"이 바보 멍청이들아, 포탄은 무게가 8,600킬로그램밖에 안 돼!"

"그래서?"

"그런데 배수량은 28톤이야. 따라서 포탄은 '물에 뜬다'는 거지."

매스턴은 '뜬다'는 말을 얼마나 강조했는지 모른다. 그 말은 사실이었다. 모든 학자들이 이 기본적인 법칙을 잊고 있었다. 포탄은 추락의 충격으로 깊은 바닷속까지 내려갔지만, 가볍기 때문에 자연히 수면으로 떠오를 수밖에 없다는 것을 잊고 있었던 것이다. 이제 포탄은 파도에 흔들리며 조용히 떠 있었다.

보트가 바다에 내려졌다. 매스턴과 친구들은 서둘러 보트에 올라탔다. 흥분이 최고조에 이르렀다! 포탄으로 다가가는 동안, 모든 사람의 심장이 쿵쿵 소리를 내며 뛰었다. 포탄 속에는 무엇이 있을까? 살아 있을까? 죽었을까? 아니, 틀림없이 살아 있어! 그래, 살아 있어. 바비케인과 두 친구가 깃발을 올린 뒤에 죽음을 맞지 않았다면 살아 있을 거야.

깊은 침묵이 보트를 지배했다. 모두 숨을 죽였다. 이제 아무것도 눈에 보이지 않았다. 포탄의 현창 하나가 열려 있었다. 현창 가장자리에 유리 조각 몇 개가 남아 있어서, 현창이 깨진 것을 보여 주었다. 이 현창은 수면에서 1.5미터 높이에 있었다.

보트 한 척이 그 옆으로 다가갔다. 매스턴이 탄 보트였다. 매스턴은 깨진 유리창에 덤벼들었다.

그 순간 또렷하고 쾌활한 목소리가 들렸다. 미셸 아르당의 목소리였다. 그는 의기양양하게 외쳤다.

"패가 없어. 모두 꽝이야!"

바비케인과 아르당과 니콜은 도미노 게임을 하고 있었다!

36장

행복한 결말

바비케인과 미셸 아르당과 캡틴 니콜, 그리고 대포 클럽 대표단은 곧바로 볼티모어로 돌아와 이루 형언할 수 없을 만큼 열렬한 환영을 받았다.

대포 클럽은 세 모험가의 귀환을 축하하기 위해 잔치를 열기로 했다. 그 잔치는 달을 정복한 영웅들에게 어울리는 잔치, 미국 국민에게 어울리는 잔치, 미국의 모든 주민이 참여할 수 있는 잔치여야 했다. 미국의 모든 간선 철도가 임시 레일로 연결되었다. 역마다 플랫폼에는 세 영웅을 환영하고 그들의 위업을 경축하는 깃발이 나부끼고, 같은 장식으로 꾸며진 식탁에는 똑같은 음식이 차려졌다. 도시마다 정해진 시간이 되면 모든 주민이 플랫폼에 나와 잔칫상에 앉으라는 초대를 받았다.

1월 5일부터 9일까지 닷새 동안 미국 철도의 모든 열차는 운행을 정지했다. 모든 노선이 비어 있었다. 승리의 객차 한 량을 끌고 전속력으로 달리는 기관차 한 대만이 그 닷새 동안 미국 철도를 달릴 권리가 있었다.

기관차에는 기관사와 화부가 탔고, 대포 클럽 간사인 J.T. 매스턴이 특별 허가를 받아 동승했다. 객차에는 바비케인 회장과 캡틴 니콜과 미셸 아르당이 탔다. 군중이 고함과 함께 만세를 부르는 가운데 기관사가 기적을 울리자 기차는 볼티모어역을 떠났다. 기차는 시속 320킬로미터로 달렸다. 하지만 그 빠른 속도도 세 영웅이 콜럼비아드에서 튀어나갈 때의 속도에 비하면 아무것도 아니었다.

그들이 탄 기차가 역에 도착할 때마다 플랫폼에 모여든 주민들은 똑같은 찬사로 브라보를 외치면서 박수갈채를 보냈다. 닷새 동안 미국 전체가 하나의 거대한 잔칫상이었다.

극도의 찬미는 이들 세 영웅을 거의 신과 같은 반열에 올려놓았다. 사실 그들은 그런 대접을 받을 자격이 있었다.

여행자들이 돌아온 지 얼마 지나지 않아, 바비케인의 '달나라 여행'이 <뉴욕 헤럴드>에 연재되었는데, 이 여행기가 연재되는 동안 신문의 발행 부수는 500만 부에 이르렀다.

또한 '행성간 교통 공사' 프로젝트가 발표되었는데, 10만 명의 주주가 1천 달러씩 출자하여 자본금 1억 달러의 주식 회사를 설립하겠다는 것이다. 여기에 대해서도 대중은 열광적인 호응을 보였다. 사장은 바비케인, 부사장은 캡틴 니콜, 전무는 J.T. 매스턴, 상무는 미셸 아르당이었다.